# 城与城

[英] 柴纳·米耶维 —— 著
胡绍晏 —— 译

THE CITY & THE CITY
Copyright © 2009 by CHINA MIEVILLE
This edition arranged with THE MARSH AGENCY LTD & Mic Cheetham Agency, UK
through BIG APPLE AGENCY,INC.,LABUAN,MALAYSIA
Simplified Chinese edition copyright: © 2021 Chongqing Publishing & Media Co., Ltd.
All rights reserved.

版贸核渝字（2016）第226号

## 图书在版编目（CIP）数据

城与城／（英）柴纳·米耶维著；胡绍晏译 . —重庆：重庆出版社，2021.11
书名原文：The City & The City
ISBN 978-7-229-15866-8

Ⅰ.①城… Ⅱ.①柴… ②胡… Ⅲ.①幻想小说—英国—现代 Ⅳ.① I561.45

中国版本图书馆 CIP 数据核字（2021）第 106858 号

# 城与城
CHENG YU CHENG

[英]柴纳·米耶维 著　胡绍晏 译
责任编辑：邹　禾　唐　凌　王靓婷
装帧设计：谢颖设计工作室
责任校对：朱彦谙

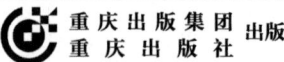出版
重庆出版社

重庆市南岸区南滨路162号1幢　邮政编码：400061　http://www.cqph.com
重庆出版社艺术设计有限公司 制版
重庆豪森印务有限公司 印刷
重庆出版集团图书发行有限公司 发行
E-mail:fxchu@cqph.com　邮购电话：023-61520646
全国新华书店经销

开本：890mm×1230mm　1/32　印张：10.25　字数：290千
2021年11月第1版　2021年11月第1次印刷
ISBN 978-7-229-15866-8
**定价：56.80元**

如有印装问题，请向本集团图书发行有限公司调换：023-61520678

版权所有　侵权必究

## 关于柴纳·米耶维的赞誉

《帕迪多街车站》
令人欲罢不能。其中的场景,难以从记忆中抹除。——《华盛顿邮报图书世界》

《地疤》
奇妙的设定,难忘的故事,皆因米耶维生动的语言和丰富的想像。——《费城问询报》

《钢铁议会》
一部杰作,充满想像力的故事。——《连线》杂志

《伪伦敦》
拥有无尽创意。融合了《爱丽丝漫游奇境》《绿野仙踪》和《神奇收费亭》。——"沙龙"网站

By China Miéville
柴纳·米耶维

King Rat
鼠王
Perdido Street Station
帕迪多街车站
The Scar
地疤
Iron Council
钢铁议会
Looking for Jake and Other Stories
寻找杰克
Un Lun Dun
伪伦敦
The City & The City
城与城
Kraken
鲲
Embassytown
使馆镇

**作者简介**

柴纳·米耶维，1972年出生于英格兰，伦敦政经学院国际法学博士，以"新怪诞"风格奠定国际声誉，21世纪重要奇幻作家。代表作品有《鼠王》《帕迪多街车站》《地疤》《伪伦敦》等。他的写作风格多半带有诡异幽默感，擅长借助奇境探讨真实人生和社会文化议题。多次囊获世界各项幻界荣誉大奖：轨迹奖、雨果奖、阿瑟·克拉克奖、英国奇幻奖、世界奇幻奖等。

**译者简介**

胡绍晏，《时光球原创少儿科幻小说：地球重生》作者，也是资深翻译，译作有《冰与火之歌》《遗落南境》《地疤》《钢铁议会》《城与城》等。

## 致　谢

　　写作此书过程中，我得到许多帮助，在此特别感谢斯特芬妮·比尔沃斯，马克·波得，克莉丝汀·卡贝罗，米克·奇塔姆，朱莉·克利斯普，西蒙·卡瓦纳，佩妮·海恩斯，克洛伊·希里，迪娜·霍克，彼得·莱弗瑞，法拉·门德尔松，捷米玛·米耶维，大卫·摩恩奇，苏·摩伊，桑迪·蓝金，玛丽亚·雷吉特，瑞贝卡·桑德斯，麦克斯·谢弗，简·苏达尔特，杰西·苏达尔特，戴弗·斯特芬森，保尔·汤顿，以及我的编辑克里斯·施鲁埃普和杰勒米·特雷瓦森。我也要向德尔瑞和麦克米伦出版社的所有员工表示诚挚的谢意。还要感谢约翰·库兰·戴维斯，给予布鲁诺·舒尔茨的文字精彩的翻译。

　　我曾受益于无数作家，对于这本书的创作，尤其要感激以下几位：雷蒙德·钱德勒，弗朗茨·卡夫卡，阿尔弗雷德·库宾，简·莫里斯，以及布鲁诺·舒尔茨。

纪念亲爱的母亲克劳迪娅·莱特弗特

# 目 录

**第一部分**
**贝歇尔**

第一章 …………… 003

第二章 …………… 013

第三章 …………… 025

第四章 …………… 034

第五章 …………… 042

第六章 …………… 059

第七章 …………… 072

第八章 …………… 085

第九章 …………… 099

第十章 …………… 107

第十一章 …………… 117

**第二部分**
**乌库姆**

第十二章 …………… 129

第十三章 …………… 138

第十四章 …………… 155

第十五章 …………… 166

第十六章 …………… 175

第十七章 …………… 182

第十八章 …………… 191

第十九章 …………… 204

第二十章 …………… 213

第二十一章 …………… 223

第二十二章 …………… 233

**第三部分**
**界 域**

第二十三章 …………… 241

第二十四章 …………… 250

第二十五章 …………… 256

第二十六章 …………… 268

第二十七章 …………… 277

第二十八章 …………… 289

**尾声**
**界 域**

第二十九章 …………… 307

# PART ONE
# 第一部分

## 贝歇尔

# 第一章

我看不到街道，也看不到太多房屋。周围的建筑污浊肮脏，而衣衫不整、头发凌乱的男男女女倚在窗口，一边端着饮料吃早餐，一边打量我们。这片经过修饰的空地坐落于四周的建筑物之间，如高尔夫球场一般近似斜坡——这是对自然地形的幼稚模仿。也许他们原本打算种植些林木，或再加个池塘。此处倒是的确有一片矮树林，但树苗都已枯死。

草地杂乱无章，行人踏出的小径蜿蜒于垃圾与车辙之间。警员们在各处忙碌。我并非第一个抵达的警探——巴尔多·诺斯丁等人已在现场——但我的资历最深。我跟随巡警来到诸多同僚聚集之处：一侧是一栋废弃的塔楼，另一侧则是个滑板场，四周围着一圈圆柱状的大垃圾桶。我能听见从远处码头边传来的噪音。几名警员站在一堵墙跟前，墙头上坐着一群小年轻。海鸥在围聚的人群上方盘旋。

"探长。"有人跟我打招呼，我点头致意。又有人递上咖啡，但我摇摇头，径直前去查看那女人。

她躺在滑板场的坡道边。没什么能比死者更安静。风或许会吹动他们的头发，但尸体绝无反应，正如眼前这名女子。她的姿势非常别扭，双腿

弯曲,仿佛正要站起身,她的手臂扭转成古怪的角度,脸紧贴着地面。

这是一名年轻女性,棕色的头发编成辫子,如草木一般竖起。她全身几近赤裸,在如此寒冷的早晨,光滑的皮肤上竟没有鸡皮疙瘩,那模样令人十分伤感。她只穿了一双抽丝的丝袜和一只高跟鞋。远处的一名巡警看到我在寻找掉落的另一只鞋,便朝我挥了挥手,他正守着那只鞋。

尸体被发现已有数小时。我上下打量着她,然后屏住呼吸,弯腰凑近泥地,查看她的脸,但我只看见一只睁开的眼睛。

"舒克曼在哪儿?"

"还没到,探长……"

"给他打电话,让他快点儿。"我敲了敲手表。我必须负责保持所谓的"罪案现场"。验尸官舒克曼到来之前,谁都不能动她,但我仍有其他事可做。我极目四望。此处相当偏僻,垃圾桶也挡住了一部分视野,但我仿佛具备昆虫的本能,感觉到整片街区都在注视着我们来回走动。

两个垃圾桶之间横立着一块湿床垫,旁边有一堆生锈的铁片和废弃的锁链。"床垫原本盖在她身上。"说话的年轻警察叫莉兹别特·柯维,我曾与她共事过几次,是个聪明人。"不能说她藏得很隐蔽,但我猜这玩意让她看起来像一堆垃圾。"我能看出女死者周围有一圈颜色较深的泥土,大致呈矩形——是床垫底下残存的露水所致。诺斯丁正眯着眼仔细观察那块泥地。

"那些小年轻找到她时,把床垫掀开了一半。"柯维说。

"他们是怎么找到她的?"

柯维指了指泥地上散乱的动物爪印。

"阻止她被撕烂。等他们看清楚之后,跑得比什么都快,然后便打电话报警。我们的人,他们到达时……"她瞥了一眼两名我不认识的巡警。

"他们挪动了床垫?"

她点点头。"说要看她是否还活着。"

"他们叫什么名字?"

"舒斯基尔和布莱密夫。"

"这些就是发现尸体的人?"我朝着那群受到监控的小年轻摆了摆头。两男两女。大约十五六岁,低着脑袋,冻得够呛。

"对。嗑药的。"

"一早起来交易?"

"真够敬业的,嗯?"她说道,"也许是想当瘾君子中的每月之星吧。他们七点不到就来了。滑板场的时间显然就是这样分配的。它才造好没几年,原本什么都不是,但本地人已经把时段都分割好了。从午夜到早上九点,只有嗑药的;九点到十一点,本地帮派控制着白天;十一点到午夜,属于玩滑板和滑轮的。"

"他们身上有什么?"

"其中一个男生带了把小刀,但真的很小。连只鼠崽都杀不死——就是件玩具。每人磕了一点药。仅此而已,"她耸耸肩,"他们身上没毒品;我们在墙边发现的,但是"——她又耸了耸肩——"现场就只有他们。"

她挥挥手,叫来一名同事,然后打开他手中的袋子。里面是一小包一小包精炼的药草,俗称"啡德"——来自一种生长能力很强的杂交阿拉伯茶树,并添加了烟草、咖啡因,以及其他更为烈性的成分,再混入玻璃丝之类的东西,用以磨破空腔,好让药物进入血液。它的名字源自三种语言:在原产地,它叫做"卡特",与英语的猫谐音,而在我们的语言中,猫就叫"啡德"。我嗅了嗅,相当粗糙的货色。我走向那四个年轻人,他们正缩在宽大的外衣里瑟瑟发抖。

"怎么样,警官?"一个男孩用带贝歇尔口音的嘻哈式英语说道。他抬头望向我的眼睛,但脸色苍白。他和同伴们看上去都不太妙。从他们所坐之处看不到女死者,但他们甚至不敢朝那个方向看。

他们一定知道,我们发现了"啡德",而且能猜到是他们的。他们本可直接逃跑,什么都不用说。

"我是博鲁探长,"我说,"重案组的。"

"我没说我叫提亚多。他们这样的年龄最棘手——不能直呼其名,也不能借助玩具和委婉的说法来询问,他们已经长大,但又还不够成熟到可以开诚布公地交谈,至少规则大家都清楚。"你叫什么?"男孩略一犹豫,考虑使用自取的诨号,但最终没那么做。

"维利耶姆·巴里奇。"

"是你们找到她的?"他点点头,身后的同伴也跟着一起点头。"说来听听。"

"我们来这儿是因为,因为……"维利耶姆顿了顿,但我没提毒品的事。他低下头。"我们看到那床垫底下有东西,就把它掀了起来。"

"当时周围有……"维利耶姆吞吞吐吐,显然是出于迷信,而他的朋友们都抬头望着他。

"有狼?"我说。他们互相使着眼色。

"没错,老兄,一小群邋里邋遢的狼围着她嗅来嗅去……"

"因此我们以为……"

"那是在你们来到这儿之后多久的事?"我说。

维利耶姆耸耸肩。"不知道。大概几个小时吧?"

"周围还有其他人吗?"

"之前看到有些家伙在那边。"

"毒贩?"他又耸了下肩。

"有辆面包车从草地那儿开过来,呆了一阵子就走了。我们没跟谁讲过话。"

"面包车什么时候来的?"

"不知道。"

"当时天还黑着。"其中一个女孩说道。

"好吧。维利耶姆,伙计们,我去给你们弄点早餐和饮料,假如你们想要的话。"我朝看守他们的警卫打了个手势。"跟家长都谈过了吗?"我问道。

"他们正在路上,长官。除了她的"——他指向一名女孩——"我们找不到。"

"那就继续找。现在,把他们带去重案中心。"

四个年轻人抬起头,互相对视。"这可真不厚道,老兄。"除维利耶姆之外的另一个男孩犹疑地说。他知道应该对我的指示提出异议,但他也希望跟随我的下属一起离开。红茶,面包,在日光灯下填一堆枯燥的表格,但跟在黑暗的公园里掀起沉重潮湿的大床垫相比,却是完全不同的体验。

史蒂芬·舒克曼及其助手哈姆辛内奇到了。我看了看表。舒克曼毫不理会。他喘着气弯腰查看尸体,并正式确认其死亡。他一边陈述观测结果,一边让哈姆辛内奇作笔录。

"死亡时间?"我说。

"十二点左右。"舒克曼说。他按压着女人的肢体,使得尸体晃动起来。她僵硬的躯体在地面上放得不太平稳,或许这是她在别处死亡时的姿势,与此处的地形并不吻合。"她不是在这儿被杀的。"我曾多次听闻,他很能干,绝对称职,但从未亲眼见证过。

"好了吗?"他对一名现场勘察员说。她又变换角度拍了两张照,然后点点头。舒克曼在哈姆辛内奇的帮助下,将女死者翻转过来。她保持着僵硬的姿态,仿佛故意跟他们较劲似的。一旦翻过身来,她显得很荒谬,就像死去的昆虫,四肢蜷缩,脊柱着地,前后摇晃着。

她透过拂动的刘海瞪着我们,脸上带着永恒的惊恐与诧异。她很年轻,伤痕累累的面部化了浓妆,但此刻已被抹得乱七八糟。她的长相已无从分辨,很难想象在熟人的脑中她是何种形象。等到尸体松弛下来,我们或许能了解更多。她的正面沾染了血迹,犹如深黑的泥土。咔嚓,咔嚓,相机频频闪烁。

"啊,死因在这儿。"舒克曼冲着她胸前的伤口说道。

她的左脸颊有一道长而弯曲的红色裂口,一直延伸至颚下。那割痕占据了半张脸的长度。

最初的几厘米,伤口平滑精准,仿佛画笔勾勒出来似的,而到了嘴巴底下,却变得参差不齐,骨骼后面柔软的皮肉中有个撕裂的深洞,也不知是伤口的起点还是终点。她双眼无神地望着我们。

"再拍几张不开闪光灯的。"我说。

舒克曼喃喃低语,而我跟其他人一样,将视线投向别处——不然的话似乎显得太过猥琐。身穿制服的罪案现场勘察员(在我们行话里叫MEC调查员)一圈圈地扩大搜索范围。他们在垃圾堆和车辙中翻找搜寻,并在地面上设置一个个参考标识,然后拍下照片。

"好了,"舒克曼站起身,"把她抬走吧。"几个人过来将她搬到担架上。

"天哪,"我说,"把她盖起来。"有人不知从何处找来一条毯子,接着他们继续朝舒克曼的车走去。

"我下午就开工,"他说,"你要来吗?"我含糊地摇了摇头,然后走向柯维。

"诺斯丁。"我看准时机喊话,恰好让柯维处在能参与交谈的位置。她抬起头,稍稍靠拢过来。

"探长。"诺斯丁说。

"分析一下。"

他啜了口咖啡,紧张地看着我。

"妓女?"他说道,"第一印象,探长。在这一带挨揍,还光着身子?而且……"他指向自己的脸,示意那夸张的化妆。"妓女。"

"跟嫖客打架?"

"对,不过……假如只是身上有伤,你瞧,没准她不愿按照他的意思做,于是他就动手了。但这里,"他又不安地摸了摸脸颊,"却是另一回事。"

"变态?"

他耸耸肩。"也许吧。先把她割伤,然后杀人弃尸。而且是个狂妄的家伙,根本不在乎我们找到尸体。"

"要么是狂妄,要么是愚蠢。"

"或者既狂妄又愚蠢。"

"所以那是个狂妄而愚蠢的虐待狂。"我说。他抬起眼睛,*也许吧*。

"好,"我说,"有可能。找本地的妓女打听打听。再问问熟悉这一区的制服警员,最近是否有什么麻烦。给大家传阅照片,找出这个'佚名女'的名字。"我所说的"佚名女"是一种通称,指代身份不明的女性。"首先,我要你去那边询问巴里奇和他的同伴。和气点儿,巴尔多,他们没必要打电话来。我是说真的。让雅泽克跟你一起去。"拉米拉·雅泽克具备优秀的盘问技巧,"下午给我电话?"等他走出听力范围之外,我对柯维说:"这案子搁在几年前,我们决不会派那么多人调查一个妓女。"

"我们的推断包括许多假设。"她说。她比女死者大不了多少。

"让诺斯丁负责妓女的案子,我猜他不会高兴,但你注意到了吧,他没有抱怨。"我说。

"我们的推断包括许多假设。"她说。

"因此?"我扬起一条眉毛,朝诺斯丁的方向瞥了一眼。我等着她的解释。我记得她办理的舒尔班失踪案,那件案子比最初的表象要复杂得多。

"我只是觉得,你瞧,我们也应考虑其他可能性。"她说。

"说来听听。"

"她的妆容,"她说,"你瞧,全是棕褐色调。妆涂得很浓,但并不是——"她扮了个媚脸,"你注意到她的头发吗?"我有注意。"没染过。驾车在冈特街的运动场附近转一圈,看看站街的姑娘。我估计三分之二是金发。其余则是乌黑,鲜红之类的。而且……"她在空中捻了捻手指,仿佛触摸发丝,"她的头发虽然很脏,但质地比我的强多了。"她拨弄着自己分叉的发梢。

对于贝歇尔的许多站街女来说,尤其是在此类区域,儿女的衣食占第一位,然后是她们自己的"啡德",可卡因,以及食物;最后才是各种无

关紧要的杂项,包括护发剂。我看了看其他警员和准备过去盘问的诺斯丁。

"好,"我说,"你熟悉这一带吗?"

"嗯,"她回道,"要知道,这地方有点偏。其实都算不上是贝歇尔的地界。我的巡区在莱斯托夫。他们接到电话后,招来了我们几个。但若干年前,我曾在这里巡逻——因此略知一二。"

莱斯托夫本身就几乎算是郊区,距离市中心六公里左右,而我们所在的这一小片地界还要更加往南,得越过约维奇桥,大约位于布尔吉亚湾与河流入海口之间。理论上讲这是一座岛,但距离陆地很近,并经由工业废墟与之相连,你根本想不到它是一座岛屿。考德维纳到处是工厂、库房和租金低廉的杂货铺,交错相连,杂乱无章。与靠近市区的贫民窟不同,它远离贝歇尔的中心地带,很容易被人遗忘。

"你在这儿巡逻过多久?"我说。

"六个月,标准惯例。你想象得到:街头盗窃、毒品、卖淫,亢奋的年轻人互相殴斗,把对方揍个半死。"

"谋杀?"

"我在的时候有两三起。为了毒品。但大多都不至于此:黑帮相当聪明,互相惩戒,却不想招来重案组。"

"那就是说有人被惹急了。"

"对。或者根本不在乎。"

"好,"我说,"我要你调查这件案子。你手头有任务吗?"

"没什么太紧急的。"

"我要把你调动一下。在这儿还有线人吗?"她努了努嘴,"尽量找到他们。要是不行,就跟本地人聊聊,看谁的嘴比较松。我要你展开实地调查,在这片工业区内仔细打探——再告诉我一遍,这地方叫什么来着?"

"波各斯特村。"她干笑了一声;我扬起一边的眉毛。

"就这个村子,"我说,"看你能发现什么。"

"我的警长会不高兴。"

"我来跟他交涉。是巴沙辛,对吗?"

"你来解决?就是说,我有你撑腰?"

"先别着急定论。我现在只是要你集中精力调查这件事,并直接向我汇报。"我把手机和办公室电话都给了她。"待会儿你可以带着我在考德维纳观光一番。另外……"我瞥了一眼诺斯丁,她也看到了我的动作,"留心观察。"

"也许他说得对。没准就是个狂妄的虐待狂,长官。"

"也许吧。让我们查一查,为什么她把头发收拾得那么干净。"

谁的直觉更强,大家都心知肚明。科勒万警长从前执行街头任务时,曾经顺着毫无逻辑可言的线索破过几宗案子,而总探长马克勃格却没有此类案例,他的良好记录来自勤勉努力。我们决不会将那些琐碎而难以言喻的判断称作"直觉",以免太招摇过市。但当你看到一名侦探亲吻自己的手指,并触碰前胸时,你就知道,他的直觉来了,因为通常来说,他胸口悬着代表灵感守护神圣沃尔沙的饰物。

当我询问警员舒斯基尔和布莱密夫为何要搬动床垫时,他们先是很吃惊,然后替自己辩护,最后变得闷闷不乐。我把他们写入了报告。本来,如果他们道个歉,我会放他们一马。遗憾的是,这类事太常见了:警靴踏入残存的血迹,指纹遭到污染与破坏,证物毁灭丢失等等。

空地外围聚着一小群记者。其中一人好像叫佩特鲁斯,还有瓦尔第尔·莫希里,以及一名叫拉克豪斯的青年。

"探长!""博鲁探长!"甚至有人喊:"提亚多!"

新闻社的人大多彬彬有礼,并听从我的建议,不会刊登不宜透露的信息。近年来,出现了一些激进的报章,它们有的受到英国与北美的影响,有的甚至受其控制。这是不可避免的,事实上,本地的知名报社都过于严肃乏味。问题不在于它们经常煽动公众的情绪,甚至不在于年轻记者令人恼怒的举止,而在于这些记者倾向一味地追从某些他们出生前便已问世的

口号。例如《坦诚！》周刊撰文的拉克豪斯。他明知有些事我不可能透露，却仍来骚扰我，还贿赂低级警员。有时他甚至能得手，然而，即使毫无必要，他仍时常将"公众有权利知道！"这句台词挂在嘴边。

他第一次这么说的时候，我都没听懂。在贝歇尔语中，"权利"一词有太多歧义，我无法了解他真正的用意。我不得不暗自将其译成英语（我的英语还算过得去）才得以理解。他对此类陈词滥调无比忠诚，甚至到了妨碍交流的程度。也许非要我朝着他怒吼，斥责他是食腐的秃鹰，他才会满足。

"你们知道我的回答。"我对他们说。我们之间隔着警戒条。"今天下午记者招待会，在重案中心。"

"什么时间？"有人在拍我。

"会通知你的，佩特鲁斯。"

拉克豪斯说了句什么，但我不予理睬。我转过身，目光扫过冈特街的尽头，望向远处街边肮脏的砖房。垃圾随风飘移。很难说清它们在哪儿。一名老妇步履蹒跚地缓缓离我远去。她转头望向我。她的行为让我吃了一惊，我注视着她的眼睛，心中思忖，她是否有事想告诉我。一瞥之下，我留意到她的衣服，留意到她走路的方式与姿态，留意到她的相貌。

猛然间，我意识到，她根本没在冈特街上，我不应该看她。

慌忙中，我赶紧将视线移向别处，而她也同样迅速地扭头。我抬头观望一架即将降落的飞机。片刻之后，我又望向先前的方向，小心翼翼地刻意忽略那名老妇及其周围的异国街道，只是看着冈特街破落萧条的建筑。

## 第二章

我让一名警员载我到莱斯托夫以北,靠近桥梁的地方。这一区我不太熟悉。我念书的时候当然上过岛,也曾造访那片废墟,此后偶尔也有来,但我当年多半是在别处晃悠。糕饼店和小工坊外面钉有本地的指路牌,我依照其指示来到一座漂亮的广场,那里有个电车站。我在一家以沙漏为徽记的安老院和一家香料店之间等着,空气中弥漫着肉桂的气味。

电车伴随着叮当的铃声驶来,在轨道中左摇右晃,尽管车厢不太满,我却没有坐下。我知道,随着我们一路往北驶向贝歇尔市中心,乘客将陆陆续续上车。我站在窗边,望着城中陌生的街道。

我想起那女人凄惨地蜷缩在旧床垫底下的场景,周围还有来回嗅探的食腐动物。我用手机给诺斯丁打了个电话。

"那床垫有送去检测微量证物吗?"

"应该有吧,长官。"

"去核实一下。假如技术人员已经在检测,那就没问题,但布莱密夫和他的搭档有可能把证物弄得一团糟。"也许她才刚入行。我们若是再迟一星期发现,没准她的头发就是闪亮的金色了。

　　河边的区域错综复杂，许多建筑都有一百年，乃至数百年的历史。电车轨道穿梭于贝歇尔偏僻的小路中，沿途的房屋至少有半数看着仿佛要朝我们倾倒下来似的。电车摇摇摆摆，逐渐减速，跟随着本地与异地的车辆来到一片交错区域，此处的贝歇尔建筑全是古董店。近年来，这门生意颇为兴旺，可与城中任何行当媲美，当人们清空祖上留下的寓所时，往往将世传的物品擦拭一新，以换取若干贝歇尔马克。

　　有一部分社论撰写者持乐观态度。尽管政党首领们在城邦议会中互相无情地斥骂，但各党派的新一代成员却携手将贝歇尔的发展放在首位。每一笔外资注入——大家都很吃惊竟然真有外资投注——都带来一片喝彩。甚至有几家高科技公司最近也迁了进来，不过很难相信是由于贝歇尔自诩为"硅港"的缘故。

　　我在瓦尔王的雕像附近下车。市区非常繁忙：我停停走走，不时向市民和本地的游客道歉，小心翼翼地刻意无视另一些人，最后来到重案中心那方方正正的混凝土大楼跟前。两队游客正在贝歇尔导游的引领下观光。我站在台阶上，顺着尤洛巴街观望，试了好几次才接通信号。

　　"柯维？"

　　"长官？"

　　"你熟悉那地方：有可能涉及越界吗？"

　　片刻的沉默。

　　"似乎不太可能。那里基本上是全区域。整个波各斯特村住宅区肯定都是。"

　　"不过冈特街上有些地方……"

　　"对。但最近的交错区域也在数百米开外。他们不可能……"对凶手来说，风险实在太大。"我觉得可以假设没有越界行为。"她说。

　　"好吧。让我知道你的进展。我这就回总部。"

# 城与城

一

我手上还有其他未结的案子,需要处理相关的文案表格,它们就像盘旋的飞机,依次排队等候。一名女子被男友殴打致死,尽管我们已对凶手展开追踪,机场也张贴了肖像,他却依然在逃。老头司帖林伏击一名破门而入的嗜毒者,却被自己手中所持的扳手一击致命。这件案子难以了结。一名叫阿维德·阿维德的青年男子遭到种族主义者的袭击,头磕在路沿上,鲜血直流,而一旁的墙上则写着"伊布鲁垃圾"。这件事我跟特别调查组的同事申沃伊合作,他在阿维德遇害前,就已秘密潜入贝歇尔的极右翼组织。

我正在办公桌前吃午餐,拉米拉·雅泽克打来电话。"刚盘问完那群小家伙,长官。"

"怎么样?"

"你应该庆幸,他们不太了解自己的权利,不然的话,诺斯丁可能会面临起诉。"我揉了揉眼睛,咽下口中的食物。

"他干什么了?"

"巴里奇的伙伴塞尔吉夫嘴硬,诺斯丁抽了他一嘴巴,还说他是主要怀疑对象。"我不禁咒骂一句。"还好不算太重,至少让我更容易扮'好警察'。"我们吸取了英语中"好警察,坏警察"的说法,并予以活用。诺斯丁属于太容易转向粗暴盘问的类型。有些嫌疑人需要特殊的方法来对付,比如在审问过程中让其滚落楼梯,但爱顶嘴的少年不在此列。

"总之,没什么大碍,"雅泽克说,"他们的叙述都说得通。他们四个躲在树丛里。或许有那么一点不守规矩。他们在那儿呆了至少几个小时。在此过程中——别问得太细,你最多能得到一句'天还黑着'——其中一个女孩看到那辆面包车从草地上开进滑板场。她也没多想,因为不管白天

黑夜,总有人去那儿交割生意,丢弃物品,等等,干什么的都有。那辆车绕了个圈子,经过滑板场,然后又开回来。过了一会儿,就飞快地离开了。"

"飞快地?"

我在记事本上草草涂鸦,并尝试单手调出电脑里的邮件。连线断了好几次。附件太大,系统的性能也不够强。

"对。匆匆忙忙,减震器负荷很重。所以她才注意到那辆车离开。"

"关于车辆的描述?"

"'灰色。'她对面包车的型号不太在行。"

"给她看图片,看看是否能鉴别出制造商。"

"好的,长官。我会让你知道结果。后来,至少又有两辆车来过,不知干什么的,据巴里奇说,是来交易的。"

"那可能会扰乱轮胎痕迹。"

"那女孩犹豫不决,大约一小时后,才向其他人提起那辆面包车,于是他们过去查看,没准它是来扔东西的。据说有时候能捡到杂七杂八的旧货,音响、鞋子、书籍之类的。"

"然后他们发现了她。"有些邮件已传送进来。其中一封来自拍摄照片的现场勘察员,我点开邮件,开始浏览相片。

"他们发现了她。"

嘉德勒姆警长把我唤进办公室。他通常语声轻细,故作亲切,矫饰的成分太过明显,但他总会放手让我按自己的意思行事。他一边敲打键盘,一边咒骂,而我就坐在一旁。我看到他的显示屏边框上贴着纸条,多半是数据库密码。

"是吗?"他说,"住宅区?"

"是的。"

"在哪儿?"

"南部,郊区。年轻女子,身上有刺伤。舒克曼已经在检验。"

"妓女？"

"有可能。"

"有可能，"他一边说，一边将手放在耳边作聆听状，"但是。我能听出来。好吧，继续，跟着感觉走。你要什么时候乐意，就跟我说说那个'但是'的原因吧？谁是你下属？"

"诺斯丁。我还找了个巡警来帮忙。柯维。一级警员。她熟悉那一片。"

"是她的巡区？"我点点头。差不多。

"还有什么没结的案子？"

"我手上？"我告诉了他。警长点点头。即使还有其他案子，他仍允许我抽出时间继续调查"佚名女"。

"你有看整个过程吗？"

现在时间是晚上不到十点，距离我们发现被害人已有四十多小时。柯维驾车——虽然我们的车没有警徽，但她并不掩饰自己的制服——在冈特街附近转圈。昨晚我归家很迟，早晨也曾独自来此，但此刻我再次回到这一街区。

交错区域主要存在于较为宽阔的街道，当然其他地方也有，但在如此偏远之处，基本上是大片的全整区域。古老的贝歇尔式建筑，窗格繁密，屋顶倾斜陡峭；这些破旧工厂和仓库至少有数十年历史，窗玻璃往往早已碎裂，即使它们仍在运作，也只发挥了一半的效能。有些建筑的门窗被封死，而杂货店门前也拉起了铁丝网。还有一些更为老旧破落的门面，也都是典型的贝歇尔风格。一部分房屋被改造成礼拜堂和药店，另一些则毁于火灾，残存的焦炭间，原本的样式隐约可辨。

此处不太拥挤，但远远算不上空旷。户外的人群仿佛永久存在的布景。今天早晨人比往常少，但并非十分显著。

"你有看舒克曼验尸吗？"

"没有，"我正对照着地图观察经过的区域，"我到的时候他已经收工

了。"

"怕呕吐?"她说道。

"不是。"

"嗯……"她一边微笑,一边驾着车拐过一个弯,"就算是你也不会承认。"

"对。"我说道,尽管事实并非如此。

她指给我看各处地标。我没告诉她,我今天已经来考德维纳查看过了。

柯维并未试图掩饰她的警服,如此一来,见到我们的人不会以为我们意图施行诱捕;同时,我们也没驾驶蓝白相间的警车,这意味着,我们不是来骚扰的。多么微妙的默契!

周围大多数人都在贝歇尔,因此我们可以观察他们。长久以来,贝歇尔服装的样式与色泽单调又呆板——被称为没有时尚的时尚——而贫穷更剥夺了美感。另一部分人的着装则不同,但我们意识到他们身处异地,因此必须视而不见,然而贝歇尔年轻人的服饰与父辈们相比,却较为鲜艳有型。

贝歇尔的男男女女基本上只是从一处走去另一处(这还用说吗?),有些人刚下夜班,有些人出外串门,有些人则去商店。尽管如此,这里仍有不少鬼鬼祟祟的家伙,我们沿途察看,对他们构成了威胁,而他们的疑虑也不能说是纯粹的无中生有。

"今天早晨,我找到几个曾经有联络的本地人,"柯维说,"询问他们是否听到什么风声。"她驶过一片较为阴暗的地区,交错区域的平衡比例有所变化,我们保持沉默,直到周围高耸的街灯再次变得熟悉起来。灯光下——我们所在的街道循着透视的角度弯曲延伸——有一群依墙而立的妓女。她们警惕地看着我们接近。"我运气不佳。"柯维说。

在调查中,她甚至没能收获一张照片。她去得太早,只能找到一些台面上的线人:烟酒店职员,或者本地的牧师。那些牧师任职于低矮的教堂内,属于最后的工人教士①,他们都是勇敢的长者,胳膊上文有镰刀十字,身后的书架上则搁着古铁雷斯②、饶申布士③、卡南·巴纳纳④等人的贝歇尔语译著。柯维别无他计,唯有向闲坐在门口的人们询问波各斯特村的状况。他们听说了谋杀案,但一无所知。

如今,我们有了一张照片。是舒克曼给我的。我们从车里钻出来,我挥了挥照片:动作很明显,故意让那些女人看见,这样她们就会明白,这才是我们此行的目的,而不是来抓人。

柯维认识其中一些人。她们一边抽烟,一边注视着我们。天气很冷,我跟所有人一样,诧异于她们套着丝袜的腿。当然,我们影响了生意——许多路过的本地人抬头看到我们,便又望向别处。我见到一辆警车缓缓驶过,使得车流减慢下来——一定是发现了易于拘捕的目标——但司机和客座上的人看到了柯维的制服,于是一边重新加速,一边行了个礼。我朝他们的车尾灯挥手回礼。

"你们想干什么?"一个女人问道。她穿着廉价长筒靴。我给她看照片。

他们已将"佚名女"的脸清理干净。脸上仍留有痕迹——化妆底下看得出擦伤。他们有能力把相片中的伤口完全消除,但这些伤口带来的震撼对盘问很有帮助。这是她头发被剃光之前拍的照。她看上去并不安详,反而很焦躁。

---

① 译注:以传教为目的参与世俗职业,体验工人生活的牧师。20世纪40年代出现在法国,但也传播至许多其他国家。

② 译注:古斯塔沃·古铁雷斯·梅里诺,1928年生,秘鲁神学家,多明我会教士,为《解放神学》一书的作者与解放神学的代表人物。

③ 译注:沃特·饶申布士(1861—1918),德裔美国神学家,在纽约担任牧职时,接触到都市低下阶层,感受到劳工阶层所面对的剥削及社会罪恶,随着到欧洲深造,研究经济及劳工问题,逐渐形成了他的"社会福音"理论。

④ 译注:卡南·巴纳纳(1936—2003),津巴布韦第一任总统,也是卫理公会牧师,曾参与了"黑人虔诚理念解放运动",成为非洲联盟议会的副主席。

"我不认识她。""我不认识她。"我没察觉有谁认出她来却迅速加以掩饰的。她们聚集在昏黄的灯光下,三三两两的嫖客在周围的黑暗角落里徘徊。照片在她们手中传递,有些人发出同情的慨叹,但没人认得"佚名女"。

"怎么回事?"有个女人向我要名片,于是我给了她。她肤色黝黑,祖辈是闪米特人或土耳其人。她的贝歇尔语带有口音。

"我们正在调查。"

"我们需要担心吗?"

我一时闭口不言,柯维说:"如果我们认为有必要,会告诉你的,塞拉。"

我们造访了一群在弹球房外喝烈酒的年轻人。柯维跟他们开了几句低俗玩笑,然后让他们传阅照片。

"为什么找他们?"我压低嗓音问道。

"这些是刚入道的帮派成员,长官,"她告诉我,"注意看他们的反应。"但他们没有流露出任何知情的迹象。他们还回照片,冷淡地接过我的名片。

我们在其他聚会场所重复这一过程,每次过后都远远地躲在车里,等上几分钟,以便让有困扰的成员溜出来找我们,诉说零星的异状,如此或可间接地帮助我们寻找女死者的具体身份与家庭。没人来找我们。我给许多人发了名片,对于少数据柯维说较为重要的人物,则在记事本中写下名字与详情。

"我认识的人基本上就是这些了。"她说。有一部分人认出了她,但这似乎并不影响他们对待她的态度。等到我们一致同意收工,已是凌晨两点多钟。半盈的月亮已然消失:最后一轮调查过后,我们驻足于街头,路上空荡荡的,连最迟的夜游客也已离去。

"她依然是个问号。"柯维很惊讶。

"我去安排在这片区域张贴海报。"

"真的吗，长官？警长会同意？"我们压低声音。我用手指勾住一道铁丝网，其内部的空地中只有水泥块和灌木。

"对，"我说，"他最终会接受。那不算太过分。"

"需要数名制服警员花上几个小时，而且他也不会……不会为了……"

"我们得设法鉴定出死者的身份。该死，我自己来贴。"我打算把海报送到全市各个分局。假如"佚名女"的情况与我们的直觉相符，等到查出她的名字，仅有的一点点线索也将消失殆尽。我们的时间在流逝。

"你说了算，长官。"

"不是那么回事，不过这件事我的确有一点点发言权。"

"我们回去吧？"她指了指车。

"我坐有轨电车。"

"当真？不是吧，那得要好久呢。"但我挥挥手表示无所谓。我独自离开，唯有自己的脚步声和小巷中癫狂的狗吠一路相伴，而昏暗的街灯也逐渐被异邦的橙光所掩盖。

与在外面相比，舒克曼在实验室里较为沉静自制。我正跟雅泽克通电话，向他索取昨天盘问年轻人的录像，这时舒克曼联系我，要我过去一趟。当然，实验室里很冷，充斥着化学药品的气味。巨大无窗的房间里布满了黑乎乎，沾满污渍的家具，有木制的，也有铁制的。墙上挂着几块留言板，密密麻麻地贴满纸片，仿佛是从上面长出来似的。

房间的角落和工作台边缘似乎隐藏着尘埃，但我用手指划过突起的防溢闸旁一条看似污秽的凹槽，手指却是干净的。那都是陈年的旧污渍。舒克曼站在铁制解剖台的尽头，"佚名女"躺在解剖台上，盖着一块略微肮脏的布，脸部暴露在外，双目圆睁，而我们正在谈论她。

我望向哈姆辛内奇。他也许只比女死者略为年长。他双手相扣，恭敬地站在一旁。不知是否巧合，他刚好站在一块钉纸板旁边，那上面除了明信片与备忘录，还有一块小巧华丽的真言书匾。对于杀害阿维德·阿维德的凶手来说，哈穆德·哈姆辛内奇也是"伊布鲁"。如今使用这一称谓

的，主要是老派守旧人士和种族主义者，也有人将它当作自取的名号，以彰显其愤世嫉俗：贝歇尔最著名的嘻哈乐团之一就叫"伊布鲁WA"。

当然，理论上讲，被赋予这一称谓者，至少有一半并不确切，甚至是荒谬可笑的。然而两百多年来，寻求庇护的巴尔干难民使得城中穆斯林人口迅速增长，"伊布鲁"在古贝歇尔语中指犹太人，现在却也被安到了新移民身上，成为对这两种族群的通称。新来的穆斯林的定居之处正是以前的犹太人街区。

即使在难民到来之前，贝歇尔的这两个少数族群就已结成传统上的联盟，有时是为了互娱互乐，有时则出于惧怕，取决于当时的政治气氛。在我们的老笑话中，常常嘲讽排行中间的孩子愚蠢，但鲜少有市民知道，它源自数百年前贝歇尔首席拉比与大阿訇的一段诙谐对话，讥讽贝歇尔东正教会缺乏节制。他们一致认定，古老的亚伯拉罕信仰具备智慧，新兴的亚伯拉罕信仰充满活力，而贝歇尔东正教会两样都欠奉。

在贝歇尔历史上，很久以前便产生了一种叫作"联营咖啡座"的店铺：穆斯林和犹太咖啡馆相邻而设，各有各的柜台与厨房，分别提供清真食品与犹太洁食，但卸除隔墙，共用同一个店名，同一块招牌，同一批餐桌。不同种族的人们结伴而来，向两边的店主致意，然后便坐到一起，只有各自去点餐时才短暂地分开，而无信仰者则炫耀似的从两边同时购买。至于"联营咖啡座"究竟是一家店还是两家店，要看提问者是谁：假如是房产税征收员问的，那肯定是同一家。

如今，贝歇尔的族群聚居区只是建筑上的概念，而非官方的政区划分，无论是摇摇欲坠的旧屋，还是新建的中产住宅，都与风格迥异的异地建筑挤在一起，呈犬牙交错状。然而，这毕竟是城市的现实，而不仅仅是隐喻，哈穆德·哈姆辛内奇在研究过程中也会面对种种不快。我对舒克曼的看法略有改善：以他的年纪与性格，哈姆辛内奇在他面前仍能自由地展示信仰，这或许让我稍稍有点惊讶。

舒克曼没有掀开"佚名女"身上的布。她躺在我们之间。他们作了一些处理,使得她看上去仿佛宁静地沉睡着。

"我已经把报告发到你的电邮,"舒克曼说,"二十四五岁,女性。除了已经死亡之外,整体健康良好。死亡时间是前天半夜,当然,会有少许出入。死因是胸前的穿刺伤。共四处,其中之一戳入心脏。像是锥子或长钉之类的,不是刀具。她的头部也有一处重伤,还有许多零零碎碎的擦痕。"我抬起头。"在头发底下。她的头部侧面曾遭到重击。"他缓缓地挥动手臂,模仿击打动作。"颅骨左侧。我猜那一下把她打晕了,至少让她跌倒在地,晕眩无力,然后才是致命的刺伤。"

"被什么东西打的?头上那一下?"

"沉重的钝物。有可能是拳头,但我觉得不像。"他娴熟地掀开布的一角,展示出死者的头部侧面。该处的皮肤呈现出丑陋而毫无生气的瘀青色。"你瞧!"他示意我凑近她剃光的头皮。

我一靠近便嗅到了防腐剂的气味。深褐色发根间有若干结疤的细小刺痕。

"这是怎么回事?"

"不知道,"他说,"并不太深。我想应该是她倒下时碰到的。"这些伤口的大小类似于笔尖刺入皮肤,杂乱地覆盖了大约一掌宽的面积。其中有的呈细线状,长约几毫米,中间较深,两头逐渐变浅,直至消失。

"有没有性交的迹象?"

"最近没有。因此,假如她是妓女,有可能是因为拒绝某种服务而导致如此悲惨的下场。"我点点头。他等待着。"我们已把她清洗干净,"他最后说道,"她浑身覆盖着泥尘与草渍,但考虑到她躺卧的地方,这应该在意料之中。另外,还有铁锈。"

"铁锈?"

"到处都是。有许多轻微的擦伤与割伤,大多是死后造成的,再加上许多铁锈。"

我再次点点头,皱起眉头。

"防御性伤口?"

"没有。是出其不意或者从背后袭击的。尸体上还有若干类似刮痕的印迹。"舒克曼指向一片磨损的皮肤。"说明她曾遭到拖拽。凶案过程中造成的损害。"

哈姆辛内奇欲言又止。我抬头瞥了他一眼。他悲哀地摇摇头:没什么。

## 第三章

　　海报已张贴出来，大多在"佚名女"被发现的区域附近，也有一些在主街道上，诸如克耶佐夫，托比萨之类的商业区。我离开公寓时，甚至也看到了一张。

　　我的公寓不太靠近市中心。我住在老城东南偏东方向的伏尔克夫街上，那是一栋六层高的塔楼状建筑，我的套房在顶楼往下一层。这条街是繁复的交错区域——建筑群的风格交替变换，有几处甚至每隔一栋房就变一次。本地的建筑普遍要比异地的高出两三层，因此贝歇尔式屋顶时不时高高耸起，整个景观如同连绵的城垛。

　　荣升堂教会位于伏尔克夫街尽头，窗户外镶有铁丝护栏，但一些彩色玻璃已经碎裂，周围支架结构的高塔投下斑斑驳驳的阴影，笼罩着教堂，不过这些塔并不属于本地。每隔数天，此处便有渔市。我常常在小贩的叫卖声中吃早饭，他们身边总是围绕着一桶桶冰块和一堆堆鲜贝壳。就连在摊位里干活的年轻姑娘也打扮得像是老祖母，仿佛出自怀旧照片，她们的头发高高束起，头巾的颜色好似洗碗布，围裙上布满灰红相间的花纹，以掩盖洗鱼时沾染的血污。不知是否出于错觉，男人们看上去就像刚从船上下来似的，仿佛出海归来之后便一路将货物运送至我家楼下的碎石路上。贝歇尔的顾客在货物间流连徘徊，不时地嗅一嗅，戳一戳。

每天清晨，火车在离我窗口数米远的高架轨道上驶过。它们不属于这座城市。虽然我不会真那么干，但我可以窥入车厢内部——距离实在很近——与异邦乘客对视。

而他们所能见到的只不过是个瘦削的中年人，身穿睡袍，一边以酸奶与咖啡作早餐，一边抖开报纸——《文化报》、《每日新闻》，或者是一份字迹模糊的《贝歇尔日报》，用以练习英语。通常他都孤身一人——偶尔或有一名年纪相仿的女子做伴，这样的女性有两个，每次必是其中之一。（一个是贝歇尔大学的经济历史学家；另一个则是艺术杂志的作家。她们互相不认识，但即使知情，也不会介意对方的存在。）

我一离开家，就看到距离前门不远处的招贴栏里，"佚名女"的脸正凝视着我。尽管她闭着眼睛，但他们处理了图像，使得她看上去不像是已经死亡，而是处于昏迷状态。海报是黑白的，打印在亚光纸上，其中写道：**你认识这名女子吗？请联系重案组**，然后是我们的电话号码。海报出现在此，说明本地的警察效率颇高。或许它已被张贴到区内各处。或许他们知道我的住址，于是在关键位置贴上一两张，专门给我看的，免得我去烦他们。

到重案组基地有几公里路程。我步行前往。我沿着一排砖拱门行走：其顶端靠近轨道处不属于本市，但拱廊基部并非完全处在异邦。我只可以直视位于本地的拱门，其内部是些小店铺和临时住宅，墙上则画着涂鸦艺术。对贝歇尔来说，这是一片安静的区域，但街上挤满了异地人群。我刻意忽视，但在人群中穿行很费时间。我还没走到达卡米尔街的转角，雅泽克的电话就来了。

"我们找到了那辆面包车。"

我拦下一辆出租车，在车流中停停走走。马黑斯特桥上堵满了车，既有本地的，也有异地的。随着我们缓慢地向西岸挪移，我望向肮脏的河流，码头边黑烟缭绕，停靠着覆满污垢的船只，而在异邦的河滨，矗立着一栋栋镶有闪亮玻璃外墙的建筑——一片令人羡慕的金融区。几艘水上出租艇驶过水面，但没人在意，几艘贝歇尔的拖船在其尾迹中颠簸。那面包车歪斜地停在建筑物之间。它所在之处并非停车位，而是一家进出口公司和一幢办公楼之间的窄巷，连接着两条较大的街道，狭窄的空间内满是垃圾和狼粪。小巷两头拉着罪案现场封锁条——这稍许有些不妥，因为这条巷子其实是交错区域，只不过很少有人经过，这种情况下，规则通常可以稍稍通融。我的同僚们正围着车辆团团打转。

"长官。"说话的是雅泽克。

"柯维在路上？"

"对，我把情况都告诉她了。"关于我征用柯维警员的事，雅泽克只字未提。她领着我走过去。这是一辆又破又旧的"大众"车。它其实是米白色，而不是灰色，但灰尘使其颜色显得更深暗。

"你们清理完了吗？"我说。我戴上橡皮手套。MEC调查员点点头，然后继续在我身边忙碌。

"车门没上锁。"雅泽克说。

我打开门，摸了摸开裂的车座套。仪表板上放着一件小饰物——玩呼啦圈的塑料圣像。我又拉开仪表板下的贮物箱，里面除了一本破破烂烂的交通图，就只有灰尘。我翻了翻那本地图，但没什么特别的：典型的贝歇尔驾车指南，只不过是黑白的老版本。

"怎么知道就是这辆？"雅泽克带我到车尾，拉开尾门。那里面同样布满灰尘，还有一股潮湿的气味，但不至于令人恶心，基本上是铁锈与霉菌，除此之外，还有尼龙绳和一大堆杂物。"这些是什么？"

我拨弄了一下。都是些零散物件。一架摇摇晃晃的小马达，不知干什么用的；一台破电视；一些来历不明的杂碎，螺旋钻头钻出的碎花，底下则是一层破布与尘埃。到处是铁锈与氧化物。

"看到没？"雅泽克指向地板上的污渍。若不细看，我还以为是油。

"办公楼里的人打电话来,说有一辆弃置的面包车。制服警员看到车门是敞开的。我不知道他们是听从了警告,还是本来就查得仔细,反正我们很幸运。"昨天早晨,全体贝歇尔巡警都收到消息,要求调查所有灰色的车辆,并向重案组通报。我们很幸运,这些警员没有直接叫来监管车辆的交警。"总之,他们看到地板上有异物,就送去检测。我们仍在复核,但那似乎就是'佚名女'的血型,确切结果很快就能出来。"

我俯身翻查那堆废弃的杂物,感觉自己就像一粒灰尘,被压在沉重的垃圾底下。我轻轻挪动那些物品,将它们稍稍抬起。我的手沾染了红色。我逐一拨弄查看每件物品,估测其重量。若是抓住引擎的导管,或许能将它抡起来:其底部笨重,足以震碎击中的物体。但它似乎没有磨痕,也没有沾染血迹和头发。我猜这不是凶器。

"你们没拿走什么东西吧?"

"没有,没有文件,没有任何东西。里边什么都没有。除了这个。一两天内就能拿到结果。"

"这里面那么多杂物。"我说。柯维已经到了。几个路人在小巷两端慢下脚步,观看MEC调查员工作。"可以预见,微量证物不是不够,而是太多,这才是问题所在。"

"好吧,让我们先推测一下。她全身的锈迹来自这堆垃圾。她一直躺在车里。"她的脸上和身上都有锈污,而不是集中在双手:她没有试图将垃圾推开或者护住头部。她在面包车里,垃圾滚到了她的身上,当时她不是昏迷不醒,就是已经死亡。

"他们为什么载着这些鬼东西到处乱转?"柯维说。当天下午,我们查到了面包车车主的姓名与住址,而第二天早晨,我们得知,那血迹正是"佚名女"的。

此人名叫米基耶尔·库鲁希。他是面包车的第三任车主,至少官方记录是如此。他有前科,曾经入狱服刑,两次人身侵犯,还有盗窃,最后一回是四年前。另外——"看。"柯维说——他也曾因买春入狱,在某个卖淫窝点，找上了一名卧底女警。"就是说他是个嫖客。"自那以后，他从警方的雷达上消失了，但这次的紧急调查显示，他成了一名商贩，在城内诸多市场中售卖零碎杂物，并且每周有三天都要去一家店铺，位于贝歇尔西部的马希林。

我们能将他与面包车联系起来，也能将面包车与"佚名女"联系起来——就缺一条直接连线。我去办公室查电话留言。有一则是关于司帖林一案的琐碎小事，另一则是关于海报的内线电话，还有两个直接挂断的。两年来，他们一直承诺说，要升级我们的交换机，使其支持来电显示。

当然，有许多人打电话进来说认识"佚名女"，但迄今为止，只有极少数——接听电话的人员知道如何过滤掉那些谬误和恶意的信息，其精确程度令人惊讶——值得继续追查。有人说那尸体属于一名律师助理，在捷达区的一家小律师行任职，已经好多天没人见到她了；另有一匿名者坚称："她是个妓女，叫作'翘嘴'露辛，我就只能告诉你这么多。"制服警员正在核实情况。

我告诉嘉德勒姆警长，打算去库鲁希家里找他谈谈，劝他自愿合作，提供指纹与唾液。我要看他如何反应。假如他拒绝，我们可以发传票，并将他纳入监视之下。

"好，"嘉德勒姆说，"但别浪费时间。他要是不合作，就把他隔离收押。"

尽管贝歇尔的法律允许此种手法，我仍会尽量避免。隔离收押，或者"半拘捕"，意味着我们可以将不愿合作的证人或"相关人员"扣押六小时，以进行预审。我们不能提取物理证据，也不能由不合作或沉默态度推断出任何官方结论。这一手段通常是用来从没有足够证据拘捕的嫌犯口中获取招供。而对于那些我们认为有潜逃危险的人，有时也能起到遏止作用。但法官和律师却反对这种方式，受到"半拘捕"的人往往会在后续审理中占据上风，因为我们显得太急切。老派作风的嘉德勒姆并不在意，于是我手上就多了一支令箭。

库鲁希在一片经济迟滞的地区做些低调的生意。我们展开紧急行动。当地警员凭借一些掩人耳目的借口，将库鲁希困在原地。

我们将他从办公室里带出来。他的办公室就在店铺楼上，闷热而肮脏，若干文件柜依墙而立，空隙间露出斑驳褪色的墙壁，墙上挂着几幅工厂日历。当我们把他带走时，他的助理愣愣地看着我们，不断将桌上的物品拿起又放下。

柯维和其他制服警员出现在门口之前，他就已经知道我的身份。无论我们采取何种姿态，作为一名前犯，他很清楚自己并未受到拘捕，可以拒绝跟我们走，倘若如此，我就只能遵从嘉德勒姆的命令了。见到我们之后，他先是愣了一下，仿佛考虑逃跑，但他能往哪里跑呢？楼梯是唯一的出入口。很快，他便跟随我们沿着墙壁上摇摇晃晃的铁楼梯走了下来。我压低嗓音，通过无线对讲机让事先安排好的武装警员撤离。他压根没看到他们。

库鲁希粗壮敦实，身上的格子衬衫就跟他办公室的墙壁一样褪色而肮脏。在审讯室里，他隔着桌子望向我们。雅泽克坐着，柯维站立一旁，我事先指示过她不要说话，只管观察。我来回走动。我们没有录音。理论上讲，这不是审问。

"知道为什么带你来这儿吗，米基耶尔？"

"完全不清楚。"

"你知道你的面包车在哪儿？"

他猛地抬起头注视着我。他的语调变了——突然充满期待。

"就为了这事？"他最后说道，"那辆面包车？"他长出一口气，稍稍往后一靠，姿态依然很警惕，但稍有放松。"你们找到它了？就是为了它——"

"找到？"

"它被偷了。三天前。真的？找到了？天哪。是什么……它在你们手上？我能领回去吗？是怎么回事？"

我看了看雅泽克。她站起身,在我耳边低语了几句,然后又坐下,注视着库鲁希。

"对,就是为了它,米基耶尔,"我说道,"你以为呢?老实说,你不能把它领回去,别这样指着我,米基耶尔,闭上嘴,除非我让你开口;我不想听。问题在这儿,米基耶尔,像你这样到处送货的人需要一辆车。你却没有报告自己的车失踪了。"我低头略微瞥了一眼雅泽克,确定吗?她点点头。"你没来报失。我明白,丢失这样一件破烂,对你来说损失并不严重,那的的确确是一件破烂,没什么大不了的。不过,我还是在琢磨,假如它被偷了,为什么你没有报警,甚至没有通知保险公司。没有它你怎么做生意?"

库鲁希耸耸肩。

"没时间整理材料。我有这个打算,但我很忙……"

"我们知道你有多忙,米基,但我还是要问,你为什么没有报失?"

"我没时间整理材料。真的,真没什么可怀疑的——"

"都已经三天了?"

"你们找到它了?是怎么回事?有人用它犯了事,对不对?犯了什么事?"

"你认识这女人吗?星期二晚上你在哪儿,米基?"他瞪视着照片。

"天哪,"他的脸色变得煞白,"出人命了?天哪。她是被撞死的吗?肇事逃逸?天哪。"他掏出一台伤痕累累的PDA,没有拨动开关就开始查看。"星期二?我在开会。星期二晚上?老天爷,我在开会。"他发出不安的呻吟。"真该死,面包车被偷的当晚我在开会,有二十个人可以作证。"

"什么会?在哪儿?"

"伏耶维斯。"

"没有面包车,你怎么去的?"

"真见鬼,用我的轿车!没人把它也偷走。我去的是匿名戒赌互助会。"我凝视着他。"见鬼,四年来,我每个礼拜都去。"

"自从你上次出狱？"

"对，自从我出狱，天哪，你以为上次让我进警局是什么原因？"

"人身侵犯。"

"没错，我打断了那混蛋收注员的鼻子，因为我喝高了，而他威胁我。你担心什么？星期二晚上我在一间他妈的挤满了人的屋子里。"

"那最多只有，多久？两小时……"

"没错，九点以后我去了酒吧——戒赌互助会，不是戒酒——然后一直呆到下半夜，而且我也不是独自回家的。小组里有个女人……他们都会告诉你。"

这一点他想错了。匿名戒赌互助会的十八个人中，有十一人不愿泄露身份。小组召集人是一名扎着马尾辫的男子，身材瘦削结实，人称"豆子"捷特，他不肯把成员的名字告诉我们。他这么做是正确的。我们可以强迫他，但何必呢？另外七名愿意出面的成员都已经证实了库鲁希的说法。

七人中不包括他声称带回家的女人，但有几个人肯定了她的存在。我们可以找到她，但依然是这个问题，何必呢？MEC调查员在"佚名女"身上发现了库鲁希的DNA，他们很振奋，但那只不过是他的少量臂毛粘在了她皮肤上：他总是频繁地把东西从车里搬进搬出，因此这什么都证明不了。

"那他为什么没告诉任何人车丢了？"

"他说过，"雅泽克对我说，"只是没告诉我们而已。我跟他的秘书莉耶拉·基索夫谈过。这两天他一直在叽叽歪歪地抱怨。"

"他只是没空搜集材料向我们汇报？没有那辆车，他能干什么？"

"基索夫说他只是沿着河边搞些小生意。偶尔进货，量都很小。从境外弄点东西回来卖：廉价服装，非法光碟。"

"境外哪里？"

"瓦尔纳，布加勒斯特，有时去土耳其。当然，还有乌库姆。"

"所以他只是因为太忙才没有报失?"

"这种事有时的确会发生,长官。"

当然,我们无法归还他面包车,这让他很恼火——他不曾报失,现在却突然迫切地希望把车取回去。不过我们带他去保管处辨认。

"对,是我的。"我等着他抱怨车被用得太狠,但显然那辆车一直就是这副模样。"为什么我不能领回去?我需要它。"

"我反复说过,它是罪案现场。等我调查完了,就会还给你。这都是什么?"他一边咋咋呼呼地咕哝,一边朝后车厢里张望。我拦住他,不让他触碰任何东西。

"这堆破烂?我他妈才不知道呢。"

"我是说这个。"我指向撕裂的尼龙绳和凌乱的杂物。

"对啊。我不知道那是干什么用的。不是我放的。别这么看着我——为什么我要带上一堆垃圾?"

稍后,我在办公室里对柯维说:"你要是想到什么,请一定打断我,莉兹别特。因为在我看来,这姑娘是妓女与否尚无定论,也没人认识她,而其尸体被装在一辆偷来的面包车里,然后又被扔到光天化日之下。另外,不知出于何种原因,车上还有一堆精心收集的垃圾。但你瞧,里面没一件是凶器——相当肯定。"我戳了戳桌上告知我这一结论的文件。

"那片住宅区里到处是垃圾,"她说,"贝歇尔也到处是垃圾;他无论是从哪儿捡的都有可能。'他'……或者'他们'。"

"捡来藏在面包车里,然后连车一起扔掉。"

柯维坐姿僵硬,等着我继续说下去。那些垃圾毫无用处,仅仅是滚到女死者身上,使她浑身覆满铁锈而已,搞得她也像是陈旧的废铁。

## 第四章

　　两条线索都是误导。那名办公室助理辞职了，却没有通知他们。我们在贝歇尔东部的拜亚夏里克找到了她。对于给我们造成不便，她感到很愧疚。"我根本没递交辞职信，"她不停地说，"对这样的雇主，没必要交辞职信。这种事我从来没遇到过，从来没有。"柯维一下子就找到了"翘嘴"露辛。她跟往常一样在拉客。

　　"她一点也不像'佚名女'，长官。"柯维给我看露辛的照片。她很乐意搔首弄姿地让柯维拍照。假消息的提供者语气斩钉截铁，充满权威，然而我们无法追查其来源，也搞不懂为何会有人把这两名女子搞混。还有其他消息传进来，于是我派人去调查。我的工作电话里有留言，也有空白留言。

　　天开始下雨，我家门外的招贴栏里，"佚名女"的相片变得软塌塌的，挂满一道道水痕。一张很炫的巴尔干电子舞曲晚会广告盖住了她的上半张脸。晚会的图案与她的嘴唇和脸颊衔接在一起。我揭下新海报。没有扔掉——只是挪到一边，让"佚名女"再次显露出来，闭合的双眼与广告相毗邻。DJ雷迪克，"老虎"科鲁。劲歌热舞。我没见到"佚名女"的其他照片,但柯维向我保证,城中到处都是。

面包车里显然布满库鲁希的 DNA,但除了那几根毛发,"佚名女"与他没有瓜葛。况且,那些戒赌者不可能都在撒谎。我试图记下所有向他借过那辆面包车的人。他讲了几个名字,但坚持说偷车贼是陌生人。发现尸体之后的周一,我接到了一通电话。

"博鲁。"等待半晌之后,我再次报上自己的名字,于是对方也跟着重复。

"博鲁探长。"

"有什么需要效劳的吗?"

"我不知道。前两天,我期待你能帮我。我一直试图联系你。不过更有可能是我能帮你。"此人带有外国口音。

"什么?抱歉,你得说大声点——这线路实在很差。"

电话里充满静电噪音,那人听起来就像古董录音机。我无法判定是电话线路有迟滞,还是他总要等很久才回应我的话。他的贝歇尔语很不错,但有点怪,不时穿插着古语。我说:"你是谁?想要干吗?"

"我有消息告诉你。"

"你联络过我们的情报热线吗?"

"我不能。"他是从境外打来的。贝歇尔的老式交换机会产生独特的回馈音。"可以说这正是关键所在。"

"你怎么弄到我电话的?"

"博鲁,闭上嘴。"我再次希望有一台具备日志功能的电话。我挺直了身子。"谷歌搜索。你的名字在报纸里。你负责调查那女孩。越过助理这一关并不难。你到底要不要我帮你?"

我环顾四周,但毫无疑问身边一个人都没有。"你从哪儿打来的?"我拨开窗口的百叶帘,仿佛期望发现街上有人在观察我。当然,我什么也看不到。

"算了吧,博鲁。你知道我从哪儿打来的。"

我开始记录。这口音我辨认得出。

他是从乌库姆打来的。

"你知道我从哪儿打来,所以请不用费神问我的名字。"

"跟我交谈又不犯法。"

"你不知道我要告诉你什么。你不知道我要告诉你什么。这件事——"他停顿下来,我听见他用手捂住电话低声咕哝了几句。"你瞧,博鲁,我不知道你的立场,但我身处另一个国家跟你谈这件事,这或许很疯狂,也很无礼。"

"我不关心政治。听着,你要是能……"我切换至伊利塔语,亦即乌库姆的语言。

"不必了,"他用那种混杂着伊利塔词汇的老式贝歇尔语打断我的话,"反正是同一种丑陋的语言。"我记下他这句话。"快点闭嘴。你要不要听我提供的信息?"

"当然。"我站起身摸索,试图追踪这通电话。我的电话线没有追踪设备,即使能在他讲话的同时通过贝歇尔电信公司逆向追查,也得花上几个小时。

"你正在调查的那个女人……她死了。对不对?她死了。我认识她。"

"很遗憾……"我这么说是因为他沉默了很久。

"我认识她……有一阵子了。我愿意帮助你,博鲁,但并非因为你是警察。上帝,我不认同你们的权威。但假如玛瑞亚……假如她是被杀的,那我所关心的一些人可能面临着危险。包括我最最关心的人,也就是我自己。另外,应该有人为她……好了,我就知道这些。"

"她叫玛瑞亚。大家都这么称呼她。我是在这儿遇见她的。在乌库姆。我尽可能把所知的情况告诉你,但我知道的不多。因为那不关我的事。她是外国人。我是通过政治活动认识她的。她很认真——全力以赴,你明白吗?不过她的目标并不是我一开始所想象的。她知道很多事,也从不浪费时间。"

"听着。"我说。

"我只能告诉你这些。她住在这里。"

"她在贝歇尔。"

"算了吧,"他很恼火,"算了吧。那是不合法的。没有可能。就算她真去了贝歇尔,实际上也还是在这边。去牢房问问那些激进分子。肯定有人知道她。到处都有她的身影,参与各种地下活动。她一定是两边都去。她意图了解一切,因此总想到处乱跑。她正是这么干的。就是这样。"

"你怎么知道她是被杀的?"我听到他嘶嘶的呼吸声。

"博鲁,你要是真想说你很笨,那我就是在浪费时间。我认出了她的照片,博鲁。假如我认为没必要,假如我认为这件事无关紧要,你以为我会帮你?你觉得我是怎么知道的?*我看到了你们那张该死的海报。*"

他挂断电话。我依然将听筒握在耳边,仿佛他还会回来似的。

*我看到了你们那张海报。*我低头瞧了瞧笔记本,在他告诉我的种种细节旁边,写着"混蛋/混蛋/混蛋"。

稍后不久,我离开了办公室。"你还好吧,提亚多?"嘉德勒姆说,"你似乎……"我的气色肯定不太好。我在路边摊要了一杯浓烈的土耳其咖啡,但这是个错误,反而令我更加焦躁不安。

回家的路上,我难以辨识边界,难以选择该看的和不该看的,不过考虑到今天发生的事,也许并不算意外。我四周全是不属于本城的人群,熙熙攘攘,缓慢移动,而贝歇尔的这片区域却不甚拥挤。我将注意力集中在本地的砖石建筑——教堂、酒吧、一所由层层叠叠的砖房构成的学校——这是我自幼成长的环境。其余的,我尽力忽略。

当天晚上,我给沙莉丝卡打了电话,她就是那个历史学家。做爱固然是好,不过她有时喜欢讨论我手头的案子,她很聪明。我两次拨打给她,但两次都在她接听前挂断。我不能把她卷进来。违反保密条例,将调查中的案件谎称为假想案是一回事,使她涉及越界则是另一回事。

我脑中不停地重复着那句"混蛋/混蛋/混蛋"。最后,我带了两瓶红酒

回家，打算慢慢喝掉——就着橄榄，奶酪和香肠，以此作为晚餐。我继续在笔记本里涂鸦，画出抽象的图案，仿佛那样就能帮我理出头绪似的，但问题很明显——我进退两难。这也许是个精心设计，却毫无意义的骗局，我可能是受害者，但似乎又不太像。电话里那人多半讲的是实情。

倘若如此，我手上便掌握了一条重要线索，与"佚名女"玛瑞亚直接相关。如要继续追查，我知道该去何处，找什么人。而这件事只能由我自己去做。但是，假如被人知道我以此为依据展开行动，嫌犯的罪名便永远无法成立。更麻烦的是，我若是顺着这条线追查，那不仅仅是违反了贝歇尔的法令——这属于越界行为，是极其严重的问题。

告密者不应看到海报，因为那不在他的城市里。他绝对不该告诉我。他让我越了界。这条情报在贝歇尔就好比过敏原——一想到这儿，我就头皮发麻。我成了共犯。这是个既成事实。（或许是因为醉酒，我当时没意识到，他并不需要告诉我是如何知悉此事的，他这么做一定有原因。）

面对如此一份谈话记录，有谁不想把它一把火烧掉或撕个粉碎呢？不过我没这么做。我当然不会。我在厨房的桌旁一直坐到深夜，并将谈话笔记铺在面前，时不时漫不经心地涂写着"混蛋/混蛋"。我打开音乐：范·莫里森①在1987年巡回演唱会上与柯尔莎·雅科夫合唱的"火车小妞"，后者被称为贝歇尔的乌姆·库勒苏姆②。我继续喝酒，而"涉及越界的国外佚名女玛瑞亚"的相片就摆在那些笔记旁边。

没人认识她。上帝保佑，尽管波各斯特是全整区域，但也许她根本就不是合法地进入贝歇尔。她有可能是被运送过来的。那些少年发现了她的尸体，整个调查行动说不定就是越界行为。我不该力推此事，从而害自己受到牵连。也许我应该搁置调查，任由她的尸体逐渐腐烂。一时间，我似乎产生了逃避的念头。然而，我最终仍会尽自己的职责，尽管这意味着触犯一条最最基本的现实法规，而它比我领取薪水所维护的一切律法都重要

---

① 译注：北爱尔兰的传奇音乐人，其音乐风格复杂多变，对西洋乐界有着深厚的影响。
② 译注：埃及著名歌手，音乐家和演员，是阿拉伯世界最知名的女歌手之一。

得多。

我们小时候经常玩越界游戏。我从来都不太感兴趣，但轮到我时，仍会蹑手蹑脚地越过粉笔线，然后被朋友们追着跑，他们张牙舞爪，扮出恐怖的鬼脸。而等到我被召唤时，也会如此追逐他人。此外，我们也常常从泥地里挖出树枝与碎石，称其为贝歇尔魔矿石，或者玩一种融合了追逃与躲迷藏的"追捕潜行者"游戏。

你总能找到一些极端的信仰。在贝歇尔，有个崇拜"巡界者"的教派。它令人反感，但鉴于其涉及的权力，也不算太意外。没有哪条法律禁止他们集会，然而这种信仰令大家感到不安。他们成了低俗电视节目的主题。

凌晨三点，我醉醺醺地俯瞰贝歇尔的街道（甚至包括交错区域），毫无睡意。我听见狗吠，而街头瘦骨嶙峋的野狼亦发出一两声窃窃的嚎叫。那些纸——两方面的论点似乎依然各不相让——铺满了桌面。玻璃酒杯映出的光圈环绕着"佚名女"玛瑞亚的脸和那些写有"混蛋/混蛋/混蛋"的违规笔记。

失眠对我来说并不罕见。莎莉丝卡和碧莎雅都已习惯了在睡意蒙眬地起夜时，发现我仍在厨房的桌边一边阅读，一边嚼口香糖，直到嘴里起了血泡（我可不想再吸烟）。要不就是发现我正俯视着本城与异邦（虽然刻意忽略，但无法避开其光亮）的夜色。

有一次莎莉丝卡嘲笑我。"瞧瞧你，"她略带温情地说，"坐在那儿就像猫头鹰，又仿佛屋顶上闷闷不乐的滴水兽雕像。真是多愁善感的家伙。要知道，就算现在是夜里，就算那些房子里亮着灯，你也不可能有什么新发现。"但此刻她不在这里，而我真的很期待有所发现，哪怕是假象也好，因此我继续望着窗外。

飞机从云层上飞过。教堂的尖顶笼罩在摩天大楼的玻璃光泽之中。异邦的建筑物镶饰着弯曲盘桓的霓虹灯。我试图将电脑连上网查点东西，但家里只有让人恼火透顶的拨号网络，因此只能作罢。

"细节以后再追究吧。"我也许自言自语地说了出来。写下更多笔记之后，我拨通了柯维办公桌上的直线电话。

"莉兹别特，我有个想法。"出于本能，每当说谎时，我都会变得啰唆，加快语速。我迫使自己显得悠闲淡定。但她并不傻。"已经很晚了。我就只给你留个言，因为明天我也许不在。我们在街上一无所获，很明显，这跟设想的有出入——没人认出她。所有分区都贴了照片，她要真是站街女郎，没准我们能碰碰运气。但与此同时，我还想查一查其他门路。

"我琢磨着，你瞧，这很奇怪，她不在通常的活动范围内，因此我们什么都查不到。我跟一个政案组的熟人聊了聊，他说他监视的那些家伙都神神秘秘的。都是些纳粹，赤党，合并派之流。这让我想到，什么样的人才会隐藏身份。趁还有时间，我想往这个方向查一查。我的想法是——等等，我看一下笔记……对，不如先从合并派查起。

"去特侦队问问。看能不能搞到一些帮派地址——这些我不是太清楚。去申沃伊的办公室。告诉他你在替我办事。带上照片去那些地方试试，看是否有人认得她。不用说你也知道，他们不会太配合——他们不喜欢你去打扰。但尽量想想办法。保持联络，我开着手机。正如我所说的，明天我不在。好了，明天再谈。好，再见。"

"真是糟糕。"我又在自言自语。

之后，我又拨通了苔丝勤·塞露希的号码，她是我们的一名行政助理。三四桩案子之前，她曾帮我打通官僚机构，当时我留了个心眼，记下她的直拨号码。我一直跟她保持联系。她非常能干。

"苔丝勤，我是提亚多·博鲁。能不能请你明天或者什么时候找机会给我打个电话，如果我要把案子递交给监察委员会，应该怎样做？假设我想把一件案子交给'巡界者'处理的话，"我皱了皱眉，笑出声来，"不要告诉别人，好吗？谢了，苔丝。只要告诉我该怎么办就行，或者有什么内幕建议也行。谢了。"

那名骇人的告密者所告诉我的话基本上没什么疑问。我记下了他的一些用语,并以下划线标出。

同一种语言

不认同你们的权威

城市的两边

这就解释了为什么他会给我打那通违规电话,为什么他看见了海报,却不像大多数人那样裹足不前。他这么做,多半是因为害怕,"佚名女"玛瑞亚的死也许暗示着他的命运。他告诉我的意思是,他在贝歇尔的同伙很可能见过玛瑞亚,而她并不遵守边界条例。在贝歇尔,假如有哪些捣乱分子会涉及此类特殊的罪行与禁忌,那一定只有告密者和他的同党。他们显然是合并派。

莎莉丝卡又在脑中嘲笑我,而我再次转身面对城中的灯光,这一回,我望向邻邦的城市,尽管那并不合法。有谁不偶尔违规呢?那边有一些我不该看到的充气屋,系扎在金属网架上,悬挂着一幅幅广告。街上至少有一名行人不属于贝歇尔——从服装的颜色款式和步行的姿态可以看出——但我仍注视着他。

我将视线转向距离窗口数米之遥的轨道,我知道,迟早会有一列夜车经过,因此一直等待它的出现。当列车疾速驶过时,我望向明亮的车窗内部,为数不多的几名乘客中,仅有极少数人惊诧地与我对视。但他们在连绵的屋檐上方一掠而过:只是短暂的违规,而且错不在他们。他们大概不会内疚太久,也不会记得我的瞠视。我总是偏好住在看得见异邦列车的地方。

## 第五章

若不熟悉伊利塔语和贝歇尔语,这两种语言听起来差异极大。当然,它们的字母不一样。贝歇尔语使用贝歇尔字母:共三十四个,从左至右书写,发音清晰明确,由辅音、元音和半元音构成,并饰以变音符——经常听人说,它跟西里尔字母①很像(但不管是否属实,这种比较往往会惹恼贝歇尔居民)。伊利塔语使用罗马字母。不过那是最近才开始的。

上上个世纪或者更早的游记中,常提到一种奇特而优美的伊利塔字符——以及其突兀的发音——它是从右至左书写的。历史上有个叫斯特恩的人,他的游记广为流传,其中一段写道:"在字母的国度里,阿拉伯语与婀娜的梵语一见倾心(尽管有相关的禁令,他依然喝醉了酒,否则她的年龄或会令他望而却步)。九个月后,出现了一名弃婴。那就是伊利塔语,兼具赫尔墨斯②与阿芙洛狄特③的特质,形容俊美。他继承了父母双方的外貌,声音却类似于抚养他长大的物种——鸟儿。"

---

①译注:斯拉夫语言中所用的字母,例如俄语和保加利亚语。
②希腊神话中,商业、发明、灵巧之神,盗贼的保护神,也是众神的信使。
③希腊神话中,爱与美的女神。

# 城与城

1923年，这种字符于一夜间消失了，当时雅·伊尔沙的文化改良运动正处于高潮：其实是阿塔图克①效仿他，但人们通常都以为是反过来。如今，即使在乌库姆，除了档案保管员和激进分子，已无人能识伊利塔字符。

无论新旧书写形式，伊利塔语跟贝歇尔语都没有共同点。两者的发音也不一样。但它们之间的区别并不如外表那么显著。两种文化刻意相互区分，这表现在语法和读音规则（且不论基本发音）上，但这两种语言关系密切——毕竟源自共同的先祖。这么说或许有点煽动性，然而事实即是如此。

贝歇尔的黑暗时代极为黑暗。距今一千七百年至两千年之间，这座城市诞生于蜿蜒的海湾边。如今的市中心仍存有遗迹。当时，它是河口上游数公里处的一个隐蔽小港，用来躲避近岸的海盗。当然，两座城市是同时诞生的。那些古老残存的地基如今已被城市的建筑包围，有的甚至与城区融为一体。城中也有年代更为久远的遗迹，例如尤哲夫公园的马赛克碎片。我们相信，这种罗马式残迹要早于贝歇尔的历史。或许，我们正是在其残骸上建起了贝歇尔。

在同一片残骸上，另一批人建起了乌库姆，然而当时我们所建造的是否就是贝歇尔，至今尚无定论。或许是因某个事件导致了分裂，但也可能是贝歇尔的祖先一开始并未遇见邻城的居民，冷漠的交错混居是日后才出现的局面。我并不信奉"分裂说"，然而即使我信，也无从知晓真相。

"长官。"莉兹别特·柯维打来电话，"长官，你太神了。你怎么知道的？到布达佩斯街六十八号跟我碰头吧。"

虽然已过正午，我仍未换上白天的服装。厨房桌子上铺满纸张。有关政治与历史的书籍紧挨着牛奶高高垒起，犹如一座巴别通天塔。我的笔记本电脑理应远离这堆杂物，但我懒得动手。我抹去笔记上的可乐。法式巧克力饮料杯上的黑人正朝我微笑。"你说什么？那是什么地址？"

---

① 土耳其第一任总统。

"在本达里亚。"她说。那是靠近河边的工业区，位于缆索公园西北面的外围城区。"你不是开玩笑吧？我按你的吩咐去打听，大致搞明白了那都是些什么组织，相互之间如何看待，等等。我上午在那儿转悠，到处问问题。制造一点恐慌。要知道，就算穿上警服，这帮家伙也不怎么尊重你。我也没抱太大希望，但是我琢磨着，除此之外，咱们还能干什么呢？总之，我转来转去，试图捕捉一点政治气息，其中有个人，他住在——我猜你会称之为寄宿屋——他露了一点底给我。一开始他还不承认，但我能看出来。你真是天才，长官。布达佩斯街六十八号是一个合并派团体的总部。"

她的敬畏已近乎怀疑。若是让她看见我桌上的资料，看见我一边接电话，一边双手忙个不停，那她一定会露出更为惊异的眼神。桌上的几本书籍摊开至索引处，以方便我查询合并派的信息。我还真没查到那个布达佩斯街的地址。

合并派之间存在五花八门的分歧，这在政治中并不罕见。有一部分集团是非法的，分布于贝歇尔和乌库姆两地，互相照应。各种被禁的派系历史上或先或后都曾声称，欲以暴力合并两座城市，以顺应上帝/命运/历史/人民的意愿。有些还曾针对民族主义人士进行威胁恐吓，手段大多十分笨拙——砖块砸窗，或往门缝里塞东西。他们也因偷偷向难民和新移民作宣传而受到指控，新来的人还不太适应对邻城视而不见，不太懂得如何避免越界。激进分子企图以城中的这些不稳定因素作为武器。

极端主义者往往受到其他派系批评，因为其他人渴望保持活动与集会的自由，至于他们有什么秘密意图，互相之间又有何种关联，却都无人知晓。还有另一种分歧，是关于合并后的城市该如何命名，使用何种语言，等等。即使是合法组织，也都受到持续的监视，两座城市的政府都会定期检查。"它们就像瑞士奶酪，"申沃伊那天早晨告诉我，"相对其他疯子集团，比如'完美公民党'和异端，合并派内部的线人和卧底大概更多。我不担心合并派——他们一旦打算闹事，安全部门肯定会先获悉。"

# 城与城

另外，合并派一定知道，他们的所作所为，"巡界者"都一清二楚，尽管他们希望这一点永远不要获得证实。也就是说，即使我此刻尚未受到"巡界者"的关注，当我前去造访合并派时，必将进入他们的视野。

如何在城中穿行总是一个问题。按理说我该坐计程车，因为柯维在等，但我还是搭了两趟电车，中途在文彻拉斯广场换乘。贝歇尔建筑物外墙上饰满人像，有雕刻，也有机械人形，我一路摇摇晃晃，穿行于那些人像下方，并刻意忽略更为光鲜的异邦建筑。

整条布达佩斯街上，一丛丛细碎的醉鱼草从古老的建筑之间冒出来。这是贝歇尔市区传统的野草，但在乌库姆，一旦长出来就会被清理掉。此处是一片交错区域，布达佩斯街属于贝歇尔一方，此时的醉鱼草尚未开花，杂乱地沿着两三栋本地建筑生长，然后突然终止于一个平整的切面。

贝歇尔的建筑由砖块与泥灰构成，怪异的古罗马家神雕像耸立于每栋楼顶，直直瞪视着我，而醉鱼草仿佛是他们的胡子。数十年前，这地方还不至于如此破败，充斥着更多噪音，街上则到处是身穿黑色套装的年轻职员和来访的头面人物。北侧的建筑后面是<u>工业园区</u>，再远处是一道河湾，那里的码头曾经繁荣忙碌，如今只剩下钢铁骨架，仿佛躺在一片墓地里。

当初，同一空间内的乌库姆区域还十分安静，现在却变得更加喧嚣：随着经济反差的出现，越来越多人搬了进来。贝歇尔的河流工业放缓了脚步，乌库姆的贸易却逐渐兴起，如今，在这片交错区域里，人群踩踏着久经磨损的碎石路面，但其中的异邦人要多于贝歇尔本地人。一度摇摇欲坠的廉价公寓已经修葺一新，在这些顶端镶有雉堞的仿巴洛克建筑内（我并没有看它们——而是谨慎地将其忽略，但难免会留下一点点违规的印像，此外，照片中的房屋样式我也是记得的），容纳着诸多艺术画廊和.uq创业公司[①]。

我注意看本地建筑的门牌号。由于夹杂了异邦区间，号码的增长断断续续。贝歇尔相当空旷，但另一边并非如此，我不得不忽略并躲避许多时

---

[①].uq是作者杜撰的互联网地址后缀，代表乌库姆。

髦的年轻商务人士。他们的话音对我来说毫无意义，只是杂乱的噪声而已。这种淡化听觉的能力来自于在贝歇尔的多年训练。我来到一座外墙涂有焦油的房子跟前，柯维和一名脸色阴郁的男子正在等候。在贝歇尔，此处近乎无人，而我对周围忙碌的人群充耳不闻。

"长官。这是波尔·德罗丁。"

德罗丁又高又瘦，将近四十。他戴着好几个耳环，皮夹克上镶有许多不知所谓的徽纹，或许代表各种军事与非军事组织，裤子的样式古怪而时髦，但是很脏。他一边抽烟，一边闷闷不乐地打量我。

他并未被拘捕。柯维没有把他抓起来。我向她点头致意，然后缓缓地转了180度，观察周围的建筑。当然，我只留意看贝歇尔的。

"巡界者？"我说道。德罗丁似乎吃了一惊。其实柯维也一样，不过她掩饰得很好。德罗丁一言不发，于是我说："你没觉得我们受到某种势力的监视吗？"

"对，没错，是的。"他听起来充满忿恨。我敢肯定，那是他的真实心态。"没错。没错。你是问我他们在哪儿吗？"这个问题多少有点无聊，但贝歇尔和乌库姆的居民都无法回避。德罗丁目不斜视，只是盯着我的眼睛。"看见马路对面的房子吗？原本是火柴厂的地方？"那栋建筑的墙上有一幅将近一个世纪前的壁画，油漆斑驳脱落，画中是一只火蜥蜴，在火焰的中心微笑。"那边有动静。要知道，是那种忽隐忽现，似有似无的感觉。"

"就是说你能看到他们出现？"他似乎又不太自在，"你认为那是他们的现身之处？"

"不，不，只是排除法而已。"

"德罗丁，你先进屋去。我们一会儿就来。"柯维说。柯维向他点头示意，于是他走了进去。"这算怎么回事，长官？"

"有问题吗？"

"瞎扯什么'巡界者'，"说到"巡界者"一词，她压低了嗓音，"你想干什么?"我闭口不言。"我正试图建立威信,眼看快要成功了,别提'巡界者',长官。我可不想把这种鬼东西扯进来。你怎么会想到这么吓人的玩意儿?"我依然不说话,她摇了摇头,带我走进室内。

贝歇库姆团结阵线没花太大力气在装修上。这里有两间屋子,放宽标准的话,是两间半,到处是橱柜和书架,上面堆满了文件与书籍。有一处墙角打理得干净整洁,就像是布景,有个网络摄像头正对着一张空椅子。

"广播用的。"德罗丁说。他看见我正瞧着那个角落。"在线直播。"他告诉我一个网址,但我摇摇头,打断了他。

"我进来后,其他人都跑了。"柯维告诉我。

德罗丁步入里屋,坐到自己的办公桌后面。房间里还有两张椅子。他没有邀请我和柯维,但我们还是坐了下来。屋里还有许多杂乱的书籍,和一台肮脏的电脑。墙上挂着一幅大尺寸的贝歇尔与乌库姆地图。为避免被起诉,图上有划分区界的边线与阴影——全整区域,异地区域,交错区域——但有意模糊,仅靠不同的灰度来区分。我们坐着对视了片刻。

"听着,"德罗丁说,"我知道……你要明白,我不习惯……你们不喜欢我,那没关系,可以理解。"我们一言不发。他摆弄起桌上的物件。"而且,我也不是告密者。"

"老天,德罗丁,"柯维说,"如果你想要的是宽恕,那应该去找牧师。"但他依然继续说了下去。

"只不过……假如这跟她参与的活动有关,你们都会认为我们脱不了干系,而且说不定*真*的跟我们有点关系,不过我可不想被人抓到把柄来对付我们。你明白吗?你明白吗?"

"好了,够了,"柯维说,"别再瞎扯了。"她环顾室内。"我知道,你自以为很聪明,但是,不开玩笑,你觉得这会儿我眼中看到了多少违规行为?首先是你的地图——你自以为很谨慎,但不需要爱国热情特别高涨的检察官来诠释,就能让你进班房。还有什么?你要我点一遍这些书吗?有多少在违禁名单里?还有你的文件?这地方涉及二级侮辱贝歇尔主权罪,

就像霓虹灯一样醒目。"

"而且是乌库姆夜店区的霓虹灯，"我说，"乌库姆霓虹灯。怎么样，德罗丁？跟本地的相比，还是喜欢那边的吧？"

"所以，虽然我们感谢你的帮助，德罗丁先生，但也很清楚你为什么帮我们。"

"你们不明白，"他咕哝道，"我得保护我的人。最近有点古怪。有些莫名其妙的状况。"

"好吧，"柯维说，"随你怎么讲。这是怎么回事，德罗丁？"她取出"佚名女"的照片，放到他面前。"把你刚才提到的事告诉我上司。"

"对，"他说，"就是她。"我和柯维同时俯身向前，动作完全一致。

我说："她叫什么名字？"

"她自称叫比耶拉·玛尔，"德罗丁耸耸肩，"那是她自称的。我明白，可是我还能告诉你什么呢？"

这显然是个巧妙的化名，有双关涵义。比耶拉是贝歇尔人名，男女通用；而玛尔至少算是真实存在的姓氏。合在一起，它们的发音接近另一个词组，字面意思为"小饵鱼而已"，是垂钓者常用的说法，表示"没什么值得关注的"。

"这并不罕见。我们的线人和成员有许多都使用假名。"

"全是具有合并意味的名字。"我用法语说道。我不知道他是否听懂。"说说比耶拉的情况。"比耶拉，佚名女，玛瑞亚的名字越来越多。

"她来过这儿，大约三年前吧？我不知道。也许没那么久？后来就没见过了。她显然来自国外。"

"来自乌库姆？"

"不。她的伊利塔语还可以，但不流利。她有时用贝歇尔语，有时用伊利塔语——还有就是，嗯，本源语言。我从没听过她使用其他语言——她不愿让我知道她从哪儿来。听口音，我感觉她像英美人。我也不知道她是干什么的。对这类人，问得太多显得……不礼貌。"

"那么,她是来开会的?会议组织者?"柯维把脸转向我,但没有降低话音,"我都不知道这些混蛋究竟是干什么的,长官。我甚至不知道该怎么问。"德罗丁凝视着她,表情跟我们进来时没有两样。

"正像我说的,她两三年前来到这里。她要用我们的图书馆。我们有一些文选和古籍,是关于……关于这两座城市的,其他地方都没有。"

"我们应该看一看,长官,"柯维说,"以确保没有不恰当的内容。"

"真见鬼,我在帮你们,不是吗?你们想以禁书的名义抓我?这里没有一级禁书,而我们的二级禁书,他妈的网上基本都能找到。"

"好吧,好吧。"我说道,然后用手指了一下,示意他继续。

"她来之后,我们聊过不少。她在这儿呆的时间不长。大概几星期。别问我她还干了什么,因为我不知道。我只知道,她每天不定时地来访,查阅书籍,或者跟我聊我们的历史,聊两座城市的历史,有时也谈及我们的活动,诸如此类的话题。"

"什么活动?"

"我们有兄弟姐妹在狱中。不单是这里,乌库姆也有。仅仅因为他们的信仰。要知道,国际特赦组织也支持我们。我们的行动包括联络线人,推行教育,帮助新移民,示威游行。"在贝歇尔,合并派的游行规模虽然不大,却很容易失控,十分危险。显然,本地的民族主义者会出面阻挠游行,大声地斥骂他们为叛徒,而普遍来说,本地民众并不关心政治,鲜少对他们怀有同情。乌库姆的情况也差不多,只不过他们往往根本不被允许举行集会。这必定会引起怨愤,但显然也使得乌库姆的合并派免于皮肉之苦。"

"她长什么样?穿着如何?为人怎样?"

"是的。她很时髦。要知道,算是个美人。在这儿很扎眼,"他甚至自己笑出了声,"而且她很聪明。要知道,一开始我真的很喜欢她。我非常兴奋。一开始。"

他停顿下来,迫使我们追问,如此一来,这段对话便不是出于他的本

意。"但是?"我说,"后来呢?"

"我们发生了争执。要知道,实际上,我跟她争执仅仅是因为她惹恼了其他同伴。有时候,我走进图书馆,或走下楼梯,就会听见有人朝着她大吼大叫。她从不吼叫,但她轻声细语也能把其他人惹得火冒三丈,最后,我只好叫她走。她……她很危险。"又是一阵沉默。我和柯维对视了一眼。"不,我没有夸大其辞,"他说,"你们来这儿就是为了她,对吗?我说过,她很危险。"

他拿起照片仔细端详,脸上呈现出同情、愤怒、厌恶和恐惧。是的,恐惧,确定无疑。他站起身,绕着桌子转圈——在这么小一间屋子里踱步其实很可笑,但他依然这么做了。

"你看,问题在于……"他走到狭小的窗户前向外张望,然后转回身面对我们。天空映衬出他的身影,但我辨不清他身后的建筑群是属于贝歇尔还是乌库姆,抑或两者皆有。

"她打听各种各样稀奇古怪、不合常理的秘密。民间故事、口头传闻、都市神话,荒唐得很。我没太在意,因为我们这儿喜欢这类鬼东西的人多的是,她显然比那些蠢蛋要聪明,因此我猜她只是在摸索试探,熟悉环境。"

"你不好奇吗?"

"当然。年轻的异国女郎,聪明,神秘? *投入*?"他的语气带着自嘲,然后点了点头。"我当然很好奇。我对所有来这儿的人都感到好奇。有些家伙尽跟我瞎扯,有的则不同。但我要老是刨根问底,也不可能成为这里的首领了。有个女人,比我年纪大得多……十五年来,我时不时跟她会面。我不知道她的真名,关于她,我一无所知。好吧,这个例子不妥当,因为我相当肯定,她是你们的人,是个密探,但你明白我的意思。我从不多问。"

"那她感兴趣的是什么?这个比耶拉·玛尔。你为什么把她赶走?"

"瞧,问题就在这儿。你要是对这些东西感兴趣……"我感觉到柯维身躯一动,似乎要打断他的话头,催促他继续解释。我碰了碰她,意思是,不,等等,以便给他更多时间思考。他没有看我们,而是望着那幅具有挑衅意味的城市地图。"你要是对这些东西感兴趣,心里一定明白,这就好比踩着边线……反正,你知道一旦越过界线,就会惹上大麻烦。比如说,把你们给招来了。打错一个电话,乌库姆的警察就会让那里的弟兄陷入困境。或者——或者出现更糟的情况,"说着,他望向我们,"不能让她留下,不然会引来'巡界者'。或者导致其他问题。"

"她感兴趣的是……不,她不仅是*感兴趣*,简直就是*着迷*。关于奥辛尼。"

他紧盯着我,因此我只能眯缝起眼睛。但我很吃惊。

柯维没有反应,显然她不知道奥辛尼。在这里向她详细解说也许会削弱她的威信,但我稍一犹豫,他已经开始解释了。按他的说法,那是个编造的故事。

"奥辛尼是第三座城。夹在另两座城市之间。它位于'分歧之地',也就是争议区域,贝歇尔人以为是乌库姆的,而乌库姆人以为是贝歇尔的。当初的古城镇发生分裂之际,并非一分为二,而是拆成了三块。奥辛尼是隐秘之城。暗地里掌控一切。"

前提是,假如真有一次分裂。我们的历史起源是一片模糊的阴影,没人说得清——前后各一个世纪的记录都被抹去,消失不见。在此期间,任何事都有可能发生。这段短暂而未知的时期过后,才有了真正的历史,但那是个混乱无序的年代,诸多难以匹配的残骸往往令调研者既振奋又恐惧。我们只知道,草原上出现了游牧民族,然后是数个世纪黑匣子般的城市发展——只有若干已知事件,还有许多基于猜测的电影、故事和游戏描述两座城市的起源(多少都令监督机构有那么一点点紧张)——然后历史再次清晰起来,记载中出现了贝歇尔与乌库姆。究竟是分裂还是融合?

就好像神秘感还不够强,就好像两个边界相互交错的国家还不够乱,吟游诗人们又创造出第三个假想的国度奥辛尼。当初的合并或分裂留下了断断续续、扑朔迷离的空隙,在不起眼的罗马式住宅顶层,在早期的木条泥灰房屋里,隐藏着第三座城市奥辛尼,秘密地生存于两个显赫的城邦之间,其中居住着传说中的霸主大亨。在许多故事里,他们原本或许是流亡者,然而这群人暗中策划,以巧妙的手段牢牢掌控着权力。人们常常能听到各种传闻,比如,奥辛尼是光照派①成员的居所。

数十年前,人们不需要解释——奥辛尼是标准的儿童故事,等同于"沙维尔国王与港湾中的海怪"这类历险记。如今哈利·波特和金刚战队更为流行,知道那些古老传说的孩子越来越少。这很正常。

"你的意思是——什么来着?"我打断他,"你是说,比耶拉是民俗学家?她对古老的故事感兴趣?"他耸耸肩,躲避我的视线。我再次尝试让他把暗指的意思说出来,他却只是耸肩。"她为什么跟你聊这些事?"我说,"她究竟为什么来这儿?"

"我不知道。我们有相关的资料。要知道,这些内容很常见。关于奥辛尼的故事在乌库姆也有。你要明白,这里不仅仅只保存我们自己感兴趣的东西。我们了解历史,我们保存各种……"他的语调逐渐低落,"我意识到,她感兴趣的并非我们,你明白吗?"

跟许多异议组织一样,他们是档案收藏狂。无论对于自己所描述的历史是赞同还是反对,是淡漠还是执迷,他们必然作过大量研究与注解。他们的图书馆里无疑拥有完整的资料,力求滴水不漏,哪怕只是暗指城市的边界存在一点点混淆。她并不是来查询统一的原型城市,而是要找关于奥辛尼的资料——你能猜得出来。当他们意识到她那古怪的研究方向并非另辟蹊径,而是其真正目的所在,一定感到十分恼火。他们发现,她对他们的计划并不关心。

"所以她只是浪费时间而已?"

"不,伙计,我说过,她很危险。真的。她会给我们惹麻烦。反正她

---

① "光照派"是启蒙运动时期的巴伐利亚秘密组织,成立于1776年5月1日。其成员通常被描绘成试图阴谋幕后控制全世界。

说过不会再来了。"他含义不明地耸了耸肩。

"为什么说她很危险?"我俯身向前,"德罗丁,她有越界吗?"

"老天,我想是没有。就算她真有越界,我也完全不知情,"他举起双手,"真见鬼,你知道我们受到多严密的监视吗?"他使劲指了指街道的方向。"你们的人整天都在巡逻,几乎成了固定路线。乌库姆的警察显然不能监视我们,但他们留意我们的兄弟姐妹。还有更要命的……你知道。就是'巡界者'。"

一时间,我们全都保持着沉默。每个人都有被监视的感觉。

"你见过?"

"当然没有!我看上去像吗?有谁真正见过?但我知道他们一直在一旁观察。只要被抓到一点把柄……我们就完了。你……"他摇摇头,再次望向我,脸上带着愤怒,或许还有憎恨,"你知道我有多少朋友被掳走吗?我再也没见过他们。我们**比谁都小心**。"

这是实话。一个反讽的政治现实。谁要是想致力于打通贝歇尔与乌库姆之间的边界,就必须先对它进行细致的观察。我和我的友人倘若一时疏忽,没有对不该看的东西视若无睹(有谁没有这种行为呢?有谁没有偶尔忘记的时候呢?),只要别太张扬,别太沉溺,便没有危险。朝着长相标致的乌库姆行人瞄上一两眼,或者默默欣赏两座城市的建筑映衬在同一片天空下,或者被乌库姆火车的噪音惹得烦躁不安,我都不会被抓走。

然而监视着这栋建筑的,不仅仅有我的同僚,还有气势汹汹的"巡界者",他们如《旧约》圣经般具有至高无上的权力。合并派成员哪怕是物理越界,比如被故障的乌库姆汽车引擎吓到,那股可怕的势力便会冒出来,令此人销声匿迹。假如"佚名女"比耶拉有越界行为,那么"巡界者"早就已经来了。因此,让德罗丁害怕的,多半不仅仅是她有越界的嫌疑。

"这里面有些古怪,"他抬头望向窗外的两座城市,"也许她总有一天会把'巡界者'引来。或者招来别的什么。"

"等等,"柯维说,"你说过她要离开……"

"她说她要走。去乌库姆。通过正式途径。"我停下在笔记本上疾书的笔,与柯维对视了一眼。"后来再也没见过她。听说她离开之后,他们不让她回来。"他耸耸肩,"我不知道这是否属实,即使是真的,我也不明白原因。那只是时间问题……她老去碰那些危险的鬼东西,让我产生不祥的预感。"

"但还不止这些,对不对?"我说,"还有什么?"他瞪着我。

"我不知道,伙计。她是个麻烦,而且叫人害怕,有太多……这里面有古怪。她滔滔不绝地谈论自己感兴趣的话题,让你感觉毛骨悚然。让你紧张不安。"他再次望向窗外,然后摇了摇头。

"她死了我很遗憾,"他说,"很遗憾她遭到谋杀。不过我并不太吃惊。"

这件事透着微妙与神秘——无论你认为自己有多玩世不恭,有多淡然,依然无法摆脱此种感觉。我们离开时,我看见柯维抬头打量那破破烂烂的仓库外墙。而当她的视线掠过一家乌库姆商店时,停留的时间或许略有些长,但她一定知道这家店在乌库姆。她感觉受到监视。我俩都有类似感受,这是一种确凿的直觉,令人坐立不安。

我们驾车离开,我带柯维去贝歇尔市区里那个小小的"乌库姆城"吃午餐——我承认这是一种挑衅,但并非针对她,而是针对整个世界。"乌库姆城"位于公园的南面,此处店面的颜色与文字,以及外墙的形状,都会让来到贝歇尔的外国游客误以为是乌库姆,因而赶紧夸张地移开视线(尽其所能忽略此处的景物)。然而倘若更为仔细地观察,再加上一定经验,你会注意到这些建筑的设计局促而庸俗,具有模仿的意味。你还能看出,其装饰纹采用了一种叫作贝歇尔蓝的色调,它在乌库姆是不合法的。这些是本地建筑。

此处的几条街道——连名字也是混合的,伊利塔语名词加上贝歇尔语后缀,尤尔桑街,利里基街,等等——聚集了在贝歇尔生活的少量乌库姆侨民，承担了文化中心的功能。他们出于各种原因来到此处——有的因为政治迫害，有的意图改善经济状况（当初因此大费周章移民出国的先辈如今一定非常后悔），有的只是突发奇想，还有的为了浪漫爱情。四十岁以下的人大多属于第二代或第三代，在家中讲伊利塔语，但在大街上，他们的贝歇尔语毫无口音。他们的着装略微受到乌库姆的影响。本地的凶徒恶霸时不时会砸烂他们的窗户，或者当街殴打他们。

思乡的乌库姆侨民常常来到此处购买酥皮糕，油炸青豆和薰香。在贝歇尔的"乌库姆城"里，各种气味令人无所适从。人们本能地想要将其忽略，以为那是从另一座城中飘来的，就跟雨水一样无视边界的存在。（正如俗语所说，"雨水和炊烟跨越两座城"。乌库姆也有类似的说法，但其中一项是"雾"。偶尔也有人提及其他天气现象，甚至垃圾，地沟水，胆大的还会说鸽子与狼）。但这些气味属于贝歇尔。

极少数情况下，某些乌库姆年轻人并不知道此处是交错区域，不知道这是贝歇尔的"乌库姆城"，他们将身处贝歇尔的乌库姆居民误认为同城人士，于是冒冒失失上前问路。他们很快便会意识到错误——没什么比故意忽略更使人警觉的——而"巡界者"通常也予以宽容。

"长官。"柯维说。此处是一家我常来的街边咖啡座，名字就叫"街角咖啡"。我张扬地跟店主打招呼，直呼其名，无疑许多贝歇尔顾客都是这么做的。他大概对我很不屑。"真见鬼，我们来这儿干吗？"

"来吧，"我说，"乌库姆食物。来，你肯定爱吃。"我递给她肉桂小扁豆和浓郁的糖茶。她拒绝了。"我们来这儿，"我说，"是因为我想体验一下氛围。领会乌库姆的精髓。见鬼。你很聪明，柯维，我说的你肯定都已经想到了。帮我个忙。"我掰着手指头继续说道："那女孩曾经来过这儿，'佚名女'比耶拉。"我差点说成玛瑞亚，"她——什么时候来着？——三年前来过这儿，混入危险的本地政治组织，但她要找别的东西，没人帮得了她。她要找的东西，连那些人都认为很危险。于是她离开了。"我稍作停顿。"前往乌库姆。"我和柯维各自爆出一句咒骂。

"她在研究某种东西，"我说，"她去了另一边。"

"这是我们的猜测。"

"这是我们的猜测。然后她突然回到这里。"

"死了。"

"死了。"

"混蛋。"柯维倾身抓起一块我的酥皮糕，一边吃，一边思索，但嚼到一半又停了下来。我们俩一言不发，静坐良久。

"没错。就是该死的'巡界者'，对不对？"柯维最终说道。

"……看起来的确像'巡界者'，我感觉——对，真的很像。"

"不是去的时候，而是因为穿回来。然后当场被干掉了。也有可能是死后遭弃尸。"

"或者另有状况，另有别的原因。"我说。

"除非她是合法过界，或者一直就在这边呆着。德罗丁没看见并不意味着她……"

我想起那通电话，然后扮了个怀疑的表情，*也许吧*。"有可能。他似乎相当肯定。反正只是猜测而已。"

"嗯……"

"没关系。假设就是越界：没关系。"

"胡扯。"

"不，听着，"我说，"那意味着这件事不是我们的责任。至少……假如能说服监察委员会的话。也许我现在就应该着手去办。"

她瞪视着我。"他们只会敷衍你。听说他们越来越——"

"我们必须提供证据。目前只有间接证据，但没准已经足够让他们来接手。"

"据我所知，那行不通，"她移开视线，然后再次望向我，"你真想要这么干吗，长官？"

"见鬼，是的。没错。听着。我明白，出于荣誉，你想要继续办这件案子,但听我说。万一我们猜对了……你不可能调查越界行为。这个被谋杀的外国姑娘,'佚名女'比耶拉,需要有人替她出头,"我略作停顿,迫使柯维望着我,"我们不是最佳人选,柯维。我们能力有限,她需要更厉害的角色。没人比'巡界者'更合适。老天,有谁可以让'巡界者'出面替他们办事的?比如追查杀人凶手?"

"不太多。"

"是啊。因此,假如有可能的话,我们就移交案件。监察委员会知道,每个人都想把各种各样案子推过去,所以才设置了许多障碍,"她狐疑地看着我,但我继续说下去,"我们缺乏证据,也不了解详情,因此这两天里,让我们来添点好料。或者证明原本的想法是错的。看看我们手头上关于她的资料吧,我们好不容易搜集到足够的信息。她两三年前从贝歇尔消失,等到再次出现时却已经死亡。也许德罗丁是对的,她在乌库姆。合法入境。我要你打电话找线人,不单是这里,还有另一边的。你知道我们掌握的情况:她是外国人,正在进行调查研究,等等等等。查出她的身份。如果有谁想糊弄你,就暗示说跟'巡界者'有关。"

我回去时,特意经过苔丝勤的桌边。

"博鲁,收到我的留言吗?"

"塞露希小姐,假如这是你寻求与我见面的借口,那可不太令人信服。"

"听到你的留言,我立即就去办了。不,先别急着跟我私奔,博鲁,你一定会失望的。你也许得等一阵子才能见监察委员会。"

"那要怎么办?"

"你上一次见他们是什么时候?好多年了吧?听着,你肯定认为自己灌篮一扣一个准——别这样看着我,你喜欢什么运动?拳击?我知道,你认为他们非召唤不可"——她的语气变得严肃起来——"我是指马上,但不是这么回事。你得等着,轮到你也许要好几天。"

"我以为——"

"对,从前不一样。他们会放下手头的一切。但现在形势吃紧,尤其是我们这边。双方的代表都不满意,但坦白讲,你目前不需要担心乌库姆。自从塞耶德那伙人叫嚣着国家的权力被削弱,政府开始害怕对召唤显得太积极,因此他们避免仓促行事。他们已对难民营展开公开调查,而且必然会以此作为借口。"

"老天,不是开玩笑吧。他们仍然担心那些可怜的家伙?"总是有人偷渡成功,进入两座城市之一,但他们没经过移民培训,几乎不可能避免越界。我们的边界管得很严。当这些铤而走险的新人到达海岸的交错区域时,有一条不成文的规矩,他们遇到哪一方的边境管理机构,就属于哪座城市,然后被关入相应的海岸难民营,等候处理。可以想象,那些寻求进入乌库姆,却落在了贝歇尔的人有多沮丧。

"谁知道呢,"苔丝勤说,"还有别的问题。他们的态度不再友善,也不会像以前那样搁置会议和其他事务。"

"用美元开路。"

"想都别想。我要是有美元就好了。但不管是谁死了,他们都不可能因为你而加快速度。是有人死了吧?"

没过多久,柯维就查到了我派她去找的信息。第二天下午,她拿着一份档案来到我办公室。

"我刚让乌库姆那边传真过来,"她说,"我一路顺藤摸瓜,一旦知道从哪里入手,其实一点也不难。我们猜对了。"

这就是受害人——这就是我们的死者,她的档案,她的遗像,还有那突然展现在我面前的生活照,虽说是黑白影像,且沾染了传真机的污斑,但她一边微笑,一边抽烟,那张口欲言的神情,令人窒息。在我们潦草的笔记中,有关于她的种种猜测,而如今,其间又多出若干红色字体,消除了问号与疑惑,点出确凿的事实;在诸多化名下方,是她的真名实姓。

# 第六章

"玛哈莉亚·基尔瑞。"

桌边有四十二人(当然是一张古董桌,还用问吗?),再加上我。他们每个人面前都有一份文件夹。这些人坐着,但我站立着。两名会议纪要员在屋子角落里做记录。我看到桌上有麦克风,一旁还坐着翻译员。

"玛哈莉亚·基尔瑞。二十四岁。美国籍。女士们,先生们,这都是我手下柯维警员的调查结果。所有信息都在我呈交的文件中。"并非所有人都在查看文件。有些人尚未将它翻开。

"美国籍?"有人说道。

二十一名贝歇尔代表中,我只认出一部分。其中一名中年女子,黑白相间的发型相当朴素,仿佛从事电影研究的学术人员,她是政务委员舒拉·卡特琳妮亚,颇受人尊重,但已不再握有实权。米克尔·布里奇,官方反对党社会民主党的成员,年轻精干,雄心勃勃,在数个委员会里均占据一席之地(安全,商务,艺术)。尤里·塞耶德少校,极右翼团体民族联盟的一名首领,他声誉不佳,不仅欺凌弱小,而且能力有限,因此嘉亚迪兹首相与该组织的合作引起了争议。雅卫德·尼塞姆,嘉亚迪兹手下的

文化部长，也是委员会主席。其他面孔也都很熟悉，只要我努力回想，便能记起姓名。乌库姆的代表我一个都不认识。我对国外的政治欠缺关注。

大多数乌库姆代表都在翻看我准备的档案。其中三个戴着耳机，但大部分人都会贝歇尔语，起码能听懂我的话。我不必对这群身穿乌库姆正装的人视而不见，那感觉很奇怪——男士们穿着无领衫和无翻领的黑色外衣，为数不多的女性则身披半缠绕式彩裙，其色彩在贝歇尔是违禁的。但我不在贝歇尔。

监察委员会的会议地点位于一座巨大的巴洛克式竞技场内，这栋补缀着混凝土的建筑处在贝歇尔与乌库姆的旧城中心。它是极少数在两座城中拥有相同名称的地方之一——叫作"联合大厅"。因为确切来讲，其内部并非交错区域，也不是全整区域和异地区域相间隔，比如某一层楼在贝歇尔，相邻的另一层在乌库姆，或者一间房在贝歇尔，相邻的另一间在乌库姆：从外部来看，它同时位于两座城中；而内部基本上要么同属两城，要么哪边都不是。所有人——双方各二十一名立法人士，加上他们的助手，还有我——在某个接合点会面，类似于边界上的边界。

我隐隐觉察到另一种存在：也是本次会议的原因所在。或许屋里好几个人都有被监视的感觉。

在那些人仔细研究文件的同时，我再次感谢他们与我见面。一点点夸张的政治礼节。监督委员会的会议是定期举行的，但我需要等上几天才能见到他们。我没有理会苔丝勤的警告，仍提请召开特别会议，以尽快移交有关玛哈莉亚·基尔瑞一案的责任（谁愿意看到谋害她的凶手逍遥法外呢？这是解决问题的最佳良机），但除了重大危机，内战或灾难，安排此类会议是不可能的。

能否举行缩小会议？缺几个人显然没问题……但是不行，我很快就被告知，这是无法接受的。她的警告没有错，而我每天都变得越来越焦躁。苔丝勤帮我找了最好的内线，那是监察委员会中一名部长的机要秘书，据他解释说，贝歇尔商会与外国公司的定期交易会越来越频繁，布里奇的组织工作相当成功,他和尼塞姆,甚至塞耶德都必须参与。这当然是神圣不可侵犯的事务。此外,卡特琳妮亚要会见一批外交官。乌库姆交易所所长胡里安与乌库姆卫生部长有一个无法改期的会议,出于种种原因,特殊会议是不可能的。年轻的女死者还需多等几天,才能有人替她展开充分的调查。在会议上,总有些不可忽略的事务等待处理,他们必须裁决所有分歧,商讨如何管理共享资源——主要的电力线,下水道和污水管,以及领地交错最为繁复的建筑物——刨去这些事,我有二十分钟时间解释案情。

或许有人了解其中的种种限制,但监察委员会的具体运行机制从来不是人们感兴趣的话题。很久以前,我曾两次向他们提交案件。当然,当时的委员会组成与现在不同。那两次,贝歇尔与乌库姆的代表剑拔弩张:双方关系处于较为紧张的时期。即使在战争期间,只要我们没有向交战双方提供直接的军事支援,例如第二次世界大战——对乌库姆来说,不是什么好日子——监察委员会仍需聚集商讨。可以想象,那些会议多么令人局促不安。然而,我记得在课堂上学过,双方曾发生两场短暂而灾难性的战争,在此期间,会议并未召开。不管怎么说,虽然不太自然,但如今这两个国家算是处于重修关系的阶段。

我从前提交的两个案子都没那么紧急。第一次是最常见的越界走私。贝歇尔西部的一伙黑帮开始售卖由乌库姆药厂提炼的药品。乌库姆被十字形铁路系统划为四块,他们在城市外围靠近东西线尽头的地方提货。乌库姆的线人会将货箱从火车上扔下。贝歇尔北部的一小段轨道本身就是交错区域,乌库姆也使用它;从两座城市出发的北向铁路穿过山谷,连接着北方邻国,这条公用轨道越过边境之后,无论法律还是现实,都只是同一条铁轨,但在到达国界之前,法理上属于不同的路线。药品货箱就被扔在铁路沿线的乌库姆一方,遗弃于乌库姆的灌木丛中;但它们却在贝歇尔被收拣起来,这就构成了越界行为。

尽管从未观察到罪犯取货,但我们呈上证据,证明这是唯一可能的货源,于是监察委员会同意召唤"巡界者"。那项药品交易就此终止:供货者从街头消失了。

第二件案子是一名杀妻的男子在遭到我们合围时，惊恐万分，作出了愚蠢的越界行为——他走进一家贝歇尔店铺，换掉衣服，遁入乌库姆。那时他碰巧没被逮住，但我们很快便意识到是怎么回事。由于其疯狂的越界状态，我们和乌库姆的同僚都不愿碰他，但双方都知道，他躲在乌库姆的出租屋里。"巡界者"带走了他，于是他从此销声匿迹。

多年之后，我再次提出申请。我展示证据，并礼貌地向贝歇尔与乌库姆的委员会成员解释。当然，也是向那必然躲在暗处观察的势力解释。

"她住在乌库姆，而不是贝歇尔。一旦我们获悉这一点，马上就查到了她。我是说，柯维查到了她。她在那儿已经待了两年，是一名博士生。"

"她学什么的？"布里奇说。

"考古学。早期历史。她参与了一个挖掘项目。这些你们的文件夹里都有。"贝歇尔与乌库姆的代表中分别响起一阵此起彼伏的低语声。"因此，虽然有封锁令，她依然能钻空子。"教育和文化领域中存在一些漏洞与例外。

乌库姆一直在持续不断地挖掘，分裂前的珍贵遗物在他们的土地里要比我们这边多得多。这种数量优势究竟是分布上的巧合，还是某些特定学说的证据，在各种书籍和学术会议上引起了喋喋不休的争议（乌库姆民族主义者自然坚持认为是后者）。玛哈莉亚·基尔瑞隶属于波尔叶安的挖掘点，乌库姆西部的这一遗址自从近一个世纪前被发现以来，便一直处于活跃状态，其重要程度不亚于特诺奇提特兰[①]和萨顿胡[②]。

挖掘点的泥土被小心翼翼地翻挖起来，底下布满宝藏。假如那里属于交错区域，对我们的历史学家来说将是一件美事，但尽管外围的一座公园包含少许交错区域，挖掘点本身却不是。它其实离交错区域很近，紧挨着的交错区域中甚至还有一条狭长的地带完全属于贝歇尔，并将该处的乌库

---

[①] 译注：古阿兹特克人的活动中心，今墨西哥城所在地。
[②] 英格兰萨福克郡伍德布里奇附近的庄园，内有盎格鲁—撒克逊国王的墓葬。

姆领地分割开来。有些贝歇尔人说,这种不对称是件好事,倘若我们的土地中哪怕有一点点历史残迹——女性生殖崇拜的雕塑、钟表遗骸、马赛克碎片、斧刃,号称拥有奇特效力的神秘羊皮纸等等——都只会被我们卖掉。乌库姆至少对历史怀有一点点矫情的虔诚(显然是近年来兴旺繁荣、高速发展而产生的负疚感,希望以此作为补偿),他们的国家档案管理人员和出口限令使得其历史受到一定程度的保护。

"波尔叶安由一群来自加拿大威尔士亲王大学的考古学家负责,基尔瑞加入的就是那所学校。多年来,她的导师伊萨贝拉·南希不定期地在乌库姆居住。他们中有许多人都住在那儿,并时常召集学术会议。每隔几年还会在贝歇尔举办一次。"这算是给我们贫瘠的土地一点安慰,"上一次大型会议距今已有一段时间,当时他们找到一大批物品。我相信你们都记得。"这件事上了国际新闻。那批物品很快被赋予某种名称,但我不记得是什么。其中包括一个星盘,还有一件齿轮装置,类似安提基特拉机械①,精密奇特,不可思议,与当时的科技水平不符,其作用也令人费解,因而引起了种种猜测,寄托了人们的梦想。

"这女孩是怎么回事?"发言者是一名乌库姆代表,身材肥胖,五十多岁,衣服的色调在贝歇尔只能勉强算是合法。

"许多个月以来,她一直以乌库姆为基地开展研究工作,"我说,"她去乌库姆之前,首先来到贝歇尔,参加三年前的学术会议。你们也许记得,那是一次规模盛大的展览,从乌库姆借了许多古代遗物,会议足足开了一两个星期。人们纷纷从世界各地赶来,包括欧洲、北美,以及乌库姆等地的学者。"

"当然记得,"尼塞姆说,"我们不少人都参与了。"那是自然。各种国家部门与机构均有介入;政府和反对党的部长们也有出席。首相启动了此项活动,尼塞姆则在博物馆正式宣布展会开幕,所有政要人士都被要求

---

① 1901年在希腊安提基特拉岛附近的沉船里发现的仪器,其年代大约是公元前100年左右,复杂性可与19世纪机械钟表相比拟。

参加。

"对,她就在展会上。你们甚至有可能注意到她——她显然惹出一点麻烦,她那关于奥辛尼的演讲引起了极大不安,被指为不敬,差点被赶出去。"有几张脸上似乎起了反应——布里奇和卡特琳妮亚确凿无疑,尼塞姆则难以确定。至少有一名乌库姆代表也像是在回忆往事。

"此后,她似乎安静下来,拿到了文学硕士学位,并开始攻读博士,这一回,她进入乌库姆,一边参与挖掘工作,一边学习研究——自从那次事件之后,我想她应该再也没回来过,坦白讲,就连她去了乌库姆,我都感到很吃惊——除了假期,她一直都在那儿。挖掘点附近有学生宿舍。几星期前,她失踪了,然后出现在贝歇尔。波各斯特村住宅区,你们要是记得的话,那是贝歇尔的全整区域,也就是乌库姆的异地区域,但她死了。各位委员,所有情况都在文件夹里。"

"你并没有展示越界的证据,不是吗?没有真正的证据。"作为军人,尤里·塞耶德的语气比我想象的要柔和。他的插话使得对面几名乌库姆委员用伊利塔语低声议论起来。我看了看他。旁边的布里奇翻了个白眼,而且他知道我一定看见了。

"请原谅,委员先生,"我最终说道,"我不知这怎么说才好。这名年轻女子住在乌库姆。我是指合法居住,我们有记录。她失踪了。然后被发现死在贝歇尔。"我皱起眉头。"我真不太清楚……还需要什么样的证据?"

"然而那只是推测。我的意思是,你有没有去外交部查过?比如说,基尔瑞小姐有可能离开乌库姆,去参加布达佩斯的活动?没准她是先去别处,然后再来到贝歇尔?中间有两个礼拜的空白,博鲁探长。"

我瞪着他。"正如我所说,经过那次小闹剧之后,她不会再回贝歇尔……"

他打断了我的话,表情略带遗憾。"'巡界者'是一种……外部势力。"几名贝歇尔和乌库姆的成员似乎吃了一惊。"承认这一点或许显得无礼,"塞耶德说,"但我们都明白事实确实如此。

# 城与城

"我再强调一遍,'巡界者'是一种外部势力,将权力交给他们有一定风险。一直以来,我们只是甩甩手,将所有棘手的问题——如有冒犯,请原谅——交给一个不受控制的影子。就为了减轻我们自己的负担。"

"你不是说笑吧,委员?"有人说道。

"这种话我已经听够了。"布里奇开口说。

"不是所有人都乐意讨好敌人。"塞耶德说。

"主席先生,"布里奇高声道,"你难道允许这等诽谤中伤吗?这太过分了……"他这种新锐的超党派精神我曾在报道中读到过。

"假如真需要他们的干涉,我当然完全赞同,"塞耶德说,"但我的党派近来一直主张,不要……不假思索就随便将权力移交给'巡界者'。你的调查有多深入,探长?找她的父母谈过吗?还有她的朋友?对于这个可怜的年轻女孩,我们究竟了解多少?"

我应该准备更充分些。这是我始料未及的情况。

我曾看到过"巡界者",但只是短暂的片刻。谁没有这种经验呢?我见过他们迅速掌控局势。绝大多数越界都是突发的严重违规,于是"巡界者"便会介入处理。我不习惯以这种令人费解的方式申请召唤"巡界者"。我们自幼所受的教诲,便是要信任"巡界者",遇到乌库姆的小偷或劫匪作案,你不能出声,而是应该装作没看见,因为你身处贝歇尔,与他们的罪行相比,越界是更严重的问题。

第一次见到"巡界者"时,我十四岁。原因再普通不过——交通意外。一辆四四方方的乌库姆小面包车——那是三十多年前,乌库姆街道上的车辆远不如现在抢眼——轮胎打滑失控。它正沿着一条交错区域的街道行驶,路上至少有三分之一的车辆属于贝歇尔。

假如小货车驾驶员能纠正方向,贝歇尔的司机们便会以惯常的方式对待异地的障碍物。生活在互相交错的城市中,必然需要面对这种无可避免的困难。比如乌库姆人撞到了贝歇尔人,而双方都在各自的城市里;或者一条乌库姆的狗跑上来嗅贝歇尔路人;或者乌库姆的窗玻璃碎裂掉落,挡

在了贝歇尔行人的面前——遇到所有这些情况,贝歇尔人(反过来,乌库姆人也是一样)都会尽量在不予关注的前提下回避异地的麻烦。若是迫不得已,触碰一下也无妨,但最好不要。如此淡然而礼貌地忽略,正是对待凸障——这是贝歇尔语中对邻城障碍物的称呼——的正确方法。伊利塔语中也有相应的词汇,但我不会。(只有陈旧的垃圾是个例外。它们一开始属于凸障,躺在交错区域的地面上,或者被风吹入异地区域,但天长日久之后,无论是伊利塔字母,或是贝歇尔字母,都将被污垢遮掩,或在阳光下逐渐褪色,当它与其他垃圾,包括来自邻城的污物凝结到一起时,就成了单纯的垃圾,如同雾气,雨水和烟尘一般飘越边界。)

我见到的那个面包车司机没能恢复控制。他的车斜斜地滑过柏油路面——我不知道乌库姆那边是哪条路,但在贝歇尔是国王街——撞到一家贝歇尔小店的围墙和一名正在浏览橱窗的行人。贝歇尔人当场死亡;乌库姆司机身受重伤。两座城中的人们发出尖叫。我并未看见撞击,但母亲看见了,她紧紧抓住我的手,我还没留意到周围的噪音,就疼得喊出了声。

贝歇尔儿童的早年生涯是一个紧凑的学习过程(乌库姆想来也一样)。我们很快就能学会辨别各种细节,比如服装样式、合法的颜色、人们走路的姿势以及举止神态。到了八岁左右,我们上街时大多不再需要别人担心,不至于尴尬地越界违规,不过,当然了,只要儿童在路上行走,都必须有许可证。

当时的我已经过了那个年龄,当我抬头看见越界事故造成的悲惨后果,便不再顾及那些神秘的禁忌。我和母亲以及所有路人都不由自主地看着乌库姆汽车的残骸,我刚刚学会小心翼翼地无视异地景物,此刻却将这一技能全然抛诸脑后。

转眼间,"巡界者"便到了,尽管他们中有些人一开始就可能已在现场,但那一个个模糊的身影仿佛都是从事故的烟雾中冒出来似的。他们动作迅捷,令人眼花缭乱,却充满绝对权威,不出片刻,就完全控制了越界事故的现场。这是一股令人难以捉摸的神秘力量。危机区域的周边,双方

## 城与城

警察（我仍无法忽略乌库姆警察）在各自的城市中驱赶好奇的旁观者，并拉起塑胶带，防止外人闯入，而童年的我依然能战战兢兢地看到封锁区内，"巡界者"正在迅速地处理善后，恢复秩序。

在这种罕见的情势下，人们有机会短暂地目睹"巡界者"投入行动。那大多是意外事故和跨越边界的灾难。比如1926年的地震，或者特大火灾。（有一次火灾，物理位置距离我的公寓很近。火势被控制在一栋建筑内，但那房子不在贝歇尔，我必须将其无视。因此，尽管客厅窗户照耀在一片闪烁的红光中，我却得通过本地电视台观看乌库姆的实况录像。）又比如贝歇尔发生持枪抢劫案，而流弹击中了乌库姆路人。此类危机与眼前的官僚作风完全是两码事。

我稍稍挪动，漫无目的地环顾室内。"巡界者"必须向召唤他们的专员解释行动理由，但在我们许多人看来，这似乎并不具有限制作用。

"你找她的同事聊过吗？"塞耶德说，"你的调查有多深入？"

"不，我还没跟他们聊过。当然，柯维警员找过他们，为了核对我们的情报。"

"跟她父母谈过吗？你似乎急于想推掉这件案子。"桌子两侧响起一阵低语声，我稍等了片刻才开口。

"柯维已经通知他们了。他们正飞过来。少校，我不知道你是否理解我们的立场。没错，我们的确很着急。你难道不想找到杀害玛哈莉亚·基尔瑞的凶手吗？"

"好了，够了。"雅卫德·尼塞姆说。他的手指轮番敲击着桌面。"探长，或许你不该用这种语气。代表们当中有一种逐渐增长的顾虑，说起来也挺合理，我们总是轻易地把案件交给'巡界者'，其实有时这并非必要，这么做很危险，甚至有叛国的嫌疑。"他等待着，直到我领会他的要求，憋出一阵或可理解为道歉的应诺声。"不过，"他继续道，"少校，也请你考虑克制争辩，别显得太不尽情理。老天，那女孩在乌库姆失踪，然后尸体出现在贝歇尔。我想不出还有什么更明晰的案例。当然，我们会考

虑将此事交给'巡界者'处理。"他伸手阻止塞耶德抗议。

卡特琳妮亚点点头。"说得在理。"布里奇说。乌库姆代表显然见过这种内部冲突。这就是我们伟大的民主体制。毫无疑问，他们也有自己的争吵方式。

"那就这样吧，探长，"他盖过少校吵嚷的嗓音，"我们已收到你提交的请求。谢谢。让引宾员带你出去。我们很快就会通知你。"

许多个世纪以来，联合大厅的走廊始终是贝歇尔和乌库姆的生活与政治中心，因此无可避免地演化成如今的模样：古朴精致，但风格含糊不清，缺少明显的特征。此处悬挂的油画技法精良，但仿佛欠缺历史根基，过于苍白平凡。贝歇尔和乌库姆的职员穿梭于边界的走廊中。联合大厅感觉空荡荡的，并没有合作的氛围。

走廊中陈列的史前时代遗物却不一样，它们性貌独特，但令人费解。这些物品被保存在装有警铃的玻璃罩里。我离去时目光扫过其中的几件：一座胸下垂的维纳斯雕像，躯干上有一道隆起，原本也许连接着齿轮或杠杆；一只做工粗糙的铁黄蜂，历经诸多世纪之后颜色已然褪去；还有一块玄武岩基座。每件物品下方均有文字说明，提出各种猜测。

塞耶德的干涉无法令人信服——他给人的感觉就好像铁了心要阻止下一例申请，却不幸遇到了我这种难以辩驳的案子——他的动机也很可疑。我若是参政，决不会追随他。但他的谨慎并非无因。

"巡界者"的权力近乎无限，教人惧怕。唯一的限制在于，此种权力高度依赖于特定的事件。从两座城市的角度来说，坚持对此类事件严加审控是必要的。

正因如此，才有了神秘的审核制度，以维持贝歇尔，乌库姆和"巡界者"之间的平衡。除了无可争议的严重越界——罪案，事故或灾难（化学泄漏、煤气爆炸、精神病患者在边界处攻击行人等等），毕竟在这些情况下，贝歇尔和乌库姆根本无能为力——委员会必须审查召唤请求。

在严重违规事件发生之后，即便是常人难以辩驳的案例，两座城市的代表也要将其与往昔的判决实例仔细核对。理论上讲，他们可以质疑任何一个案例：这很荒谬，但委员会不愿放弃这一重要程序，以免损害自身的权威。

这两座城市需要"巡界者"。然而，两座城市若不保持独立完整，"巡界者"又凭什么存在呢？

柯维在等我。"怎么样？"她递给我一杯咖啡，"他们怎么说？"

"嗯，案子将会被移交。不过他们把我折磨得够呛。"我们向警车走去。联合大厅周围的街道都是交错区域，我们视若无睹地穿过一群乌库姆朋友，来到柯维停车之处。"你知道塞耶德吗？"

"那个专横的混蛋？当然知道。"

"看他的表现，似乎想要阻止'巡界者'接手。这很奇怪。"

"他们憎恨'巡界者'，民族联盟的人，不是吗？"

"憎恨'巡界者'，很奇怪。就好像恨空气。而且他属于民族联盟，要是没有'巡界者'，贝歇尔也无法存在，这就等于没了祖国。"

"很复杂，不是吗，"她说，"虽然我们需要他们，但这是依赖的表现。不过民族联盟中也存在分歧，有平衡派和胜论派之分。或许他是胜论派。他们认为'巡界者'保护着乌库姆，这是贝歇尔夺取控制权的唯一障碍。"

"他们想夺权？要是他们觉得贝歇尔能赢，那简直就是做梦。"柯维瞥了我一眼。我俩都知道这是实话。"不管怎么说，这不重要。我想他只是摆个姿态罢了。"

"他是个愚蠢的混蛋。我的意思是，他不仅专横，而且不太聪明。我们什么时候能得到首肯？"

"大概一两天吧。我想他们今天会对所有呈上的议案表决。"其实我并不知道会议是如何组织的。

"与此同时？"她言辞简洁。

"嗯，你应该还有许多别的活吧？这不是你手上唯一的案子。"车行途

中,我看了她一眼。

我们驶过联合大厅,其巨硕的入口仿佛古老的人造山洞。这栋建筑比普通的主教座堂还要大得多,甚至能超过罗马竞技场。其东西两侧均有入口。底层最初的五十英尺左右是一条半封闭式通道,笼罩于拱顶之下,并伴有一根根立柱,车流被墙壁隔开,在检查站的控制下停时停走。

此处行人车辆川流不息,一辆辆轿车和面包车从我们近旁驶进大楼,等在最东头,检查过护照与证件之后,司机被允许——有时则被拒绝——离开贝歇尔。车流持续不断。再往前几米,是检查站之间的边界路段,处在大厅的穹顶之下,而车行至西侧的大门口时,需要再次停下,等待进入乌库姆。对面的车道上则是相反的流程。

随后,那些车辆将带着准许通行的盖章从另一端钻出,驶入异邦城市。它们往往会调转头,回到交错区域的街道里,即回到两边的老城区,不久前它们就是从这里出发的,而此刻却已处在另一个司法区域。

假如有人想进入位于邻城的房屋,即便它就在隔壁,也是属于另一条街,属于另一个不友善的政权。对此,鲜少有外国人能理解。贝歇尔居民不能径直走入隔壁异邦建筑的门户,否则就是越界。

然而穿过联合大厅,他/她就能离开贝歇尔,通过大厅另一头回到(实质上的)原地,此时,他们已身处异国,成为一名观光游客,眼前这条街虽然与自己的住址有着相同的经纬度,他们却从未到达过,其中的建筑也总是被刻意忽略,现在,他们既然已穿越边界,便可以进入乌库姆的房屋了,而自己的家虽然仅一墙之隔,却处于另一座城中,不能再予以正视。

联合大厅就像是沙漏的樽颈,位于两座城市之间,卡住出入道口。整栋建筑好比是个漏斗,让两边的访客互相渗入对方城中。

贝歇尔中有些地方并非交错区域,但被窄窄的一条乌库姆领地隔断。小时候,在父母和老师不懈的训导下,我们都努力无视乌库姆(当我们与乌库姆同龄人处于相近位置时,总是夸张地作出互相忽略的模样,表现还真不赖）。我们常常丢出一颗小石子，使其穿过异地区域，然后在贝歇尔内部绕个大圈，把它们捡回来，并争论在此过程中我们是否有犯错。当然，"巡界者"从来不曾现身。我们也以同样的方式抛掷本地的蜥蜴。当它们被捡回来时，都已经死了，于是我们说它们是死于穿越乌库姆的短暂飞行，但实际上也许只是落地时摔死的。

"很快就不用我们操心了，"我一边说，一边注视着几名乌库姆游客进入贝歇尔，"我是指玛哈莉亚。比耶拉。'佚名女'。"

## 第七章

  从美国东海岸到贝歇尔的旅程出了名的繁琐，即使是最佳路线，也至少需要转一次机。布达佩斯，斯科里普①和雅典都有直达贝歇尔的班机，而对美国人来说，雅典或许是最理想的选择。理论上讲，由于封锁令的存在，去乌库姆更加困难，但只需进入加拿大便可以直飞。前往新沃弗机场的航班非常之多。
  基尔瑞夫妇将于上午十点到达贝歇尔哈维奇机场。我已授意柯维在电话里告知他们女儿的死讯。我告诉柯维，我要亲自陪他们去看遗体，她要是愿意，也可以加入。于是她也来了。
  我们等在贝歇尔机场，以防万一飞机早到。我们在候机楼里喝着仿星巴克的劣质咖啡。柯维再次问起监察委员会的事。我问她是否离开过贝歇尔。
  "当然，"她说，"我去过罗马尼亚。还有保加利亚。"
  "土耳其？"
  "没有。你呢？"

---

① 马其顿共和国首都。

"去过。还有伦敦,莫斯科,很久之前到过一次巴黎,还有柏林。而且是西柏林。那是在他们合并之前。"

"柏林?"她说道。机场一点也不拥挤:似乎大多是返程的贝歇尔人,再加上少数游客和东欧的商务代表。到贝歇尔或乌库姆旅游很麻烦——有多少度假胜地入境前需要考试的?——我虽然没去过乌库姆的新机场,但曾在电影里见过,它位于莱斯托夫东南方十六七英里处,布尔基亚海峡对面,其繁忙程度远胜于我们的机场,尽管他们对访客的要求也同样严格。数年前,当它开始重建时,比我们的机场略小一点,经过几个月的疯狂施工,其规模便大大超越了我们。从上方俯视,它的候机楼就好像几幅相连的半月形镜子,这是由福斯特①还是什么人设计的。

到达的旅客中有一群正统犹太教信徒,这能从服饰上看出来,而前来接机的本地亲友却远不如他们虔诚。一名肥胖的警卫正挠着下巴,他的枪悬垂在腰间。旅客中偶尔也有着装咄咄逼人的公司高管,来自新兴的黄金高科技产业,包括西尔柯、夏德纳、维科等公司的董事会成员,甚至还有美国友人,他们望向接机人员手中高举的牌匾,搜寻自己的司机。当然,这些是没有搭乘私人飞机或直升机前来的高管。柯维发现我在看那些举着的牌子。"怎么会有人到这种鬼地方来投资?"她说,"你觉得他们还记得自己曾经批准过的决议吗?政府显然在招待宴上厚颜无耻地往他们杯子里加了迷药。"

"这是典型的贝歇尔失败主义论调,柯维警员。我们的国家就是因此而无法翻身。布里奇、尼塞姆和塞耶德议员正在努力完成我们所托付的任务。"布里奇和尼塞姆还说得通:但塞耶德也参与组织商贸活动,这就不太合常理了。一定存在某种利益交换。从眼前的外国访客来看,他们的工作居然已小有成效,而这更凸显出其中的古怪。

"对,"她说道,"说真的,瞧这些刚走出来的家伙——我发誓,他们眼神中包含了恐慌。你有没有见过他们坐在小车里四处奔走,去城中各个

---

①诺曼·罗伯特·福斯特,英国建筑师,以设计金融证券类商业建筑和机场建筑而闻名。

旅游景点、交错区域什么的？'游览观光'。没错。那些可怜虫在寻找出路。"我指了指告示屏：飞机已经降落。

"你跟玛哈莉亚的导师谈过了？"我说，"我试着给她打过几次电话，但都打不通，他们也不肯告诉我她的手机。"

"只是简短地聊了一下，"柯维说，"我在研究中心找到她——那里属于乌库姆挖掘点。南希教授，她是个重要人物，手下有一大帮学生。反正我给她打了电话，核实玛哈莉亚是她的学生，最近没人见到她。我告诉她，我们有理由相信……我还传给她一张照片。她非常震惊。"

"是吗？"

"当然。她……一个劲地说，玛哈莉亚是一名非常优秀的学生，竟然会发生这种事，简直令人无法相信，等等。那么，你去过柏林。你在那儿讲德语吗？"

"是的，"我说，然后切换至德语，"一点点。"

"你去干吗？"

"那时我还年轻，去参加学术会议，主题是'维持分裂城市的治安'。他们安排的演讲涉及布达佩斯、耶路撒冷和柏林，还有就是贝歇尔与乌库姆。"

"胡扯！"

"我明白，我明白。我们当时就是这么说的。那完全是误解。"

"**分裂的城市**？我很惊讶学校会同意你去。"

"我明白，我那会儿的感觉是，免费午餐即将在旁人汹涌的爱国热情中蒸发。我的导师说，这不仅仅是误解了我们的法律定位，更是**对贝歇尔的侮辱**。我想他说得没错。但那是有补助的出国旅行，我能拒绝吗？我必须说服他。至少我在那儿第一次遇见了乌库姆人，他们显然也克服了自己的愤怒。尤其是会议舞厅里碰到的那位给我印象最深。在《99个气球》[①]的乐曲声中，我们也为缓和国际关系作了点贡献。"柯维嗤之以鼻，但乘

---

[①] 德国流行乐队 Nena 的反冷战歌曲。

客已陆续走出来,于是我们一本正经地板起脸,等待基尔瑞夫妇出现。

陪同的移民官见到我们之后,便示意他们过来。凭借美国警方传送的照片,我能认出他们,但即使没有照片,我也一样看得出。唯有失去子女的父母,才会带着如此表情:脸色仿佛干土,充满疲惫与悲伤。他们步履蹒跚地走入大厅,看上去比实际年龄老了十五到二十岁。

"基尔瑞先生,基尔瑞太太?"我一直有练习英语。

"哦,"其中那位女士一边说,一边伸出手来,"哦,是的,你是,是柯维先生吧,这位——"

"不,夫人。我是贝歇尔重案组的提亚多·博鲁探长,"我握了握夫妇两人的手,"这是莉兹别特·柯维警员。基尔瑞先生,基尔瑞太太,对于你们的不幸,我、我们深感难过。"

他们俩仿佛动物似的眨巴着眼睛,然后点点头,张口欲言,却什么都没说出来。悲哀让他们显得迟钝。这真残忍。

"需要我送你们去旅馆吗?"

"不用了,谢谢,探长。"基尔瑞先生说。我看了一眼柯维,但她基本上能听明白——她的英语理解力还不错。"我们想……我们想完成此行的目的。"基尔瑞太太使劲抓了一把自己的包,然后又松开。"我们想看看她。"

"当然。这边请。"我带着他们走向小车。

"我们要见南希教授吗?"柯维驾车行驶时,基尔瑞先生问道,"还有小梅①的那些朋友?"

"不行,基尔瑞先生,"我说,"恐怕见不着。他们不在贝歇尔,而是在乌库姆。"

"你知道的,迈克,你知道这里的规矩。"他的妻子说道。

"是的,是的,"他对我说,仿佛刚才讲话的人是我,"是的,抱歉,让我……我只是想跟她的朋友们聊一聊。"

---

① 玛哈莉亚的昵称。

"这可以安排，基尔瑞先生，基尔瑞太太，"我说，"我们会让你们打电话。另外……"我在考虑穿越联合大厅。"等这边的事结束之后，我们得护送你们去乌库姆。"

基尔瑞太太看了看丈夫。他正凝视着周围密集的街道与车辆。我们所经过的那些立交桥，有一部分是在乌库姆，但我敢肯定他不懂得规避视线。即使他知道，也不会在乎。途中还要经过一片繁华的乌库姆经济发展区，到处是怪异而巨硕的公共艺术作品，但那都是违规越界才能看见的景物。

基尔瑞夫妇的服装颜色符合贝歇尔的规定，且佩戴着访客标记，但他们持有罕见的人道准入证，不曾经过游客培训，对本地的边界政策缺乏了解。丧亲之痛也使他们变得迟钝。因此，他们越界的风险很高。我们得保护他们，至少别让他们不假思索地犯下过失，导致被驱逐出境。在将案子正式移交给"巡界者"之前，我们必须担当起看护的责任：只要基尔瑞夫妇醒着，就不能离其左右。

柯维没看我。我们需要谨慎。基尔瑞夫妇若是普通游客，就必须事先接受培训，并通过一次不算太容易的入境资格考试，既有理论试题，也有角色实践，然后才能获取签证。这样，他们起码能够大致了解两座城市的基本特点，包括建筑结构、服装、字母、行为举止、违规的颜色与手势、公民义务等等——另外，不同的贝歇尔培训师也会阐述各自对国家特质的理解——从而区分开贝歇尔与乌库姆，以及双方的市民。他们也会对"巡界者"略知一二（尽管我们本地人所知的也很有限）。关键在于，他们将有足够的知识避免明显的越界行为。

对于边界，贝歇尔人和乌库姆人有一种深刻而复杂的本能，无论访客们参加的课程是两个星期还是更久，没人相信他们能够演化出类似的技能，真正学会忽略另一座城市。但我们仍坚持要他们尽力而为。我们和乌库姆当局都要求访客严格遵守公共礼仪，与交错区域的邻邦决不可有任何交流，也不能公然注视。

# 城与城

越界的惩罚非常严厉（两座城的存在依赖于此），因此判定越界必须有合理的依据。乌库姆有一座表面镶满玻璃的桥，叫作雅尔伊朗桥，恰好与贝歇尔老城区相邻，我们自然早已习惯将其忽略，但大家都觉得，来到贝歇尔的游客或许会偷眼观瞧。在贝歇尔的"风节庆典"期间，只要他们抬头观望拖拽着彩带的气球，无疑很难避免（但我们都能避免）看见附近乌库姆宫殿区高耸的水滴形塔楼。只要他们不指指点点或者大呼小叫（这就是为什么除了极少数例外，十八岁以下的外国人不准入境），相关各方都能勉强承认不存在越界行为。签证之前的培训其实教的就是这一点点自制，而并非要求像本地人那样严格地无视异地景物，对此，大多数学员也都心领神会。在证据不足的情况下，包括"巡界者"在内的所有人都尽量给予游客有利判定。

通过车里的镜子，我看到基尔瑞先生正盯着一辆经过的卡车。它在乌库姆，因此我将其无视。

夫妇俩偶尔低语几句——也许我英语不行，或者耳朵不够灵，无法听清他们的对话。大多数时候，他们都静静地坐着，望向两侧的窗外，互不搭理。

舒克曼不在实验室。也许他有自知之明，知道自己在探访死者的人眼中是何种形象。而眼下的情形，我也宁可不要遇见他。哈姆辛内奇领着我们来到储藏室。她父母一进屋，看到毯子底下的人形，便立即发出痛苦的呜咽。哈姆辛内奇沉默而尊重地站在一旁，等待他们定下心绪，她母亲点点头，于是他掀开玛哈莉亚脸上的布。她的双亲再次发出呻吟。他们凝视良久，然后，母亲伸手去抚摸她的脸。

"哦，哦，是的，就是她。"基尔瑞先生说。他哭了出来。"就是她，没错，这就是我女儿，"他的语气就好像我们要求他正式指认似的，事实当然并非如此。是他们想要见她。我点点头，仿佛这对我们很有帮助，然后瞥了一眼哈姆辛内奇，他盖回毯子，独自忙碌起来，于是我们陪着玛哈莉亚的父母走了出去。

"我很想，很想去乌库姆。"基尔瑞先生说。我已经习惯了外国人强调这个"去"字：他感觉这个字用得很奇怪。"抱歉，我知道也许……很难办到，但是，我想看一看她曾经……"

"没问题。"我说。

"没问题。"柯维说。她能听懂不少英语，偶尔也插几句话。我们在塞西莉王后宾馆与基尔瑞夫妇共进午餐，这是一家相当舒适的酒店，与贝歇尔警方有长期合作关系，其职员经验丰富，能对不够资格的访客提供近乎软禁的陪护。

美国大使馆的一名中层职员也加入了我们，他叫詹姆斯·萨克尔，大约二十八九岁。他不时用流利的贝歇尔语与柯维交谈。餐厅正对胡斯塔夫岛的北端。河面上船只来来往往（两座城中的都有）。基尔瑞夫妇拨弄着各自的胡椒籽煎鱼。

"我们猜想，你们大概会希望造访女儿的工作场所，"我说，"我们跟萨克尔先生谈过了，还有他在乌库姆的同事，让他们帮忙办理穿越联合大厅的手续。我想大概只需一两天就够了。"当然，乌库姆没有美国大使馆，只有一个灰头土脸的办事处。

"另外……你刚才说这件事，这件事要交给'巡界者'？"基尔瑞太太说。"你说不是由乌库姆人调查，而是由'巡界者'，对吗？"她十分怀疑地注视着我，"那我们什么时候跟他们会面交谈呢？"

我瞥了一眼萨克尔。"不是这么回事，"我说，"'巡界者'跟我们不同。"

基尔瑞太太瞪着我。"'我们'，是指……警察？"她说道。

我的本意是，"我们"也包括她。"嗯，也包括警察。它……他们跟贝歇尔和乌库姆的警察不一样。"

"我不——"

"博鲁探长，我很乐意解释一下。"萨克尔说着，略有犹豫。他希望我走开。在我面前解释，必须保持适度礼貌：单独与美国人相处，他就能强调，这两座城市有多荒谬，多难缠，而他和他的同事们也很遗憾，在贝歇尔发生的罪案，竟要多出这么多麻烦。他或许还能暗示，跟"巡界者"这种异端势力打交道，让人感到既窘迫，又困扰。

"我不知道你们对'巡界者'有多了解，基尔瑞先生，基尔瑞太太，但它……它不同于其他势力。你们大概也知道一点它的……能力吧？'巡界者'是……它具有独特的力量。而且，呃，极其隐秘。我们大使馆……跟'巡界者'完全没有联系。我非常理解，这听起来很奇怪，但……我敢保证，从历史记录来看，'巡界者'的执法，呃，极为严厉，令人惊畏。我们会得知事态的进展，以及它对相关责任者采取的行动。"

"那是不是意味着……？"基尔瑞先生说，"这儿也有死刑，对吧？"

"那乌库姆呢？"他妻子说。

"有的，"萨克尔说，"但这其实并不相干。基尔瑞先生，基尔瑞太太，我们的贝歇尔朋友和乌库姆当局正打算召唤'巡界者'来对付杀害你们女儿的凶手，因此贝歇尔和乌库姆的法律基本上都不适用。'巡界者'所采取的，呃，惩罚措施可以说不受任何约束。"

"召唤？"基尔瑞太太说。

"这是约定的礼仪，"我说，"我们必须遵从。然后'巡界者'便会现身，处理这件事。"

基尔瑞先生说："那审判呢？"

"可以通过视频，"我说："'巡界者'的……裁决，"我脑中也曾尝试使用决断或行动这两个词，"是秘密进行的。"

"我们不用作证？我们看不到？"基尔瑞先生惊骇万分。先前肯定有人跟他们解释过，但这种事你能理解。基尔瑞太太愤怒地摇头，但没丈夫那么吃惊。

"恐怕不行，"萨克尔说，"这里的情势很特殊。不过我可以向你们担保，无论是谁干的，罪犯不仅会被逮住，而且会，呃，受到相当严厉的制裁。"杀害玛哈莉亚·基尔瑞的凶手几乎值得同情。但我并不同情。

"可是——"

"我明白,基尔瑞太太,真的很抱歉。没有一处外交岗位跟这里类似。乌库姆,贝歇尔,还有'巡界者'……这是特殊情况。"

"哦,天哪。要知道,这……这些正是玛哈莉亚感兴趣的东西,"基尔瑞先生说,"这座城,那座城,还有另一座城。贝歇尔"——他的发音类似"贝泽尔"——"乌库姆。还有我信你。"最后一句我没听懂。

"奥—辛—尼,"基尔瑞太太说。我抬起头。"不是我信你,是奥辛尼,亲爱的。"

萨克尔礼貌地努了努嘴,表示不解,然后又疑问似的摇摇头。

"这说的是什么,基尔瑞太太?"我说道。她摆弄着自己的包。柯维悄悄地掏出笔记本。

"那都是玛哈莉亚感兴趣的东西,"基尔瑞太太说,"她研究的就是这些。她要成为这一领域的博士。"基尔瑞先生露出苦涩的微笑,神情中兼具宠爱、骄傲与迷惑。"她干得很不错。她向我们透露过一点。奥辛尼似乎跟'巡界者'有点像。"

"自从她第一次来到这里,"基尔瑞先生说,"就一直想要研究这些东西。"

"没错,她最初是来到这里。我是指……这儿,贝歇尔,对不对?她最初来到这里,但后来又说要去乌库姆。坦白讲,探长,我原以为是同一个地方。现在我知道了,那是错误的概念。她必须获得特别批准才能去,但她,她还是个学生,所有研究工作都得在那儿做。"

"奥辛尼……可以说是民间传说,"我告诉萨克尔。玛哈莉亚的母亲点点头;她父亲则移开了视线。"它其实跟'巡界者'不太一样,基尔瑞太太。'巡界者'是真实存在的强大势力。而奥辛尼是……"我迟疑不决。

"第三座城。"柯维用贝歇尔语对依然满脸疑惑的萨克尔说道。他还是不明白,于是她接着说:"这是一个秘密。一个传说。存在于另两座城市之间。"他摇摇头,似乎不太感兴趣,哦。

# 城与城

"她热爱这地方，"基尔瑞太太说，神情中充满渴望，"我是指，抱歉，我是指乌库姆。我们距离她住的地方近吗？"是的，物理距离相当近，不过这种说法仅在贝歇尔和乌库姆才有意义，在别处则毫无必要。我和柯维都没有回答，因为这是个复杂的问题。"自从她读过有关这两座城市的若干书籍之后，已经潜心研究了好几年。教授们似乎都认为她的工作很出色。"

"你喜欢她的那些教授吗？"我说。

"哦，我从没见过他们。但她给我看过一些他们的研究内容；包括一个学术活动网站，还有她工作的地方。"

"南希教授？"

"对，那是她的导师。玛哈莉亚很喜欢她。"

"她们合作得怎样？"我发问时，柯维看向我。

"哦，我不知道，"基尔瑞太太甚至笑出了声，"玛哈莉亚好像一直在跟她争论。她们似乎很少有意见一致的时候，但当我问到，'那可怎么办？'她却跟我说没问题。她说她喜欢不同意见。这样可以学到更多。"

"你们时常了解女儿的工作状况吗？"我说，"有看过她的论文吗？她是否向你们提起过乌库姆的朋友？"柯维在座位里挪动了一下。基尔瑞太太摇摇头。

"哦，没有。"她说。

"探长。"萨克尔说。

"她研究的东西我无法……我不太感兴趣，博鲁先生。我的意思是，自从她过来之后，我对报纸里有关乌库姆的文章当然比过去要多留意一些，肯定会读一读。但只要玛哈莉亚高兴，我……我们也就高兴。因为她能做自己喜欢的事，你明白的。"

"探长，你觉得我们什么时候能拿到乌库姆通行证？"萨克尔说。

"大概快了吧。她怎么样？快乐吗？"

"哦，我想她是……"基尔瑞太太说，"要知道，她免不了有情绪波动

的时候。"

"对。"她父亲说。

"而且……"基尔瑞太太说。

"哦?"我说。

"嗯,也没什么……要知道,她只不过最近压力有点大。我告诉她说,她需要回家度个假——我明白,回家也许算不上是度假,但你能理解。然而她说最近进展很快,研究工作似乎有重大突破。"

"而且把某些人给惹毛了。"基尔瑞先生说。

"亲爱的。"

"就是这样没错。她告诉过我们。"

柯维疑惑地望着我。"基尔瑞先生,基尔瑞太太……"萨克尔说道,而我趁此机会快速地用贝歇尔语向柯维解释,"那是美式英语,'惹得很恼火'的意思。有谁被惹毛了?"我问他们,"她的那些教授?"

"不,"基尔瑞先生说,"真见鬼,你以为这是谁干的?"

"约翰,求求你……"

"真见鬼,究竟谁是'优先库姆党'?"基尔瑞先生说,"你甚至都没问过,我们认为是谁干的。你连问都不问。你以为我们一无所知?"

"她是怎么讲的?"我说,萨克尔站起身,双手作安抚状,*大家冷静点*。

"在学术会议上,有个混蛋说她的研究是叛国。自从她第一次来这儿之后,就有人一直诋毁她。"

"约翰,等一下,你搞混了。那是一开始,有人说这番话的时候,她在这里,*这里*,贝歇尔,不是乌库姆,而且也不是'优先库姆党',而是贝歇尔的民族主义分子,'完美公民党'还是什么的,你记得吧……"

"等等,什么?"我说。"'优先库姆党'?还有——她在贝歇尔的时候,有人指责她?那是什么时候?"

"等一下,长官,这……"柯维急促地用贝歇尔语说道。

"我想大家都需要放松一下。"萨克尔说。

他安抚着基尔瑞夫妇,仿佛他们受了委屈,而我也致以歉意,仿佛是我让他们受了委屈。他们知道自己应该呆在旅馆里。客房楼下守着两名警员,以确保他们遵守规矩。我们对他们说,一旦通行证办好,便会立即告知,而且我们第二天还会再回来。同时,他们如有任何需求,或想知道什么信息——我留下了电话号码。

"一定能找到凶手,"临走时,柯维说道,"'巡界者'会逮住罪犯。我向你们保证。"到了外面,她对我说:"对了,是'库姆优先党',不是'优先库姆党'。类似于'完美公民党',只不过在乌库姆。据说跟我们这边的激进分子有得一比,但行动更隐秘,谢天谢地,幸好不需要我们操心。"

完美公民党比塞耶德的民族联盟更激进,更充满爱国狂热,他们常常身穿准军装发起游行,并发表耸人听闻的演讲。他们是合法组织,但处在违法的边缘。经常有人袭击贝歇尔的"乌库姆城",乌库姆大使馆、清真寺、犹太教堂、左翼书店,以及为数不多的移民,但我们无法证实责任者就是完美公民党。我们——我指的当然是我们警方——曾经多次逮住隶属于完美公民党的凶犯,但该组织本身却拒绝对攻击行为负责,而迄今为止,也没有哪个法官宣布对其实行禁令。

"玛哈莉亚居然把两伙人都得罪了。"

"她老爹是这么说。但他不知道……"

"我们知道,多年前,她的确惹恼了本地的合并派。然后又触怒了另一边的民族主义分子?还有什么极端主义者她没得罪?"我们驱车向前。"要知道,"我说,"跟监察委员会的那次会面……有点古怪。有些人讲的话……"

"塞耶德吗?"

"塞耶德,当然了,另外,他们有些人的话,我当时没太明白。假如我平时更留心一点政治,没准就能理解。我得多关心一下政治,"沉默片

刻之后，我说，"也许我们应该到处打听打听。"

"还管这屁事干什么，长官？"柯维在座椅中扭过身来。她看上去并不生气，只是很困惑。"刚才你为什么还要这样折磨他们？不出一两天，那些头头脑脑就会召唤该死的'巡界者'，把这副烂摊子移交过去，杀害玛哈莉亚的人快要大难临头了。要知道，就算我们找到新线索，也得随时交出案子；现在只是混时间而已。"

"没错。"我说道。我稍稍转向，避开一辆乌库姆出租车，并尽可能将其忽视。"没错。话是这么说，但我很佩服能让那么多疯子抓狂的人。这些家伙也互相掐架。贝歇尔民族主义，乌库姆民族主义，反民族主义……"

"让'巡界者'来处理。你说得对。应该由'巡界者'来替她出头，长官，就像你说的那样。他们有更多办法。"

"的确该由'巡界者'替她出头。而且也快了。"我指了指前方，继续驱车向前，"*前进*。但眼下，她暂时还得靠我们。"

## 第八章

嘉德勒姆警长似乎具有把握时机的超能力，要不就是他让技术人员在系统里做了点手脚——每次我走进办公室，他的电邮总在我收件箱的最顶端。

这一回他写道，很好，据我猜测，基氏夫妇已入住宾馆。我不愿你整天纠缠于文件表格中（想必你也赞同），因此，请礼貌地陪护他们即可，等办完正式手续，便大功告成。

时间一到，我们必须交出手中所有信息。嘉德勒姆的意思是，不必给自己揽活干，也不要把属于本部门的时间浪费掉，因此，我得把脚从加速器上松开。我涂写揣摩着笔记，其中的内容对其他人来说属于非法材料，而对我，也只是暂时合法而已，但我依然小心翼翼地加以整理收藏——那是我一贯的做法。我重读了几遍嘉德勒姆的邮件，时不时翻个白眼，没准还自言自语地唠叨了几句。

我花了点时间追查电话号码——凭借网上信息，并求助于接线员——然后拨通一个电话，由于经过重重的国际交换线路，听筒中充满沙沙的杂音。"波尔叶安办事处。"我先前也拨打过两次，但都遇上了自动应答系

统：这是头一回有人接听。他的伊利塔语很不错，但带有北美口音；于是我用英语说，"下午好，我想找南希教授。我给她留了语音邮件，但——"

"请问你是谁？"

"我是贝歇尔重案组的提亚多·博鲁探长。"

"哦，哦。"他的语气有了显著变化，"是关于玛哈莉亚的事，对吗？探长，我……稍等一下，我这就去找伊兹。"接着是一阵漫长而空洞的沉默。"我是伊莎贝拉·南希。"她听上去焦虑不安，要不是知道她来自多伦多，我会以为她是美国人。这与她语音信箱中的声音相去甚远。

"南希教授，我是贝歇尔警方重案组的提亚多·博鲁。你跟我的同事柯维警员通过话吧？有没有收到我的留言？"

"探长，是的，我……请接受我的道歉。我本打算回电，但是，但是一切都，我很抱歉……"她在英语和标准的贝歇尔语之间切换。

"我明白，教授。基尔瑞小姐的事我也很遗憾。我知道最近以来，你和你的同事们都不好过。"

"我，我们，我们所有人都很震惊，探长。真的很震惊。我不知道该说什么。玛哈莉亚是个非常优秀的姑娘，而且——"

"当然。"

"你在哪儿？是在……本地吗？要不要见个面？"

"这恐怕是国际长途，教授；我还在贝歇尔。"

"噢。那……我能帮上什么忙呢，探长？有麻烦吗？我是说，除了，除了眼前的这一切，还有什么别的麻烦，我是说……"我能听见她的呼吸声，"我随时都准备见玛哈莉亚的父母。"

"好，其实我刚才就跟他们在一起。这儿的大使馆正在办理他们的证件，他们很快就会过来找你。不，我给你打电话，是想了解更多关于玛哈莉亚的事，还有她的研究工作。"

"请原谅，博鲁探长，但我印象中……这件罪案……你们不是要召唤'巡界者'吗？我以为……"她此刻已镇静下来，只用贝歇尔语交谈，因此我也放弃了英语,有什么必要呢,毕竟我的英语也不比她的贝歇尔语强。

"是的。监察委员会……抱歉,教授,我不知道你对这类事有多了解。但是没错,本案的责任即将移交。那么,你知道他们的处理方式吧?"

"我想是的。"

"没关系。我只是做些收尾工作。我很好奇,仅此而已。我们听说一些有趣的事,关于玛哈莉亚。我想了解她的研究工作。你能帮我吗?你是她导师,对不对?有时间稍微跟我聊一聊吗?"

"当然,探长,你已经等很久了。我不太清楚——"

"我想知道她研究的内容,以及她跟你的挖掘项目的渊源。另外,也给我讲一讲波尔叶安吧。据我所知,她在研究奥辛尼。"

"什么?"伊莎贝拉·南希吃了一惊,"奥辛尼?绝对不是。这里是考古学系。"

"请原谅,我印象中……你说考古学系,这怎么讲?"

"我的意思是,研究奥辛尼也许很有必要,但假如那是她的研究课题,她的博士专业就应该是民俗研究或者比较文学。当然了,学科的边界正变得越来越模糊。另外,像玛哈莉亚这样的年轻考古学家,对福柯①和鲍德里亚②的兴趣,要胜于对戈登·柴尔德③和山精。"她似乎并不生气,而是显得既悲哀,又好奇。"但她的博士课题必须是真正的考古学研究,我们才可能接收她。"

"那她研究的是什么?"

"波尔叶安挖掘点有很长的历史,探长。"

"愿闻其详。"

---

①米歇尔·福柯(1926—1984),法国哲学家,以对社会制度的批判性研究而著称。

②让·鲍德里亚(1929—2007),法国社会学家与哲学家,其著作常常与后现代主义中的后构造主义相关。

③戈登·柴尔德(1892—1957),澳大利亚考古学家,专精于欧洲史前时代,赞同马克思主义的社会经济理论。

"围绕着这一地区的早期文物,存在各种争议,我敢肯定,你一定也有所耳闻,探长。波尔叶安挖出的物品,都有好几千年历史。无论你相信哪种假说,分裂说也好,融汇说也好,我们所探寻的东西比这还要早,甚至在乌库姆和贝歇尔出现之前。那是有关**本源**的研究。"

"一定十分特别。"

"当然。而且很难理解。你知道吧,我们对创造出这一切的文明几乎一无所知?"

"我想是的。所以它才会引起广泛的兴趣,对不对?"

"嗯……没错。再加上这里发现的奇特物品。玛哈莉亚所做的,是试图根据齿轮的布局解密所谓的'解释学特征'。"

"我可能不太明白。"

"这说明她很成功。博士生的目标就是在两三年过后,让所有人,包括导师在内,都搞不懂你在干什么。开个玩笑,你懂的。要知道,她研究的是关于两座城市的起源,这或许会给相关的理论体系带来难以预计的影响。她十分谨慎,所以一直以来我也不太清楚她究竟支持何种观点,但她还有几年时间作决定,或者搞出些新点子来。"

"她也参与实际的挖掘工作吧。"

"的确。大多数研究生都有参与。有些是出于研究的需要,有些是津贴计划的一部分,有些两者兼而有之,还有的人则是为了巴结我们。玛哈莉亚也领取一点点报酬,但她主要是需要那些文物来进行研究。"

"我明白了。抱歉,教授,我还以为她是在研究奥辛尼……"

"她曾经对奥辛尼很感兴趣。几年前,她去贝歇尔参加过一次会议。"

"是的,我好像听说了。"

"对。结果弄出了点乱子,因为她当时对奥辛尼极为入迷——她比较倾向于鲍登理论,她的论文不太受欢迎,还引发了一番抗议。我佩服她的胆量,但她弄这些东西毫无意义。她申请博士生的时候——说实话,我很惊讶,居然会是在我这里——我不得不明确告诉她,哪些是……符合标准的。但是……我的意思是，我不知道她闲暇时都读些什么，但当她向我汇报博士研究的进展时，她写出来的东西，还，还不错。"

"还不错？"我说，"你似乎不那么……"

她略一犹豫。

"好吧……老实说我有一点，有一点失望。她很聪明。我知道她聪明，是因为她在研讨会之类的场合，表现非常突出。而且她干活尤其卖力。用通俗的英语讲，就是'学习狂'，老在图书馆里呆着。但她的文章……"

"不好吗？"

"还不错。真的，还可以。她能拿到博士学位，没问题，只是达不到出类拔萃的程度。有点不温不火的感觉，你明白吗？鉴于她每天工作时间之长，其成果显得分量太轻了点。比如说参考文献不够详实。要知道，我跟她谈过，她承诺说会改。"

"我能看一看吗？"

"当然，"她吃了一惊，"我是说，应该可以。我不知道。我得搞明白这里面的道德规范。她给过我一些章节，但还是非常原始的稿件；她打算继续修改。假如她已经改完了，成为公开文档，那就没问题，但现在……我可以回头再告诉你吗？她理应在学术杂志上发表论文——有些基本上已经完成了——但她没有。这件事我们也曾讨论过；她说会想办法。"

"鲍登理论是什么，教授？"

"哦，"她笑出声来，"抱歉。那是有关奥辛尼的理论源头。我用这个词，可怜的戴维可不会感激我。有人受戴维·鲍登的早期著作启发，创造了这一术语。你了解他的著作吗？"

"……不了解。"

"多年前，他写过一本书。《双城之间》。有印象吗？它对后来的佩花嬉皮士们有着重要意义。那是我们这一代人中，第一次有人真正严肃认真地看待奥辛尼。你没见过这本书，我想也不算太意外；在贝歇尔和乌库

姆，它仍是非法书籍。连大学图书馆里也找不到。从某种意义上讲，那是一部伟大的著作——他的文献勘查令人称奇，他发现的一些关联与相似至今仍……相当值得关注。但书中大多是长篇累牍的奇思怪想。"

"为什么呢？"

"因为他自己相信！他将所有参考资料搜索整理出来，然后拼凑到一起，形成某种神话原型，再重新进行诠释，将其描述为隐藏的秘密。他……好吧，说到这里，我得小心一点，探长，因为坦白讲，我一直认为他并非当真相信这些东西——然而那本书却表明他相信。他先来到乌库姆，接着又去贝歇尔，然后数次潜入两座城之间——我敢保证，是通过合法途径，但我不知道是如何办到的，他还声称找到了奥辛尼的蛛丝马迹。他又继续指出，奥辛尼不仅仅是存在于乌库姆和贝歇尔建立之初，以及两者融汇或分裂之际（我不记得他在分合问题上的立场）：它至今依然存在于两座城的缝隙之间。"

"奥辛尼？"

"正是如此。一个秘密社区。两座城市之间的城市，其居民就活在光天化日之下。"

"什么？他们都干些什么？怎么可能？"

"他们被刻意忽视，就像乌库姆和贝歇尔那样。他们不为人知地在街道中行走，却监视着另两座城，而且不受'巡界者'的约束。至于他们要干什么，谁知道呢？某种秘密企图。毫无疑问，那些阴谋论的网站上仍有人在辩论。戴维说他要进入奥辛尼，从此消失不见。"

"哇。"

"太对了，哇。哇是正确的反应。这件事已经声名远扬。用谷歌搜一下就知道。反正我们第一次见到玛哈莉亚时，她脑子有点转不过弯来。我喜欢她，是因为她充满斗志，虽然她相信鲍登理论，但天资聪颖。然而这是个玩笑，你明白吗？我甚至想过，她或许是知道的，她自己也是在开玩笑。"

"但她现在不再研究这些了?"

"有点名望的人都不会辅导一个研究鲍登理论的博士生。她入学那会儿,我严肃地跟她谈起这个问题,但她却笑出声来。她说她早已抛弃了这一切。正如我所说的,我很吃惊她竟然会找上门来。我的研究可不像她那么前卫。"

"福柯和齐泽克①不是你感兴趣的对象?"

"我当然对他们很尊重,但——"

"难道没有哪种,怎么说来着,理论类型,可以供她研习的吗?"

"有,但她告诉我说,想要接触真实的**文物**。我是研究实物的学者。那些偏向于哲学分析的同事……他们中的许多人,这么说吧,我都不敢让他们刷除古代陶罐上的泥。"我笑了出来,"因此,我猜这对她来说是有意义的;她非常坚决,一心要学习这方面的技能。我很惊讶,但也很高兴。这些物品十分独特,你知道吧,探长?"

"我想是的。我当然听过各种各样的传闻。"

"你是指它们的魔法能力?但愿如此,但愿如此。不过这里出土的文物的确无可比拟。其材料特质完全令人摸不着头脑。世界上其他地方都不可能挖掘出这样的东西,精美繁复的先进制铜工艺与粗犷的新石器时代风格相混杂。从地层分布来看,似乎不合常理。有人试图以此为依据,推翻哈里斯层位关系图——错误的结论,但你能理解其出发点。因此,这里的挖掘工作吸引了许多年轻考古学家。然而,这还没考虑所有传奇故事,尽管只是虚构的传说,但那些冒牌学者仍渴望有机会瞅上一眼。不过,我当时以为玛哈莉亚会向戴维提出申请,虽然成功的机会并不大。"

"戴维?是鲍登吗?他还活着?仍然在授课?"

"当然,他还活着。但即使是在从前,玛哈莉亚对这些东西感兴趣的时候,也不可能说服他做她的导师。我敢打赌,她当初展开调查时,一定

---

①斯拉沃热·齐泽克(1949—),斯洛文尼亚哲学家,主要研究黑格尔主义,马克思主义,以及拉肯精神分析。

找他谈过。我同样敢打赌,她遭到了冷遇。他多年前就放弃了这些理论,那是他一生的致命伤。直接去问他吧。年少冲动所带来的包袱,令他始终都无法摆脱。他后来从没发表过任何有价值的东西——在整个职业生涯中,奥辛尼成了他的标签。你要是去问他,他会亲口告诉你。"

"也许我该去问一问。你认识他吗?"

"他是我同事。分界前的考古研究不是一个很大的领域。他也在威尔士亲王大学,至少是兼职的。他就住在这儿,乌库姆。"

一年中她有几个月住在乌库姆大学区的公寓里,由于美国抵制乌库姆(其理由如今连他们的右翼人士都感到尴尬),威尔士亲王大学和其他加拿大研究机构乐得乘虚而入,充分利用这一机会。与美国不同,加拿大热诚地与乌库姆研究机构建立起学术与经济联系。

贝歇尔当然既是加拿大的朋友,也是美国的朋友,然而这两个国家对于我们步履蹒跚的市场所表现出的热情,合起来也不如加拿大搞的所谓新沃夫经济那样红火。我们就像街头的杂种狗,或者骨瘦如柴的鼠崽。小动物大多寄生于缝隙之间。常常有人声称,贝歇尔墙缝里那些胆怯的寒带蜥蜴只能存活于贝歇尔,但这一点很难证实:它们要是被带到乌库姆(即使不是像儿童那样粗暴地对待它们),当然会死亡,但就算囚禁在贝歇尔,往往也同样一命呜呼。鸽子、老鼠、狼和蝙蝠同时生活在两座城中,属于边界动物。但根据不成文的传统,大多数狼——邋遢而瘦削,早已适应了在都市的垃圾中觅食——都被认为是贝歇尔的;同理,只有体型足够大,毛皮没那么污秽不堪的狼,才属于乌库姆。许多贝歇尔居民从不提及狼,以避免越界——完全是杞人忧天,没有必要。

我曾吓跑过两只狼,当时它们正在我楼下院子里的垃圾堆中翻寻食物。我朝它们扔东西。它们异乎寻常的整洁漂亮,邻居们非常震惊,就好像我越了界似的。

南希自称为乌库姆专家,像她这样的人大多在两地轮流居住——她的解释中带有明显的负疚感,一遍又一遍地重复说,那一定是奇特的历史巧合，蕴藏着丰富文物的考古遗址都位于乌库姆的全整区域，或者以乌库姆为主的交错区域。威尔士亲王大学与数家乌库姆学术机构有交流协议。戴维·鲍登一年中在乌库姆的时间要多过在加拿大。他此刻就在乌库姆。南希告诉我说，他学生很少，授课任务也不重，但我仍无法通过她给我的电话号码联系到鲍登。

我在网上一阵摸索。要证实伊萨贝拉·南希告诉我的事并不难。我找到一个网页，其中列有玛哈莉亚的博士学位（他们还没将她的名字撤下，也未曾发布在线讣告，不过将来肯定会有）。我找到了南希的著作清单，还有戴维·鲍登的。其中包括南希提及的那本书，1975年出版，另有两篇论文也大致是这个时间，而十年后又有一篇，然后基本上是学术杂志中的文章，并有一部分集结成册。

我发现了 fracturedcity.org，热衷于讨论乌库姆-贝歇尔双城共生现象的怪人大多集中于此（将两者放到一起，作为单一研究对象，如此做法或会激怒两座城的上流社会，但从论坛中的发言来看，两座城里都有不少人上这个网站，尽管这属于轻微的违法行为）。那里有一系列链接，帮我找到了《双城之间》的部分章节（其中不少站点居然放在以 .uq 和 .zb 结尾的服务器上，看来他们确信，我们和乌库姆的监管系统若非网开一面，即是缺乏效力）。其内容跟南希所描述的相一致。

电话铃吓了我一跳。我意识到已经过了七点，天都黑了。

"我是博鲁。"我一边说，一边靠向座椅。

"探长？哦，天哪，长官，我们有麻烦。我是切左里亚。"亚金·切左里亚是在宾馆照看玛哈莉亚父母的警员之一。我揉揉眼睛，浏览电子邮件，查看是否有漏掉的信。他身后是一片混乱的喧闹声。"长官，基尔瑞先生……他擅自离开了，长官。真该死……他越界了。"

"什么？"

"他离开了房间，长官。"他背后有女人的叫嚷声。

"究竟怎么回事？"

"我不知道他是怎么绕开我们的,长官,我真不知道。不过他很快就被找回来了。"

"你怎么知道?你们怎么找到他的?"

他又爆出一句咒骂。

"我们没找到他。是'巡界者'找到的。我现在车里给你打电话,长官,我们正前往机场。'巡界者'在……护送我们。也不知道他们躲在哪儿。我们得按他们的吩咐行事。你听到的是基尔瑞太太。基尔瑞先生必须离境。马上。"

柯维不在,也没有接电话。我领了一辆无标记的警车,但打开警笛,释放出歇斯底里的呜呜声,使我可以不必遵守交通法规。(只有贝歇尔的交通法规适用于我,因此我有权忽略的也仅限于此,但监察委员会必须保证两地的规则高度相似,这是他们不得不妥协的地方之一。尽管交通方面的文化并不相同,但为了便于行人与车辆在忽视异地景物的状态下,仍能在异地车流间穿行,双方的车辆需要以相近的速度和类似的方式行驶。我们都已学会了谨慎地躲避邻城以及本城的应急车辆。)

数小时内没有出境航班,但他们会隔离基尔瑞夫妇,而"巡界者"也将暗中监视,以确保他们登机飞离。我们在美国的大使馆和在乌库姆的代表处一定已接到通知,而在两者的系统中,他们的名字都将被标注为"无签证"。一旦出境,他们便无法再回来。我在贝歇尔机场里一路奔跑,来到警方办事处,亮出警徽。

"基尔瑞夫妇在哪儿?"

"在禁闭室,长官。"

我已准备好依据目睹的场景采取不同措辞,例如,你知道他们刚遭受到什么样的打击吗,不管他们犯了什么事,毕竟才刚刚失去女儿,但其实没有必要。他们提供了食物和水,而且态度谦和。切左里亚跟基尔瑞夫妇一起呆在小屋里。他正用简单的英语向基尔瑞太太低语。

她眼中噙着泪水望向我。一开始,我以为她丈夫在床铺上睡着了。但我发现他一动不动,于是修正了观点。

"探长。"切左里亚说。

"他怎么了?"

"他……是'巡界者'干的,长官。他应该没事,过一阵就会醒来。我不知道。我不知道他们究竟怎么对付他的。"

基尔瑞太太说:"你们对我丈夫下了毒……"

"基尔瑞太太,请别这么说。"切左里亚站起来,走近我身边,尽管他用的是贝歇尔语,但依然压低了嗓音,"我们完全不知情,长官。外面一阵骚动,有人闯进我们所在的大厅。"基尔瑞太太正哭哭啼啼地对着昏迷不醒的丈夫说话。"基尔瑞跌跌撞撞地走进来,然后晕了过去。宾馆的保安赶来时,看到基尔瑞身后的走廊上有个影子,于是他们停下来等待。我听见一个声音:'你们知道我代表谁。基尔瑞先生越界了。把他送走。'"切左里亚无奈地摇摇头,"接着,我还来不及看清,说话的人就消失了。"

"怎么回事……?"

"探长,我根本就不知道。我……我愿意承担责任,长官。基尔瑞一定是绕过了我们。"

我注视着他。"见鬼,难道你还想邀功不成?这当然是你的责任。他干什么了?"

"不知道。我还没开口说一个字,'巡界者'就消失了。"

"那她……"我朝着基尔瑞太太摆了摆头。

"她没有被驱逐出境:她什么都没干,"他轻声说道,"但当我告诉她,我们得带走她丈夫,她说要一起走。她不愿独自留下。"

"博鲁探长,"基尔瑞太太竭力控制自己的语调,"假如你们在谈论我,就应该过来跟我谈谈。你看到他们是怎样对待我丈夫的吗?"

"基尔瑞太太,我真的非常抱歉。"

"你当然应该感到抱歉……"

"基尔瑞太太,这不是我干的。也不是切左里亚。也不是我手下任何

一个警员。你明白吗?"

"哦,是'巡界者','巡界者','巡界者'……"

"基尔瑞太太,你丈夫惹了非常严重的麻烦。非常严重。"她保持沉默,唯有发出沉重的呼吸声。"你明白我的话吗?这里有什么误会吗?关于贝歇尔和乌库姆之间的核查与平衡系统,我们解释得还不够清楚?你明白吗,他被驱逐出境与我们毫无关系,我们对此完全无能为力,而他,听我说,他非常幸运,仅仅是驱逐出境而已。"她一言不发,"在车里的时候,我感觉你丈夫对这儿的规矩不是太清楚,因此,基尔瑞太太,请告诉我,这是怎么回事?他是否误解了我们的……建议?我的手下为什么没看到他离开?他要去哪儿?"

她仍旧像是要哭出来的样子;看了一眼仰面沉睡的丈夫之后,她的神情变了。她挺直腰杆,朝着他低语了几句,但我听不清楚。基尔瑞太太望向我。

"他在空军里呆过,"她说,"你以为眼前只是个胖老头?"她轻轻地抚摸着丈夫。"你从没问过我们是谁干的,探长。我不知道该怎么看待你们,真的不知道。就像我丈夫说的,你以为我们不知道是谁干的?"她从手提包侧面的小口袋里取出一张折叠的纸条,紧紧攥在手中,看也不看地将它打开又合上,然后放回包里。"你以为女儿没跟我们提起过?优先库姆党,完美公民党,民族联盟……玛哈莉亚很害怕,探长。

"我们还猜不出具体情况,也不清楚原因,但你说他是要去哪里?他要去查明真相。我告诉过他这没有用——他语言不通,既不会讲,又看不懂——但他有我们从互联网上搞到的几个地址,还有一本词汇手册,然后怎么办,让我叫他不要去?我真为他感到自豪。自从几年前玛哈莉亚来到这里,那些人就一直对她怀恨在心。"

"从互联网上打印出来的?"

"我说的就是这里,贝歇尔。当时她来参加学术会议。后来在乌库姆也是同样的情形。你要告诉我其中不存在联系吗?她知道自己树了敌,她告诉过我们她树了敌。她去调查奥辛尼，得罪了人。当她继续深入调查，得罪的人就越来越多。他们全都恨她，因为她的所作所为，因为她知道的事。"

"谁恨她？"

"他们所有人。"

"她知道些什么？"

她摇了摇头，变得萎靡不振。"我丈夫正要去调查。"

"他是从底楼厕所窗户里爬出去的，避开了监视的警员。他穿过马路，往前走了一小段，这原本只是违反了我们给他设定的限制，但他经过一片交错区域，闯入异地，来到一个完全属于乌库姆的院子；于是'巡界者'便出现了，他们显然一直在观察他。但愿他们没把他伤得太重。不然的话，几乎可以肯定，等他回去之后，没有一个医生能够诊断出伤害的来源。我能说什么呢？"

"关于所发生的一切，我感到很遗憾，基尔瑞太太。你丈夫不该尝试躲避'巡界者'。我……我们是同一阵线的。"她仔细地端详我。

最后，她轻声说："那就赶快放我们走吧。我们可以步行回到城里。我们有钱。我们……我丈夫简直快疯了。他必须继续调查。他还会回来的。我们会从匈牙利，土耳其，或者美国过来——要知道，办法总是有的……我们要查出是谁干的……"

"基尔瑞太太，'巡界者'正监视着我们。就现在，"我缓缓抬起双手，做了个囊括一切的手势，"你们连十米远都走不出，还能怎么样呢？你们不会讲贝歇尔语和伊利塔语。我……交给我吧，基尔瑞太太。让我来替你们办这件事。"

开始登机时，基尔瑞先生依然不省人事。基尔瑞太太既指责又期待地望着我，于是我再次向她解释，我也无能为力，这是基尔瑞先生自己惹的祸。

附近没多少其他乘客。我琢磨着"巡界者"在哪里。等到飞机舱门关

闭，我们的遣送任务便结束了。我们用担架抬着基尔瑞先生，他的脑袋晃了一下，歪到一边，基尔瑞太太将丈夫的头扶回枕头上。在机舱门口，当他们引领基尔瑞夫妇入座时，我向一名空勤人员出示了警徽。

"照顾他们一点。"

"被遣送的？"

"没错。我是说真的。"他扬起眉毛，但点了点头。

我走到基尔瑞夫妇座位旁。基尔瑞太太瞪视着我。我蹲下身子。

"基尔瑞太太。请向你丈夫转告我的歉意。他不该这么做，但我能理解，"我稍一犹豫，"要知道……假如他多了解一点贝歇尔，也许就能避免误闯乌库姆，'巡界者'就不会阻拦他。"她只是干瞪着我。"交给我来办吧。"我站起身，将她的包放到头顶的行李架上，"当然，假如我们获悉真相，或者查到任何线索与信息，我都会通知你。"她依然一言不发。她动了动嘴：试图决定是要恳求我还是指责我。我以传统的方式略一鞠躬，然后转身离开，走下飞机。

回到机场大楼后，我掏出从她手提包侧袋里拿到的纸条。上面是摘抄自互联网的一个组织名称：完美公民党。他女儿一定说起过，该组织对她怀有恨意，于是基尔瑞先生打算违反规定，亲自前去调查。纸上还有一个地址。

## 第九章

"这都是为了什么，长官？"柯维抱怨道，但更像是出于责任感，而并非因为情绪激动，"他们不是随时都会召唤'巡界者'吗？"

"是的。其实他们有点拖拉。按理说这会儿应该已经完成召唤；不知道什么原因耽搁了。"

"那还搞什么，长官？我们着什么急？'巡界者'马上就会开始追捕杀害玛哈莉亚的凶手。"我驾着车。"见鬼。你不愿意移交，对吗？"

"哦，我愿意。"既然如此……

"我只是想趁着这额外多出的一点点时间先调查一下。"

我们到达完美公民党总部后，她不再瞪视我。我事先打电话让人查过这一地址：跟基尔瑞太太纸上的完全一致。我试图联系卧底的申沃伊，但找不到他，因此只能依赖已知的情报，并匆匆查阅了一些关于完美公民党的资料。柯维站在我身边，我看到她摩挲着枪把。

这栋房子有一扇加固的大门，窗户则被封死，但它原本是住宅楼，跟这条街上的其他房屋一样。（我心中寻思，不知是否有人试过以违章建筑的名义查处完美公民党。）这条街看起来像是交错区域，建筑风格杂乱多

变,有相连的排屋,也有独立式建筑,但它其实完全属于贝歇尔,多变的风格只是源于怪异的设计,不过只要转过街角,还真的有一片错综复杂的交错区域。

据我所闻,自由派人士认为这极具讽刺意味:完美公民党的地理位置与乌库姆相邻,给了他们机会对敌人施加压力。很明显,不管乌库姆人怎样无视他们的存在,都免不了在一定程度上注意到身边那些准军装和"贝歇尔优先"的标语。你可以说这是越界,但其实这当然不算。

当我们走近时,他们正懒洋洋地到处闲逛,抽烟喝酒,高声谈笑。他们的意图昭然若揭,就是要占领这条街道。所有人都在打量我们,除了一名女性,其余都是男的。一阵交谈之后,他们大多不紧不慢地走进房子里去,只留下少数身穿皮衣或粗布衫的人留在门口。尽管天气很冷,有个家伙却只套了一件背心,勉强遮挡住身体,就像健美选手。另几个人留着短发,还有一人的发型仿佛古代贝歇尔贵族,前短后长,颇为花哨。他挂着一根棒球棍——这并非贝歇尔流行的运动,但他至少不会因为蓄意拥有武器而被捕。有个人向"披风头"低语几句,然后急促地朝手机里讲了一通,最后挂断电话。街上行人不多,当然,他们都是贝歇尔人,因此可以无所顾忌地注视我们和完美公民党成员,不过大多数人都移开了视线。

"你准备好了?"我说。

"真见鬼,开始吧,长官。"柯维嘟哝着答道。手持棒球棍的人若无其事地挥了挥棍子。

等到距离欢迎团还有数米远,我大声地朝无线对讲机里说道,"按计划抵达捷达街四一一号,完美公民党总部。一小时后再联络。保持警戒。准备支援。"我及时关闭对讲机,以免接线员的话被人听见,他多半会说:"你在搞什么鬼,博鲁?"

那大个子说道:"需要效劳吗,警官?"他的一名同伴上下打量柯维,嘴里发出类似接吻的吱吱声,仿佛鸟鸣一般。

"是的,我们来问些问题。"

"我看行不通。""披风头"露出微笑，但说话的是"健美装"。

"要知道，我们是认真的。"

"不太可能，"这是刚才打电话的男子，金色短发紧贴着头皮，他挤到大个子同伙的前面，"有搜查令吗？没有？那你不能进来。"

我挪动了一下。"假如你们没什么要隐瞒的，为什么不让我们进？"柯维说。"我们有几个问题……"但"健美装"和"披风头"都笑了起来。

"拜托。""披风头"说。他摇了摇头。"拜托。你以为是在跟谁说话？"

短发男子示意他闭嘴。"就这样吧。"他说道。

"关于比耶拉·玛尔，你们知道些什么？"我说。他们似乎没听说过，或者不太确定。"玛哈莉亚·基尔瑞。"这一回，他们认了出来。拿电话的人发出"啊"的一声喊；"披风头"对着大个子窃窃低语。

"基尔瑞，""健美先生"说，"我们从报上看到了。"他耸耸肩，**一点也不意外**。"是的。或许这是个教训，说明某些举动会带来危险？"

"为什么呢？"我态度友善地倚在门侧柱上，迫使"披风头"稍稍退后。他又跟同伙喃喃低语。我听不清他的话。

"没人说要纵容这种袭击，但基尔瑞小姐"——拿电话的人用夸张的美式口音念出她的名字，并站到我们和其余人之间——"她有前科，凡是有爱国心的人都知道。事实上，我们很久没听说她了。我们都希望她走回正道。不过她似乎并没有，"他耸耸肩，"诋毁贝歇尔的人会遭到报应。"

"怎么个**诋毁**法？"柯维说，"关于她，你知道些什么？"

"得了吧，警官！看看她研究的东西！她决不是贝歇尔的朋友。"

"这么说吧，""黄毛"说道，"她是合并派。甚至可能是个奸细。"我与柯维对视了一眼。

"什么？"我说，"你觉得她是哪一种？"

"她不是……"柯维说。我们俩都犹豫不决。

那几个人呆在大门内侧，甚至不愿再跟我们斗嘴。"披风头"似乎还有意回应我的挑衅，但"健美先生"说："别理他，卡左斯。"于是他安静

下来，只是站在大个子背后望着我们，而另一个曾经发言的人也加入了沉默抗议的行列，他们全都退后了几步，但仍注视着我们。我试图联系申沃伊，但他的加密电话没人接听。我意识到，他甚至有可能就在眼前这栋建筑里（他的任务部署仅有少数人知道，我并非其中之一）。

"博鲁探长。"我们背后传来一个声音。一辆漂亮的黑色小车停在我们身后，驾驶座的门敞开着，有个人正朝我们走来。我估计他大约五十出头，身材粗壮，面容冷峻。他穿着一套得体的黑西装，没有系领带，所剩无几的灰白头发剃得短短的。"探长，"他再次说道，"你该走了。"

我扬起一条眉毛。"当然，当然，"我说，"不过请原谅……圣母在上，你究竟是谁？"

"哈卡德·戈兹。贝歇尔完美公民党的讼务律师。"那群打手模样的人中，有几个似乎相当吃惊。

"哦，太妙了。"柯维低语道。我夸张地打量戈兹：他的佣金显然不菲。

"你是碰巧路过吗，嗯？"我说，"还是接到了电话？"我冲着拿电话的人挤眉弄眼，他耸了耸肩，态度相当随和。"我猜你跟这些榆木脑袋之间没有直接连线，那么，是通过谁呢？他们告诉了塞耶德？谁给你打的电话？"

他扬起一边眉毛。"让我猜猜你来这儿干什么，探长。"

"等一下，戈兹……你怎么知道我是谁？"

"让我猜一猜——你来这儿询问有关玛哈莉亚·基尔瑞的事。"

"对极了。你的伙计们似乎对她的死都不怎么伤心。不过很遗憾，他们对她的研究工作缺乏了解：误以为她是合并派，这会让真正的合并派笑掉大牙。从没听说过奥辛尼？我再重复一遍——你是怎么知道我名字的？"

"探长，你真要浪费大家的时间？奥辛尼？不管基尔瑞怎么胡编乱造，装疯卖傻，或者往论文里添加荒谬的注脚，她所做的一切都会给贝歇尔带来伤害。这个国家不是闹着玩的，探长。你明白吗？那些荒诞的故事不仅毫无意义，而且对贝歇尔构成了侮辱。一种可能是，基尔瑞很愚蠢，在这上面浪费时间，但还有一种可能，她其实不笨，而是根本另有企图，她的种种努力，是为了揭秘贝歇尔的软弱无能。毕竟，乌库姆似乎对她更友善一点，不是吗？"

"开玩笑吧？你想说什么？玛哈莉亚假装研究奥辛尼？她是贝歇尔的敌人？是……乌库姆间谍……？"

戈兹走近我身边。他指了指完美公民党的成员。他们都已退入加固的房子里，半掩上门，一边观察，一边等待。

"探长，你没有搜查令。走吧。你要再坚持，我就只能尽我的职责了；若是继续此种骚扰行为，我将向你的上司提出抗议，别忘了，贝歇尔完美公民党是完全合法的组织。"我等待了片刻，他还有话要说，"扪心自问，你会怎么想，假如有人来到贝歇尔，研究一个早已无可非议地被正经学者摈弃的课题，而这一课题的基本假设是，贝歇尔**既软弱，又毫无价值**，研究此类课题，往往会给自己树敌，这没什么可惊讶的，然后，她又**立即去了乌库姆**。另外，你似乎没注意，她接下来悄悄地放弃了这个从一开始就难以令人信服的研究领域。她已经有好几年没再研究奥辛尼了——老天为证，还不如承认那根本就是掩人耳目！如今，她在近一个世纪以来最具争议的乌库姆史前挖掘点工作。你说我有没有理由怀疑她的动机？当然有。"

柯维张口结舌地瞪视着他。"天哪，长官，你说得没错。"她并未压低嗓音。"他们都是疯子。"他冷冷地看了看柯维。

"这些你都是怎么知道的，戈兹先生？"我说，"关于她的研究？"

"她的研究工作？拜托。就算没有报社的人到处打探，博士课题和学术论文又不是国家机密，博鲁。有一样东西叫网络。你应该试一试。"

"那么……"

"快走吧，"他说，"替我向嘉德勒姆问好。你想要工作吗，探长？不，这不是威胁，而是个问题。你想要工作吗？想不想保住目前这一份工

作？你真的猜不出吗，'我怎么知道你名字'探长？"他大笑起来，"你以为"——他指了指那栋建筑——"这就是一切的终点？"

"哦，不，"我说，"有人给你打电话。"

"快走吧。"

"你们读的是哪份报纸？"我提高嗓门问道。尽管依然看着戈兹的眼睛，但我将脑袋略略偏转，表明是在跟门里边的人说话。"大个子？披风头？哪份报纸？"

"好了，够了。"短发的人说，而"健美装"则问道："什么？"

"你们说从报纸上读到她的消息。是哪一份？据我所知，还没人提及她的真名。就我所看到的，她依然是'佚名女'。显然我读的不是最佳报章。那么，应该看哪一份呢？"有人低语，有人发笑。

"我有留意各种信息。"戈兹并没叫那人闭嘴。"谁知道我从哪儿听来的？"对此，我无以置评。消息总是泄漏得很快，包括那些被视为秘密机构的地方，她的名字有可能已经传了出去，甚至刊登于某处，只不过我还不曾见到——即使尚未泄露，也为时不远了。"你应该读哪一份报？当然是《长矛的怒吼》！"他挥舞着一份完美公民党出的报纸。

"啊，这可真带劲，"我说，"你们消息太灵通了。可怜我还在瞎折腾，看来移交掉这件案子能让我松一口气。我是没法再查下去了。就像你说的，我读的报纸不对，因此问的问题也不对。当然，'巡界者'不需要报纸。他们想问谁就问谁，想问什么就问什么。"

这让他们都安静下来。我又注视了他们片刻——"健美装"，"披风头"，拿电话的人，还有那律师——然后带着柯维离开了。

"这群混蛋真让人受不了。"

"啊，是啊，"我说，"我们这是在钓鱼。脸皮得厚一点。不过我没料到会像调皮的小鬼一样挨屁股。"

"这究竟怎么回事……？他怎么知道你是谁？还那样信誓旦旦地威胁你……"

"我不知道。也许是真的。假如我不让步，他没准真能让我日子很难过。不过很快就不用我操心了。"

"我好像听出点意思，"她说，"我是指他们背后的关系。人人都知道，完美公民党是民族联盟的街头打手，因此他一定认识塞耶德。正像你说的，这也许就是关系链：他们给塞耶德打电话，塞耶德又找到他。"我沉默不语。"多半就是这样。没准他们也是从同一途径听说玛哈莉亚的。但塞耶德真有那么笨吗，把我们送到完美公民党家门口？"

"你自己说过，他很笨。"

"好吧，没错，但为什么他要这么做呢？"

"他喜欢吓唬人。"

"没错。他们全都一样——要知道，政治就是这么回事。对，也许正是如此，他们想把你吓跑。"

"把我从哪里吓跑？"

"我的意思是，吓唬吓唬你。并不是具体从哪里吓跑。这些家伙臭味相投，全都是恶棍。"

"谁知道呢？说不定他有什么不可告人的秘密。我承认，等到最终执行召唤时，我很乐意看到'巡界者'追踪他和他的同党。"

"对。我还以为你……我们仍在追查线索，我琢磨着你是不是希望……我没想到还会继续调查这件事。我的意思是，我们只不过是在等待。等监察委员会……"

"对，"我说，"嗯，要知道，"我看了她一眼，然后望向别处，"交出这个案子是件好事；她需要'巡界者'。但现在还没到移交的时候。我想我们提供的信息应该越多越好……"这一点值得怀疑。

我深深地呼吸。回总部前,我从一个不曾光顾过的地方买了两杯咖啡。是柯维讨厌的美式咖啡。

"我以为你喜欢土耳其咖啡。"她嗅了嗅说。

"对,但就算我喜欢土耳其咖啡,也不在乎喝哪种。"

## 第十章

第二天,我一大早就到了办公室,但仍被弄了个措手不及。"头儿要见你,提德[1]。"我刚进门,当值的苏拉就说道。

"见鬼,"我说,"他已经来了?"我以手遮脸,悄声说:"走开,走开,苏拉。我进来时你正去上厕所,你没看见我。"

"快,提亚多。"她捂住眼睛,挥手示意我快走。但我桌上有张纸条。**马上来见我**。我翻了个白眼。真精明。假如他给我电子邮件或者语音留言,我还能拖上一阵,声称没注意到。但这下我躲不开了。

"长官……"我敲敲门,探进头去。我琢磨着如何解释造访完美公民党一事。但愿柯维面对麻烦时,忠诚心或荣誉感不要太强,以至于把一切全都怪到我头上。"你要见我?"

嘉德勒姆从帽檐底下看着我,并示意我进屋坐下。"我听说基尔瑞夫妇的事了,"他说,"怎么回事?"

"是的,长官。这……这简直一团糟。"我没试图联系他们。我不清楚基尔瑞太太是否知道她那张纸条去了哪里。"要知道,我感觉他们只是因

---
[1] 提亚多的昵称。

为心烦意乱，才干了蠢事……"

"一桩需要大量预先策划的蠢事。这大概是我见过最有条理的自发犯傻事件。他们有提出投诉吗？我会不会收到美国大使馆措辞严厉的抗议？"

"我不知道。他们要真那样做的话，就有点厚颜无耻了。他们缺乏依据。"毕竟他们越界了。事情就是如此简单而可悲。他点点头，叹了口气，然后伸出两只握紧的拳头。

"好消息还是坏消息？"他说。

"呃……坏消息。"

"不行，你得先听好消息，"他晃了一下左手，夸张地将它展开，就好像把句子释放出来一样，"好消息是，我有一件极为有趣的案子让你办。"我等待着。"坏消息，"他摊开右手，使劲拍到桌上，看得出他真的很生气，"博鲁探长，坏消息是，它就是你正在办的案子。"

"……长官？我不明白……"

"我说，探长，有谁弄得明白呢？我们都是可怜的凡人，哪儿能弄得**明白呢**？你得接着查这件案子。"他摊开一张纸，朝我晃了晃。我看到文字上盖有印戳和徽纹。"监察委员会的信。他们的正式答复。记得吗，一个小小的手续？他们不准备移交玛哈莉亚·基尔瑞的案子。他们拒绝召唤'巡界者'。"

我使劲往后一靠。"什么？**什么**？搞什么鬼……？"

他语调平淡。"尼塞姆代表委员会通知我们说，他们核查了呈上的证据，结论是，没有足够证据表明有越界行为发生。"

"真是混账，"我站起来，"你见过我的卷宗，长官，你知道我给了他们什么资料，你知道这不可能不是越界。他们怎么说？理由是什么？他们有没有给出具体投票记录？是谁签署的这封信？"

"他们没有义务提供理由。"他摇了摇头，手指像钳子一样夹着那张纸，厌恶地看着它。

"*混蛋*。有人想要……长官，这太荒谬了。我们需要召唤'巡界者'。

只有他们才能……叫我怎么调查这种破事？我只是一名贝歇尔警察而已。真见鬼，这里面有问题。"

"好了，博鲁。正如我说的，他们没有义务给出理由，但无疑也预期到我们会表现出谦和的惊讶，事实上，他们附了一段说明和一件物品。从这封专横而简短的信件来看，问题并非出在你的表述。因此，你可以感到宽心，无论你的表现有多笨拙，多多少少都已让他们相信这是一件越界案。他们解释说，通过'例行调查'，"他用双手比了个引号的手势，仿佛两只鸟爪，"他们发现了更多信息。就是这个。"

桌上堆满邮件与垃圾，他敲了敲其中一件物品，然后扔给我。那是一盒录像带。他指了指办公室角落里的影视系统。录像带中的图像色泽黯淡，模糊不清，也没有声音。汽车缓缓地沿着对角线驶过屏幕，车流并不太繁忙，但持续不断地在立柱和建筑物的墙壁之间穿行，屏幕下方标注着时间。

"我看到的是什么？"我已注意到日期——数星期前的某个深夜。玛哈莉亚·基尔瑞的尸体被发现的前一晚。"我看到的是什么？"

车辆加快了速度，呈跳跃状前进。嘉德勒姆在执行快进操作，他没好气地挥舞着遥控器，就好像那是一支警棍。他让录像带持续快进。

"在哪儿呢？这画质可真差劲。"

"值得一提的是，其实我们自己的比这还不如。找到了，"他说，"深更半夜的。这是什么，博鲁？请发挥你的侦探特长，探长。注意看右边。"

一辆红色轿车驶过，接着是一辆灰色的轿车和一辆旧卡车，然后——"嘿！瞧！"嘉德勒姆喊道——那是一辆肮脏的白色面包车。它从屏幕的右下角驶向左上角，准备进入隧道，然后略作停顿，也许是有个看不见的交通灯，最后，它穿出屏幕不见了。

我望着他，等待答案。"注意看时间。"他说。他又开始快进，使车辆穿梭飞舞。"我们好像被耍了。一个多小时过后。嗨！"他按下"播放"键，一辆，两辆，三辆车之后，那白色面包车——肯定是同一辆——又出现了，朝着相反方向行驶，按原路返回。这一回，小摄像头的角度拍到了

它的前车牌。

它一掠而过，我无法看清。我按下系统内置放像机的按钮，将面包车倒回视线之内，然后使其缓缓前移，并停顿下来。这不是DVD，暂停画面充斥着若隐若现的杂纹，面包车也并非真正静止，而是像一颗受到干扰的电子，在两个位置之间不停地颤动。我看不清车牌号，只能大致猜测——也许有个Б或者B，然后是Ж或者K，接下来是7或者1。我掏出记事本，快速翻阅。

"他来了，"嘉德勒姆喃喃低语道，"他有所企图。女士们，先生们，他载着重要的东西。"我停止翻阅前些天的笔记。"我看到了，仿佛一枚竭力缓缓亮起的灯泡，试图照出周围的景象……"

"混蛋。"我说。

"没错，混蛋。"

"是的。那是库鲁希的面包车。"

"你说得对，这正是米基耶尔·库鲁希的面包车。"也就是藏有玛哈莉亚的尸体，并将其抛弃的那辆车。我看着画面上的时间。几乎可以肯定，此刻的屏幕上，它正载着已经死亡的玛哈莉亚。"天哪。这是谁找到的？怎么回事？"我说。嘉德勒姆发出一声叹息，揉了揉眼睛。"等一下，等一下。"我举起一只手。我看了一眼监察委员会的信，嘉德勒姆正拿它当扇子扇着自己的脸。"那是联合大厅的一角，"我说，"真该死！那是联合大厅。库鲁希的面包车从贝歇尔进入乌库姆，然后又返回。通过合法途径。"

"叮，"嘉德勒姆疲惫地模仿着游戏节目中的铃声。"叮，叮，太对了，叮。"

我们被告知——我对嘉德勒姆说，我们应该写一封回信——作为召唤"巡界者"前所必须的背景调查之一，前一天晚上的闭路电视被调出来查看。这难以令人信服。这件案子看上去太像越界了，没有理由煞费苦心地去核查好几个小时的录像。另外，联合大厅中贝歇尔一方的古董摄像头无法拍出清晰到足以鉴别车辆的图像——这是外面银行的私人保安系统，被调查者征用了。

他们表示，根据博鲁探长及其团队所提供的照片，可以确定，穿越联合大厅关卡，从贝歇尔进入乌库姆的车辆中，有一辆载着死者的尸体，因而，尽管这是一件令人发指的罪案，必须展开紧急调查，尽管谋杀现场似乎是在乌库姆，而弃尸场所位于贝歇尔，但事实上尸体的运送并不涉及越界行为。来往于两座城市间的过程是合法的。因此，此案缺乏召唤"巡界者"的依据。没有越界行为发生。

这类司法局面，在外人看来显然难以理解。例如，他们总是强调说，走私是越界行为，对不对？很典型吧？但其实不然。

"巡界者"具有旁人几乎难以想象的权力，但其使命极其严谨。从一座城市进入另一座并不是问题，即使夹带违禁物品也无所谓：关键在于进入的方式。将啡德或可卡因从位于贝歇尔的后窗扔出去，穿越交错区域，落到乌库姆的花园里，以便同伙收捡——这是越界，"巡界者"会来抓你，哪怕你扔的是面包或羽毛，也属于越界。私下运载偷盗来的核武器穿越联合大厅，经过位于两座城市边界的官方关卡？许多罪案都包含这一行为，但并不涉及越界。

尽管大多数越界都是为了偷运私货，但走私本身并非越界。聪明的商贩总是以合法的方式过界，对两座城市交错融合的边界充满敬畏，因此就算被抓，也只需面对一地或两地的法律，而不是强大的"巡界者"。一旦发生越界，"巡界者"或许会考虑其他罪状，包括在乌库姆和贝歇尔的所有犯罪细节，但即便如此，也只是一次性的，毕竟这些罪行是越界的目的所在。唯有对乌库姆和贝歇尔的边界构成事实上的侵犯，"巡界者"才会施以惩罚。

偷取面包车和弃尸贝歇尔都属于违法行为。发生在乌库姆的谋杀更是可怕的罪行。我们以为这些事件之间存在性质特殊的越界行为，但事实并非如此。所有行程显然都经过精心策划，全部经由合法途径，并且文件齐备。即使那些准证是假的，凭此穿越联合大厅边境并不构成越界，充其量

只是持有非法入境证件而已。这是在任何一个国家都有的罪名。本案不存在越界。"

"这简直是混账。"

我在嘉德勒姆的桌子和静止的屏幕之间来回踱步,画面中仍是那辆运送受害者的汽车。"真是混账。我们被耍了。"

"他告诉我说这是混账,"嘉德勒姆仿佛在向全世界诉说,"他告诉我说,我们被耍了。"

"我们被耍了,长官。我们*需要*'巡界者'。真见鬼,这种案子我们怎么破?有人想让它变成悬案。"

"他告诉我说,我们被耍了,我还注意到,他的语气就好像认为我跟他看法不同似的。我可不这么想。"

"真的,这究竟……"

"其实我跟他的看法惊人相似。当然,我们被耍了,博鲁。别像喝醉的狗一样转来转去。你想要我说什么?对,对,对,这是混账;对,有人给我们下了套。你要我怎么办?"

"想想办法!一定有办法。我们可以申诉……"

"你瞧,提亚多,"他将双手指尖顶在一起,"我们对这件事的看法完全一致。你仍需继续办这个案子,我俩都感到很恼火。原因或许不同,但是——"他挥挥手,表示无所谓,"但这里有个问题你没提到。没错,我们都同意,这卷录像带突然被翻出来,的确十分可疑,而且我们似乎只能听凭某些政府人物摆布,没错,没错,没错,但是,博鲁,他们找到了证据,这是正确的决断。"

"我们向边境警卫核实过吗?"

"问过,但基本上没什么用,你以为他们会记录每个过关卡的人?他们只是查看一下证件,差不多像真的就放行了。这个你没法争辩。"他朝电视机挥了挥手。

他说得对。我摇了摇头。

"正如录像所示,"他说,"那面包车**没有**越界,我们要怎么申诉呢?这件事没法召唤'巡界者'。坦白说,也不应该召唤。"

"那现在怎么办?"

"现在你得继续调查。你开的头,就由你来完成。"

"可是,这……"

"……在乌库姆,对,我知道。你得去那边。"

"什么?"

"这件事成了国际性案件。当初它貌似涉及越界,乌库姆警方不愿沾手,但现在看来有充分证据表明,谋杀发生在他们的领土上,因此这就成了他们的案子。你将有机会体验愉快的国际合作。他们请求我们协助。现场协助。你将作为国民卫队的宾客前往乌库姆,为他们的凶案调查组提供意见。没人比你更了解调查进展。"

"这太荒唐了。我只需给他们一份报告……"

"博鲁,别闷闷不乐的。这是跨国案。一份报告管什么用?他们需要的不止是几张纸。现在看来,这件案子比扭来扭去的蠕虫还滑不溜秋,这回就靠你了。我们需要合作。**到那边去**,跟他们聊聊。去见识一番该死的异国风光。等他们找到罪犯,我们也需要起诉盗窃、弃尸等罪名。你可知道,如今是警界令人振奋的跨国合作新纪元?"这是一句口号,出自上一次升级电脑设备时我们收到的一本小册子。

"找到凶手的概率已大幅下跌。我们需要'巡界者'。"

"你说的我也同意。那就去增加破案的机会吧。"

"我要去多久?"

"每隔几天就跟我联络一下。看进展如何。假如要拖上几个礼拜,我们再考虑——就算你只离开几天,我这边也已经够受的了。"

"那就别让我走,"他嘲讽似的看着我:**有选择吗?**"我想要柯维一起去。"

他咒骂了一声。"我明白,你当然想。别犯傻了。"

我用双手捋了捋头发。"警长,我需要她帮忙。别的不说,她比我更了解这件案子。她从一开始就参与其中。假如我要把案件带过边界……"

"博鲁,你不能把任何东西带去任何地方;你是我们邻国的宾客。你想带着自己的华生医生过去?还想要我提供什么?按摩师?精算师?你得搞清楚:在那边,你就是助手。老天,你硬把她拉进来已经够糟的了。请问,这是谁授予你的权力?别老想着损失,我建议你回忆一下你们共度的好时光吧。"

"这——"

"对,对。别再跟我重复了。你想知道什么是混账吗,探长?"他用遥控器指着我,就好像能让我停止或倒退似的。"贝歇尔重案组的高级警官暗地里私自征用一名下级警员,未经授权便去造访一伙在政府高层有人撑腰的打手,并与他们发生争执,既无必要,也无益处,这就叫混账。"

"……好吧。这么说,你知道这件事了。听那律师讲的?"

"你指哪个律师?是塞耶德议员,他早上屈尊给我打的电话。"

"塞耶德亲自给你打电话?真该死。抱歉,长官。我很吃惊。怎么,他要我别惹他们?我以为协议之一就是他不要太过公开与完美公民党的关系。所以才需要派那律师出面,他跟那群暴力分子似乎不太像是一路的。"

"博鲁,我只知道,塞耶德不久前听说,你们昨天的亲切密谈中有提到他,因此他感到很震惊,怒气冲冲地打来电话,威胁说,他的名字如果再在类似的场合被提起,就要对你实行种种制裁。我不知道,也不想知道,是什么导致你的调查走进了死胡同,但你不妨问问自己,怎么会这么巧,博鲁。就是今天早晨,在你卓有成效地跟那群爱国者公开争执之后没多久,这盘录像带就突然冒了出来,召唤'巡界者'的计划因此而被取消。不,我也不清楚这意味着什么,但那是个有趣的事实,不是吗?"

我给苔丝勤拨了个电话,她说道:"别问我,博鲁,我不知道。我刚刚才听说。而且只是些流言。尼塞姆对此很不满,布里奇火冒三丈,卡特琳妮亚困惑不解,塞耶德则很得意。这是大家暗地里说的。至于谁泄漏了什么消息,谁把谁得罪了,我一点都不知道。抱歉。"

我让她继续伸长耳朵。我还有几天时间作准备。嘉德勒姆已将我的详细资料转交给贝歇尔的相关部门和我在乌库姆的联络人。"千万记着回我的信息。"他说。他们会为我准备证件和入境介绍。我回家收拾衣物,将旧箱子搁到床上,然后开始犹豫不决地挑选书籍。

其中一本是新书,今天早晨才收到的包裹,我还为加急递送付了额外的邮资。那是我通过fracturedcity.org里的一个链接,从网上订购的。

我的这本《双城之间》陈旧破损,内容虽然完整,但封面已翻折起来,书页间沾有污渍,还有至少两个人添加的注评。尽管存在种种缺陷,我还是花了离谱的高价,因为它在贝歇尔是非法的。让我的名字列入书商的客户名单并非什么冒险的事。我很容易就查明了此书的定位,至少在贝歇尔,它只是略微显得不合时宜,而并非被视为现行的煽动性言论。本城对于禁书大多并不十分严苛:惩罚极少发生,连审查机构都不太在乎。

这本书由一家早已消失的无政府主义嬉皮出版社印制,不过就开头几页来看,其内容远比华丽迷幻的封面所暗示的要来得枯燥。书页中的字体歪歪扭扭,上下起伏。而且,令我叹息的是,它缺少索引。

我躺在床上,给两位相好的女子打电话,告诉她们我要去乌库姆。记者碧莎雅说:"太酷了,你一定要去布鲁奈画廊。那儿有个库奈里斯[①]的展览。给我买张明信片。"历史学家莎莉丝卡似乎较为吃惊,对于我需要离开,且不知多少时日,她颇感失望。

"你读过《双城之间》吗?"我说。

"当然了,念本科的时候。我的假封面是《国富论》。"六七十年代时,可以买到一些禁书,外面订着合法书籍的封面。"怎么了?"

"你觉得怎么样?"

"当时看起来太精彩了,伙计。另外,读这本书需要无以言喻的勇气。但后来,它显得荒谬可笑。你终于要经历青春期了,提亚多?"

---

① 雅尼斯・库奈里斯,意大利"贫穷艺术"运动的代表人物。

"也许吧。没人理解我。我又没要求被生出来。"关于书中的细节,她没有任何记忆。

我打电话告诉柯维,她说:"简直难以相信。"她不停地重复着这句话。

"我知道。我对嘉德勒姆也是这么说的。"

"他们要把我调离这件案子。"

"我想并不存在所谓的'他们'。但很不幸,对,你不能去。"

"那就这么算了?我被打发走了?"

"我很抱歉。"

"狗杂种。"我俩都一言不发,只是静静地听着对方的呼吸,仿佛恋爱中的少年,片刻之后,她说:"问题是,发布录像带的人是谁。不,问题是,他们怎么找到那录像带的?为什么?天知道总共有多少台摄像机,有多长时间的录像?他们怎么会有空——查看这些垃圾?为什么就这一次是例外?"

"我不必马上离开。我只是在想……后天才是入境介绍……"

"所以呢?"

"嗯。"

"所以呢?"

"抱歉,我在思考,我在想这卷被强安到我们头上的录像带。你想不想最后再作一点调查?打几通电话,走访一两个地方。特别是有一个问题,我必须在护照什么的办出来之前搞清楚——我在琢磨那辆游荡到境外的面包车。这或许会给你带来麻烦,"最后一句我带着玩笑的口气,仿佛这是件有趣的事,"当然,这案子现在不归你管,因此有点越权的嫌疑。"事实并非如此。她一点危险也没有——她做的一切都可以承担责任。我或许会有麻烦,但她不会。

"他妈的,没错,"她说道,"也就是说,政府要是想整你,最多也就是以越权的名义。"

# 第十一章

"什么事?"米基耶尔·库鲁希的办公室相当破旧,他从门后面仔细打量着我,"探长。是你啊。你好,怎么……?"

"库鲁希先生。有点小事。"

"请让我们进去,先生。"柯维说道,他又将门稍许拉开一点,看到柯维之后,他叹了口气,打开门让我们进屋。

"有什么能为你们效劳的?"他的双手捏拢又放开。

"没有面包车你还能凑合吧?"柯维说。

"很麻烦,但有个朋友在帮我。"

"他真是好人。"

"可不是吗?"库鲁希说。

"你什么时候给你的车办了任意驾驶员入境准证,库鲁希先生?"我说。

"我什么,什么?"他说,"我不,我没有——"

"瞧你吞吞吐吐的模样,真有趣。"我说。他的反应证实了我的猜想。"你还不至于笨到彻底否认,因为,嘿,入境准证是有记录的。但我们问什么了？你为什么不直接回答？有那么难吗？"

"请让我们看一下你的准证行吗，库鲁希先生？"

他注视了柯维片刻。

"不在这儿。在我家里。或者——"

"别这样好吗？"我说，"你在撒谎。哦，你浪费了最后一点机会，浪费了我们的好意。你手头没有准证。任意驾驶员多次入境乌库姆的准证，对不对？你手头没有，因为它被偷了。跟你的面包车一起被偷了。事实上，它就在被盗的面包车里面，跟那本老古董地图在一起。"

"你瞧，"他说，"我告诉过你们，我不在场，我没有地图，我的手机带GPS。我什么都不知道——"

"撒谎，但你的不在场证明倒是真的。你要明白，这里没人认为你犯了谋杀罪，甚至弃尸罪。那不是我们恼火的原因。"

"我们的困扰在于，"柯维说，"你从没告诉过我们准证的事。问题是，它被谁拿走了，你从中得到了什么好处。"他脸上失去了血色。

"哦，天哪。"他说。他几次张口欲言，然后跌坐下去。"哦，天哪，等一等。那跟我一点关系都没有，我没得到任何好处……"

那段监控录像我重复看了好几遍。当面包车驶过联合大厅，途经警卫把守的官方通道时，不存在任何迟疑。它沿着一条交错区域的街道行驶，完全没有越界的嫌疑，也不曾停下更换车牌，以便与伪造的准证相吻合，司机向边境警卫出示的证件必定毫无可疑之处。只有一种准证能如此畅通无阻。

"替人帮个忙？"我说，"难以拒绝的交易？敲诈勒索？你把证件留在了仪表盘下的杂物箱里。对他们来说，你还是什么都不知道为好。"

"不然你为什么不告诉我们准证丢了？"柯维说。

"最后一次机会，"我说，"你要怎么解释？"

"哦，天哪，听着，"库鲁希渴望地左顾右盼，"请听我说。我知道应该把证件从车里拿出来。通常我都会这么做，我向你保证，我发誓。那次我肯定是忘了,然后车就被偷走了。"

"所以你没向我们报失,对不对?"我说,"因为你很清楚,假如告诉我们面包车被偷了,迟早也得提到那张准证,因此你就希望这桩麻烦能够自行化解。"

"哦,天哪。"

凭借通行证、车牌、窗贴,以及摩登的造型,来访的乌库姆车辆通常很容易辨识;贝歇尔车辆在乌库姆亦是如此,除了同样配有通行证,其外形对我们的邻帮来说就像是古董。车辆通行证,尤其是任意驾驶员多次入境准证,不但价格不菲,要拿到手也十分费事,并且附有诸多条款与规则。其中一条就是,准证不能毫无防范地留在相关联的车内。没必要让走私变得更容易。然而人们往往一时疏忽,将证件留在杂物箱内或座位底下,这是一种很常见的违法行为。库鲁希知道,他面对的至少是一大笔罚款,以及永久取消进入乌库姆的资格。

"你把车给了谁,米基耶尔?"

"我向耶稣基督发誓,探长,我谁也没有给。我不知道是谁偷走的。真的不知道。"

"你是说,这完全出于巧合?有人需要从乌库姆运载一具尸体,于是偷了一辆车,结果里面恰好有一张入境准证?真凑巧。"

"我以性命担保,探长,我不知道。没准偷车贼发现证件之后卖给了别人……"

"偷车的当晚他们就找到了需要过境的人?那可真是有史以来最幸运的窃贼。"

库鲁希泄了气。"求求你,"他说,"去查我的银行账户。翻一翻我的钱包。没人付给我一个子儿。自从面包车被盗之后,我他妈什么都干不了,根本做不成买卖。我不知道该怎么办……"

"你都快让我哭出来了。"柯维说。他疲惫地望着她。

"我以性命担保。"他说。

"我们查了你的记录,米基耶尔,"我说,"不是警方的记录——这个上次查过了。我是指贝歇尔边境巡逻队的记录。你在获取准证的最初几个月内,曾受到随机抽查。那是几年前的事。我们发现几项初犯警告,但迄今为止,最严重的就是把准证留在车里。当时是一辆轿车,对不对?你把证件留在了杂物箱里。那一次你是怎么混过去的?我很惊讶,他们居然没有当场吊销准证。"

"我那是初犯,"他说,"我向他们求情。其中一个发现准证的人说,他去跟同伴商量一下,从轻处理,给个官方警告就算了。"

"你有贿赂他吗?"

"当然。我是说,给过一点。不记得多少了。"

"为什么?我的意思是,你一开始就是靠贿赂拿到准证的,对不对?为什么要费那么劲?"

一阵长久的沉默。按理说,任意驾驶员多次入境准证通常是提供给雇员人数较多的商务机构,而不是像库鲁希这种简陋的小生意,但小商贩靠美元疏通关系——贝歇尔马克难以打动本地中间人和乌库姆大使馆的签发人员——办理申请的事也很常见。

"有备无患,"他绝望地说,"我总是需要人帮忙提货。我侄子通过了测试,还有几个朋友,他们都能驾车,可以帮我忙。谁知道呢。"

"探长?"柯维望着我。我这才意识到,她已经叫了好几遍。"探长?"她瞥了一眼库鲁希,我们这是在干吗?

"抱歉,"我对她说,"我正在思考。"我示意她跟我走到房间一角,同时用手指着库鲁希,警告他不要动。

"我想把他抓起来,"我悄声说,"但这事有点……你瞧瞧他。我还在想办法。我要你追查一些情况。越快越好,因为明天我得去参加该死的入境介绍,所以我想今晚一定会很忙。我需要知道那天晚上贝歇尔所有报失的面包车,以及每一辆的下落。行不行?"

"所有的……?"

"别害怕。失窃车辆的总数虽然多,但只需考虑差不多大小的面包车就行了,其余的都可以排除。尽量把每一辆的细节都给我找出来。包括所有相关文件,可以吗?尽可能快一点。"

"你打算怎么办?"

"看看能否让这个无赖的家伙说实话。"

柯维连骗带哄,再辅以精湛的电脑技术,在数小时内便搞到了我们所需的信息。如此迅捷地通过官方渠道办成此事,只可能是使了巫毒术。

在她刚刚前去调查的时段内,我和库鲁希共坐于一间小屋中,我以不同的形式和方法反复追问他,*谁拿走了你的面包车?谁拿走了你的准证?*他嘀嘀咕咕地说要找律师,我告诉他,律师很快就会有的。他两度试图爆发,但大多数时候只是重申他不知道,没有报失面包车和证件是因为害怕惹麻烦。"尤其他们已经警告过我,你明白吗?"

等到我和柯维坐回到办公室里研究时,已经过了下班时间。正如我所预言的,今晚将非常忙碌。

"拘捕库鲁希是以什么罪名?"

"目前是'疏于保管准证'和'隐瞒罪案'。或许还能加上'合谋凶杀',取决于今晚的发现,不过我有一种感觉——"

"你觉得他跟谋杀案无关,是吗?"

"他根本算不上天才罪犯,对不对?"

"我没说是他策划的,长官。他甚至真的一点细节都不知道。但你认为他不知道谁偷走了面包车,也不知道他们打算拿它去干什么吗?"

我摇摇头。"你没看到他的样子,"我从口袋里掏出审讯录音,"有时间的话,不妨听一听。"

她打开我的电脑,把搜集到的信息输入一张张电子表格中。她将我口中含糊不清的想法转换成图表。"这叫作*数据开采*。"最后那个词她用的是英语。

"那你和我谁是金丝雀①?"我说。她没有回答,只是一边打字,一边喝"泡得恰到好处"的浓咖啡,喃喃抱怨着我的软件系统。

"这些就是我们所了解的情况。"此刻已过了两点。我不时地透过办公室窗户望向贝歇尔的夜色。柯维将打印出来的纸摊平。窗外传来夜行车辆隆隆的低鸣声。我在座椅里挪动了一下,添加咖啡因的苏打饮料弄得我想上厕所。

"那天晚上报失的面包车总共有十三辆,"她用指尖扫了一遍,"其中三辆不是被烧毁,就是报废了。"

"飞车族。"

"对,飞车族。因此还剩下十辆。"

"都是隔了多久报失的?"

"大多在第二天晚上之前报的案,除了其中三例,包括牢房里那个博人同情的家伙。"

"好。其中哪一辆……有几辆车拥有乌库姆通行证?"

她核对了一下。"三辆。"

"比例好像挺高的——十三辆中有三辆?"

"与各型车辆的总体相比,面包车拥有通行证的比例要高得多,因为有进出口运输的需要。"

"话虽如此,还是多了点。按城中车辆的总数来算,比例是多少?"

"什么比例,带准证的面包车?我找不着,"她敲了一阵键盘,然后瞪着屏幕,"肯定有办法知道,但我想不出来。"

"好吧,等有时间再查。但我敢打赌,一定低于十三分之三。"

"也许吧……这的确好像高了点。"

"没关系,再试试这个:那三辆带有准证的被盗车辆中,有几个车主曾经受到违例警告?"

她在纸上扫了一遍,然后望向我。"三个都受过警告。该死。都是因

---

①金丝雀对瓦斯等有毒气体特别敏感,有的矿工带着金丝雀下矿井,以测试是否安全。

为疏于保管。该死。"

"对。从统计学上来讲,这的确不太可能,是吧?另外两辆后来怎样了?"

"他们……等一下。车主是戈耶·费德尔和萨莉亚·安·穆罕默德。车辆第二天早晨就找到了。是被丢弃的。"

"有失窃物品吗?"

"费德尔的车遭到轻微撞伤,并且丢了几盘磁带和少许零钱,穆罕默德车里的 iPod 也没了。"

"让我看看时间——有没有办法查明哪一辆先被偷的?这两辆车的准证还在吗?"

"没有这方面信息,但可以明天去查。"

"要是可能的话就试试。但我敢打赌准证还在。被盗地点在哪里?"

"尤斯拉夫斯贾,布洛普罗兹,库鲁希的车是在马什林。"

"找回的地点呢?"

"费德尔的在……布洛普罗兹。天哪。穆罕默德的在马什林。混蛋。离展望街不远。"

"也就是说与库鲁希的办公室只隔四条街。"

"混蛋,"她身子往后一靠,"把你的想法说出来吧,长官。"

"三辆具备通行证的被盗车辆全都有证件留在杂物箱内的记录。"

"窃贼知道吗?"

"有人意在盗取准证,而且能查到边境管理记录。他们需要一辆可以穿越联合大厅的车。他们很清楚谁有不随身携带证件的前科。看看这些地理位置。"我草草画了一张贝歇尔地图,"费德尔的车最先被盗,但幸运的是,费德尔先生及其雇员们已经吸取教训,他现在随身带着证件。当罪犯意识到这一点之后,便驾着那辆车来到这里,也就是穆罕默德泊车的地方。他们迅速把车偷到手,但穆罕默德女士如今也把证件收在了办公室里,因此他们制造盗物的假象之后,便将车扔在了下一个目标附近,然后

继续作案。"

"而下一个目标就是库鲁希的车。"

"他依然积习不改,把证件留在车里。他们得手之后,便经由联合大厅,去了乌库姆。"屋里一片沉寂。

"这究竟搞的什么鬼?"

"这个嘛……似乎很诡谲。他们一定有内应。至于什么样的内应,我就不知道了。应该是能够查看拘捕档案的人。"

"真见鬼,这下我们可怎么办?"由于我久久保持沉默,她又重复了一遍,"我们怎么办?"

"我不知道。"

"我们得告诉别人……"

"告诉谁?怎么说?我们什么证据都没有。"

"你……"她本想说你开玩笑吧,但她并不笨,能够看出这是实话。

"对我们来说,找到其中的关联也许就够了,但要知道,那不是证据——一点用也没有,"我们互相瞪视着对方,"总之……不管这是怎么回事……不管是谁……"我看着那堆纸。

"他们能查到……"柯维说。

"我们得小心点。"我说。她注视着我的眼睛。又是一阵漫长的沉默,我们俩一言不发,缓缓地环顾室内。我也不知道我们要找什么,但从她的模样来看,我猜此刻她一定是突然有种被追踪的感觉,仿佛一举一动都受到监视与监听。

"那我们怎么办?"她说。柯维的语气如此惊慌失措,让我也很不安。

"大概只能继续手头的调查吧,"我缓慢地耸了耸肩,"我们有一件罪案要破。"

"从今往后,我们都不知道跟谁讨论是安全的,长官。"

"对,不知道,"我突然感觉无话可说,"那就别跟任何人讲。除了我之外。"

"他们要把我调离这件案子。我怎么……?"

"等我电话就行了。假如有事需要你做,我会打电话来。"

"接下去会怎样?"

此时此刻,这个问题毫无意义。它只是为了填充办公室里的寂静,为了掩盖各种阴森而可疑的微弱响动——类似塑料膜的窸窣声或许是电子窃听器的反馈噪音,建筑内部的轻微杂音可能是突然有人侵入。

"其实我想要的,"她说,"是召唤'巡界者'。这群混蛋,要是能让'巡界者'来对付他们就好了。这要不是我们的责任有多好。"没错。无论罪犯是谁,无论原因何在,只需让"巡界者"来实施复仇即可。"她一定是发现了什么事。玛哈莉亚。"

召唤"巡界者"似乎一直是正确的选择。但我突然想起基尔瑞太太脸上的表情。"巡界者"躲在两座城市之间监视。没人清楚他们知道些什么。

"是啊。也许吧。"

"难道不对吗?"

"当然对,只不过……我们不能。所以……我们得自己集中精力解决这件事。"

"*我们*?就我们俩,长官?见鬼,我们根本搞不清是怎么回事。"

说到最后一句,柯维压低了嗓音。"巡界者"在我们的控制与理解范围之外。无论状况如何,无论玛哈莉亚·基尔瑞有何遭遇,到目前为止,唯有我们两个是值得信任的调查者,稍后不久,将只剩她孤身一人,而我也是一样,并且身处异邦。

# PART TWO
# 第二部分

乌库姆

# 第十二章

我从警车里望着联合大厅内部的道路。我们车速不快,警笛也已关闭,但警灯依然炫耀似的闪烁着,四周的水泥墙被断断续续的蓝光照亮。我发现司机瞥了我一眼。这名叫迭戈兹坦的警员,我以前从没见过。我甚至无法让柯维来送。

我们经由贝歇尔老城区低矮的天桥进入联合大厅的外围环道,最后汇入其内部的过境车流。周围的墙壁与天花板上镶饰着诸多雕像,依稀仿佛是贝歇尔的历史人物,而大厅另一边的雕像,刻画的则是乌库姆人物。我们沿着一条宽阔的大路深入大厅内部,两侧的窗户中透出光亮,连同灰色的街灯一起,将路面照得明亮晃眼。贝歇尔一侧的行人在路边排起长队,等待入境。远处,一长溜红色尾灯的尽头,是乌库姆车辆的有色车头灯,与我们这边的车灯相比,更多了一点金黄色调。

"去过乌库姆吗,长官?"

"很久没去了。"

边境大门进入视线之内,迭戈兹坦又跟我搭话:"以前也是这样的吗?"他很年轻。

"差不多。"

我们的警车排在公务车道,前面是一辆进口的黑色奔驰,里面多半坐着政客或商人,前往乌库姆实地考察。旁边不远处,排列着较为廉价的车辆,载着普通旅客以及各种闲散人员,引擎隆隆地响成一片。

"博鲁探长。"警卫看了看我的证件。

"对。"

他仔细阅读每一个字。假如我是游客或商贩,过境或许要快得多,盘问也会更简洁。但作为官方访客,却不能如此随便。这是官僚化的种种反讽之一。

"你们俩都去?"

"这儿写着呢,警官。就我一个。他是我的司机。那边有人接我,这位警员一会儿就回来。其实只要你往乌库姆那边瞧一眼,应该就能看见来接我的人。"

唯有在这交汇之处,我们才能通过物理边界望向邻国境内。中立区域的另一边,是背对我们的乌库姆关卡,再往前,一小群国民卫队成员站在一辆警车周围,其警灯跟我们的一样炫耀般地闪烁着,但颜色有所不同,机理也较为先进(真正的一明一暗,而不是像我们那样使用旋转灯罩)。乌库姆警灯是红色与深蓝色的,而贝歇尔则是较浅的钴蓝色。他们的车是呈流线型的黑色雷诺。我记得从前他们驾驶的是当地制造的雅达捷斯,又小又丑,外形比我们的车更像砖块。

警卫扭头望着他们。"时间快到了。"我告诉他。

国民卫队的人离得太远,我看不清细节。不过他们显然是在等待。当然,警卫的动作依然不紧不慢——你也许是警察,但并不享有特殊待遇,看守边界的是我们——然而最后,他也没有其他借口,只能略带嘲讽地敬了个礼,指向逐渐升起的铁闸。当我们从贝歇尔这边的街道驶入大约一百米长的中间区域,轮胎底下的路面感觉似乎不太一样,接着,我们穿过又一道铁门,抵达另一侧,身穿制服的国民卫队朝我们走来。

# 城与城

一阵马达轰鸣，先前那辆等待着的小车突然转了个圈，疾速从那群警员面前经过，警笛只响了一下便戛然而止。一名男子从车里钻出来，戴上警帽。他比我略为年轻，身强体壮，动作敏捷而威严。他穿着国民卫队的灰色制服，并戴有军衔标识。我试图回忆其含义。他举起一只手，边境警卫们惊讶地停下了脚步。

"好了，"他喊道，并挥手示意他们不必再管，"交给我吧。是博鲁探长，对吗？"他讲的是伊利塔语。我和迭戈兹坦从车里钻出来。他对迭戈兹坦警员不予理会。"贝歇尔重案组的提亚多·博鲁探长，对不对？"他使劲握了握我的手，然后指向自己的小车，他的司机正在车里等候。"请。我是高级警探库西姆·达特。收到我的信了吗，探长？欢迎来到乌库姆。"

诸多世纪以来，历届监察委员会对联合大厅不断进行扩建，造成了如今凌乱的结构。它在两座城中都占地广阔。其内部纷繁复杂——某条走廊的起始端或许算是全整区域，然而随着它逐渐延伸，却转化为交错区域，属于不同城市的房间相互间隔排列，另有一部分屋子要么同时归属两座城市，要么哪边都不是，此类情况仅在联合大厅中才有，而监察委员会及其成员是这里唯一的管理者。配有彩色图例的内部构造示意图上布满五彩纷呈的线条，令人望而生畏。

不过在地面层，情况相对简单，宽阔的街道一直延伸至大门和铁丝网跟前。贝歇尔边境巡逻队频频招手，挡住一列列过境队伍——行人、手推车、畜力车、四四方方的贝歇尔小汽车和面包车，而每一队依照所持准证的不同又分为若干小队。队伍的移动速度各不相同，关卡闸门此起彼落，毫无规律可循。由闸门处放眼望去，古老的自由集市自联合大厅向贝歇尔方向延伸。街头小贩沿着等待的车龙走动，兜售烤坚果和纸玩具，虽然并不合法，却也无人干涉。

贝歇尔的闸门外是一片隔离带，位于联合大厅的主体结构下方。此处的沥青路面上未涂油漆：这段路既不属于贝歇尔，也不属于乌库姆，该用何种标识系统呢？大厅另一侧也有一排闸门，从这边看过去，明显维护得

比我们好，手执武器的乌库姆卫兵目不转睛地直视前方，他们大多离我们仍很远，而准备进入贝歇尔的访客也同样被有效地分成一列列纵队。乌库姆的边境警卫与贝歇尔不同，并非政府部门的分支：他们属于国民卫队，即相当于我们的警察。

联合大厅比竞技场还要大，但其通衢大厅并不复杂——宽阔空荡，四周尽是古老的围墙。站在贝歇尔的边境线上，越过人群和缓慢爬行的车辆，能看见日光远远地从乌库姆渗进来。大厅中央是关卡之间的隔离带，略往远处，即可看到乌库姆铁丝网锋利的刃脊和熙熙攘攘的人群，乌库姆访客和返回的国人正向这边涌来。而在数百米远处，巨硕的通道入口之外，乌库姆市内的建筑依稀可辨。人们伸长脖子望向边界另一侧。

在前往贝歇尔入口处的途中，我让司机绕了个大圈，经过卡恩街。这让他不解地扬起了眉毛。在贝歇尔，卡恩街是老城中一条不起眼的购物街，但它是交错区域，乌库姆所占的比例略多一些，大部分建筑属于我们的邻邦。在乌库姆，这里是历史上著名的乌买丁大道，连接着联合大厅的出入口。我们的车仿佛巧合似的从联合大厅的乌库姆出口旁驶过。

当我们在卡恩街上时，我至少表面上无视乌库姆的存在，但当然了，在我们近旁，乌库姆人正排队等待入关，而佩戴访客徽章的贝歇尔人鱼贯而出，惊异地环视着四周的乌库姆建筑，虽然一小时前他们或许处在同样的物理位置，却不能像现在这样随意观看，否则即是越界。

乌库姆一端的出口处附近，是"圣光神庙"。其照片我曾见过许多次，以前经过时，我每次都老老实实地无视它，但多少还是留意到那华丽的顶冠，刚才我差点对迭戈兹坦说，我很期待好好地看上它一眼。此刻，随着我们从联合大厅里高速驶出，异邦的光线骤然将我吞没。我四处张望。坐在达特的汽车后座里，我凝视神庙。忽然间，我惊愕地发现，自己终于与它同处在一座城中。

"第一次来乌库姆？"

"不是，但很久没来了。"

# 城与城

我的第一次测试是在多年之前：合格章早已过期，而且在一本失效的护照里。这次我接受了两天的速成培训。参与者只有我和若干教员，他们全是乌库姆人，来自驻贝歇尔的大使馆。伊利塔语沉浸式训练，阅读各种有关乌库姆的文档，包括历史、城域地理、当地的法律要旨等等。这一课程主要是为了帮助来到乌库姆的贝歇尔人，我们这边也有类似的培训。当贝歇尔居民真正置身于乌库姆时，往往会产生严重的不安，我们必须对从小熟悉的环境视而不见，反而去看那些数十年来竭力避免正视的建筑。

"计算机辅助的适应性训练已有相当长历史，"其中一名教员说道，那是一名年轻女子，她对我的伊利塔语赞不绝口，"如今我们有更多复杂的方法；我们还与神经科学家合作，进行各种研究。"我受到特殊照顾，因为我是警察。普通旅客必须通过常规训练，获得入境资格所需的时间要长得多。

他们让我坐在一间被称为乌库姆模拟器的小屋里，四周的墙壁由屏幕组成，他们将贝歇尔的影像投射到屏幕上，通过调节光线与焦距，凸显出贝歇尔的建筑，而相邻的乌库姆建筑却被淡化。在一段时间内，他们反复地切换视效重点，于是，在同样的视角下，贝歇尔逐渐黯淡，而乌库姆则变得明亮起来。

这怎能不让人联想起儿时听过的故事呢？乌库姆一定也有类似的传说。乌库姆男子与贝歇尔少女在联合大厅中央相遇，回家之后却发现彼此相邻而居，于是，他们诚信而孤独地过着每一天。在各自的城市里，他们于同一时刻起床，然后如情侣般并肩走过交错区域的街道，但从不互相触碰，从不交谈，从不违规越界。另有一类传说，某些叛逆者越界之后，避开"巡界者"，隐居于两座城市之间，逃脱了审判与惩罚，这不叫放逐，而是被称为"潜逐"。帕拉钮克的小说《潜逐日记》在贝歇尔属于禁书（我敢肯定，在乌库姆亦是如此），但跟大多数人一样，我也曾草草浏览过其盗印本。

我接受测试，用光标尽快点出乌库姆的神庙、居民和运送蔬菜的货车。这一过程略带侮辱意味，意图逮住我一时疏忽，忘记无视贝歇尔。我第一次参加培训时根本不存在这些玩意。不久之前，同等的测试包括回答有关乌库姆民族特征的问题，以及在一堆具有代表性的照片中找出谁是乌库姆人，谁是贝歇尔人，谁是"其他"种族（犹太、穆斯林、俄罗斯、希腊等等，取决于当时哪个民族引起人们的担忧）。

"看到神庙了吧？"达特说，"还有那儿，原本是一所大学。而那边是公寓楼。"他使劲指了指路边的几栋建筑，然后吩咐司机怎么走。他并未向司机介绍我是谁。

"很古怪吧？"他对我说，"我猜你一定感觉很怪异。"

没错。我望向达特指出的景物。我当然对贝歇尔刻意无视，但每当经过那些熟悉的地点，仍无可避免地意识到它们的存在。家乡中惯常行走的街道和时常光顾的咖啡座如今已处在另一个城邦。此刻，它们成了虚无的背景，就好比在家乡时的乌库姆。我屏住呼吸，一边忽略贝歇尔，一边专注于乌库姆。之前我也试图回忆，却始终想不起这种遗忘已久的体验。

此刻是白昼，光线来自阴霾寒冷的天空，而不是电视节目中蜿蜒扭曲的霓虹灯，我所看过关于邻城的节目大多如此，制片人显然认为，绚丽的夜晚更有助于我们认识这座城市。然而由灰白的昼光所映照出的色彩仍比故乡贝歇尔更加鲜艳生动。乌库姆的老城区至少有一半已转变为金融区，雕饰花纹的木屋顶与钢铁镜面结构互相毗邻。当地的街头小贩身穿长袍和镶有补丁的衣裤，售卖米饭与肉串给玻璃建筑里衣着光鲜的人们（他们身边，有我们不起眼的同胞在贝歇尔行走，前往较为安静的目的地，而我尽量对他们视而不见）。玻璃建筑内虽以男性居多，也有少数女性。

由于来自欧洲的干涉，联合国教科文组织对乌库姆进行了温和的审查，因此，乌库姆于最近通过了城区规划法，以避免经济蓬勃发展的同时，过度破坏建筑文化遗产。某些最丑陋的新房甚至被拆毁，然而镶有巴洛克纹饰的传统景点在高大的新建筑旁仍显得惨淡可怜。跟所有贝歇尔居民一样，我已习惯了一个成功的邻邦，每天在其阴影下采购日常物品。

## 城与城

四周到处都是伊利塔语，包括达特滔滔不绝的解说、街头小贩和出租车司机的对话，以及本地车流中爆发出的谩骂。我意识到，平时在家乡交错区域的街道里，被我忽略的咒骂声还真不少。世界上每座城市都有其独特的道路文化，我们尚未进入乌库姆的全整区域，因此经过的街道仍与我所熟悉的道路相重叠，有着同样的走向，然而随着我们急促地拐过一个个路口，那感觉却渐趋微妙。身处乌库姆，只看该看的，忽略不该看的，这种体验正如我所预期的一样奇特。我们穿过几条位于贝歇尔的步行街和较为荒僻（尽管乌库姆这边相当繁忙）的窄巷。我们的喇叭鸣响不止。

"去宾馆？"达特说，"要不要洗个澡，吃点东西？想去哪儿？我知道你肯定已经打定了主意。你的伊利塔语很不错，博鲁。比我的贝歇尔语强。"他发出一阵笑声。

"我有一些想法，想去几个地方，"我手握记事本，"你收到我寄出的卷宗吗？"

"当然，博鲁。那就是你们了解的情况，对吗？你们的调查成果？我会告诉你我们的计划，但是"——他举起双手，作投降状——"老实说，没什么太多可讲的。我们还以为会召唤'巡界者'。为什么不移交给他们呢？你们想找点活干？"又是一阵笑声。"反正我最近几天才接到任务，所以别指望太多。不过我们已经着手办案了。"

"知道她在哪儿被杀的了吗？"

"不太清楚。监控录像只拍到那辆面包车穿越联合大厅；我们不知道它去过哪儿。没有线索。不管怎么说，这件事……"

你或许觉得，一辆造访乌库姆的贝歇尔面包车一定会引起注意，反之亦然。事实上，若非看到挡风玻璃上的标签，大家都会以为这是一辆异地车辆，并非处于本城，因而必须被无视。一般来说，潜在的证人并不知道自己目击了证据。

"我主要就是想追查这个问题。"

"对极了。提亚多，还是提德？该怎么称呼你？"

"我还想跟她的导师和朋友谈谈。你能带我去波尔叶安吗?"

"达特,库斯,随你怎么叫我都行。听着,为了避免误解,我得把话先说清楚,我知道你们**警长**告诉过你"——他对贝歇尔语的"警长"这个词似乎很感兴趣——"但这件案子归乌库姆调查,你在这儿并不具有警察的权力。别误会——我们非常感激你的合作,也会共同研究如何行动,但我是这儿的警察。我想你应该算是顾问吧。"

"当然。"

"抱歉,我明白所谓辖区责权什么的都是鬼话。据我所知——你跟我上司谈过了吗?穆瓦斯上校——反正他希望我们交谈之前保持冷静。当然了,你是乌库姆国民卫队的贵宾。"

"我不受限制——我可以走动吧?"

"你有准证,有盖章,手续齐全。"单次入境,一个月后续签,"假如你想游览观光个一两天,当然没问题,但你独自一人时,只是一名游客,这一点必须严格遵从。没问题吧?其实这样最好。我的意思是,见鬼,没人阻止你,但我们都知道,过境游客没人指引的话会有困难;你可能无意中越界,那可怎么办?"

"好吧,下一步你打算干什么?"

"呃,你瞧,"达特从座椅里转过身看着我,"我们快到宾馆了。不过听我说:刚才我就想告诉你,这件事变得……我猜你还没听说最新情况吧……不,我们还不知道这究竟是不是问题,只是刚刚嗅到一点皮毛而已。你瞧,事情可能变得更复杂了。"

"什么?怎么回事?"

"我们到了,长官。"司机说道。我向外张望,但仍留在车里。我们在乌库姆老城区外围的希尔顿亚细安酒店旁边。这条街上布满乌库姆的摩登混凝土住宅楼,酒店处在全整区域的边缘,同时也位于一座广场的角落里,而广场周围既有贝歇尔的砖瓦平房,也有乌库姆塔楼,中间则是个丑陋的喷泉。我从未造访过此处:四周的建筑与道路属于交错区域,但广场中央是乌库姆的全整区域。

"我们还无法确定。显然得去挖掘现场，跟伊兹·南希以及基尔瑞的所有导师聊一聊，还有她同学什么的。没人知道怎么回事；大家只是以为她悄悄离开了几天。然后他们听说了谋杀案。不过，关键是，等我们跟那群学生谈过之后，收到了其中一人的电话。就在昨天。基尔瑞最好的朋友——那天我们去宣布消息的时候见过她，也是一名学生。悠兰达·罗德里格兹。她极为震惊。我们从她口中没问出什么来。她完全崩溃了。她说她得离开，我问她需要什么帮助，她说有人会保护她。据别人讲，那是个本地小伙子。等你逛完乌库姆……"他伸手推开我这边的门。我没有下车。

"那么，是她打的电话？"

"不，事实上，电话里的年轻人不肯自报姓名，但他打来电话，正是为了告诉我们罗德里格兹的事。似乎就是这样——他说他不确定，也许根本就没事，诸如此类的话。不管怎么说，大家已经有一阵子没见到她了。罗德里格兹，没人打得通她的电话。"

"她失踪了？"

"老天，提德，你太悲观了。也许她只是生病，也许她把手机关了。我没说我们不去查，但先别惊慌，可以吗？还不能说她已经失踪了……"

"她就是失踪了。不管发生了什么，不管她有没有出事，没人能找得到她。这就是失踪的定义。她失踪了。"

达特从镜子里看了我一眼，然后望向司机。

"好吧，探长，"他说，"悠兰达·罗德里格兹失踪了。"

## 第十三章

"感觉怎么样,长官?"宾馆与贝歇尔之间的连线有延迟,我和柯维磕磕绊绊地交谈着,尽量避免与对方的话音重叠。

"现在说还为时过早。这里感觉很古怪。"

"你看过她房间了?"

"没什么用。只是学生宿舍而已,她跟其他人一起住在学校承租的楼房里。"

"她没有物品吗?"

"若干廉价印刷品,几本书,页边的空白处留有评注,不过没什么值得注意的。还有一些衣服。她的电脑要不就是真有工业级别的加密,要不就是根本不存在有用的信息。关于这方面,我不得不说,乌库姆电脑高手比我们这儿的更值得信任。她的电脑里有许多类似'嗨,妈妈爱你'的电子邮件,也有几篇论文。她可能用了代理服务器和浏览痕迹消除工具,因为缓存里连一丁点儿有价值的东西都没有。"

"你不懂自己说的是什么意思,对吧,长官?"

"完全不懂。我让技术人员逐个音节写下来的。"也许有一天,我们会放弃这类"我一点网络都不懂"的玩笑,"这么一说,我又想起来一句:自从来到乌库姆,她的'聚友网'账号就一直没更新过。"

"所以你没查出什么来?"

"很可惜,没有,原力未曾与我同在。"那间屋子着实平淡得出奇,从中无法获得任何信息。我们也探视了走廊对面悠兰达的房间,里面的情况恰好相反,塞满各种新潮玩具,小说,DVD和略显艳俗的鞋子。她的电脑不见了。

我仔细搜查了玛哈莉亚的房间,其中的书籍和为数不多的零碎物品都已经过处理,并贴上标签,因此我得时不时地对照国民卫队进入之前的照片。这间屋子被封锁起来,警察阻拦住学生,但我望向门外。越过一小簇花环,可以看到走廊两端,玛哈莉亚的同学们三五成群聚在一起,窃窃低语,他们都很年轻,衣服上佩戴着不起眼的访客标志。其中有几个人在哭泣。

我们没有找到任何记事本或日记。达特应我所求,提供了玛哈莉亚的课本复印件,大量的注解看来是她偏好的研习方式。此刻它们就在我桌上:复印课本的人显然很匆忙,无论印刷字体还是手写笔迹都是歪斜的。我一边跟柯维交谈,一边阅读密密匝匝的评注。在一本叫作《乌库姆人民史》的书内,玛哈莉亚用电报报文般简洁的措辞与自己展开辩论。

"你的联络人怎么样?"柯维说,"在乌库姆相当于我的那个人?"

"其实我觉得我就是你。"这句话不怎么通顺,不过她笑出了声。

"他们的办公室什么样?"

"跟我们的差不多,就是文具用品更好一点。他们拿走了我的枪。"

其实此地的警局跟我们的并不相同。装修的确更强一些,但那是个硕大的房间,到处是白板和开放的隔间,邻座的警员们喋喋不休地争论。我跟随达特经过他的办公室——以他的级别,足以有一间独立小屋——来到他上司的房间。我敢肯定,本地的国民卫队成员大多都已获悉我的到来,但所经之处,我仍能感觉到人们不加掩饰的好奇。穆瓦斯上校的欢迎辞单

调乏味,说什么两国之间的关系出现了可喜的转变,这预示着未来的合作,还问我有什么需要,最后让我交出枪械。这一点事先并未达成协议,我试图辩解,但很快便放弃了,以免过早搞僵关系。

我们离开之后,来到另一间屋子,里面同样充斥着不甚友善的目光。"达特。"有人在他经过时刻意打了个招呼。"我是不是让大家感到不安?"我问道,但达特说:"别太敏感。你来自贝歇尔,还能指望什么?"

"这帮混球!"柯维说:"不是真的吧。"

"说我没有乌库姆持枪证,在这儿只是顾问,等等等等。"我翻了翻床头柜,连本圣经都没有。我不知道这是因为乌库姆是非宗教国家,还是因为光明圣殿会的游说,他们虽被逐出政府,但仍广受敬重。

"混蛋。那么,没什么值得说的?"

"我会让你知道。"我扫了一遍事先约定的暗号——我想念贝歇尔的面团子=我有麻烦,正在验证一个猜测=我知道是谁干的——但眼下的状况,没有一条哪怕勉强用得上的。当初制定这个列表时,她曾说:"我感觉愚蠢透顶。"而我说:"同意,我也有同感。但还是有必要。"我们无法确定通讯线路是否有人监听,在贝歇尔,那股不知名的势力已经赢了我们一招。是假设阴谋的存在比较愚蠢幼稚,还是否认阴谋的存在?

"这儿的天气跟家乡一样。"我说。她笑出声来。这是一句俗套的暗语,在我们的约定里意味着"没什么可说的"。

"下一步怎么办?"她说。

"我们要去波尔叶安。"

"什么,现在?"

"很遗憾,不是现在。我刚才就想去,但他们没准备好,现在已经太晚了。"我洗完澡,吃完饭,便在那间枯燥乏味的小屋里踱步,同时琢磨着,此处若有窃听设备,我是否能够辨识。达特的号码我拨了三遍才接通。

"提亚多,"他说,"抱歉,你之前有打电话来吗?坦白说,我刚才正忙着处理一些事。有什么能帮你的吗?"

"时候不早了。我想去挖掘现场查看一下……"

"哦,真见鬼。听我说,提亚多,今晚不行。"

"你没告诉那里的人我们要去吗?"

"我告诉那里的人我们可能要去。你瞧,他们很乐意能早点回家,我们明早第一件事就去那儿。"

"那个叫什么来着,罗德里格兹怎么办?"

"我仍然不相信她真的……不对,我不能这么说,是吧?我仍然不相信,她的消失是一件可疑的事,这句怎么样?时间还不算很长。但我也同意,假如她明天还不出现,也不回电子邮件什么的,那情况显然不太妙,我们就按失踪来处理。"所以……

"所以你瞧,我今晚找机会过来一趟。你能……?你应该有事可做吧?我很抱歉。我会带一堆东西来,我们的笔记,还有你要的信息,关于波尔叶安,以及大学园区之类的。你有电脑吗?可以上网?"

"……是的。"局里的笔记本电脑,还有宾馆的有线网络,一晚上十第纳尔。

"那就好。我肯定他们有点播电视。这样你就不会寂寞了。"他笑着说道。

―

我读了一阵《双城之间》,但枯燥的文字,琐碎的历史细节,偏颇的推断,都让我无法再继续下去。我又看了会儿乌库姆的电视。故事片似乎比贝歇尔电视台多,而游戏节目则更喧闹,也更密集,只需跳过一两个新闻台就能找到一档。新闻中列举了乌马克总统及其重组方案的种种成功事项:对东方和土耳其的访问,前往欧洲的商贸使团,来自国际基金组织的赞扬，反正能让华盛顿感到郁闷就对了。乌库姆人对经济充满执着的热情。谁能责怪他们呢？

"有什么不可以的，柯维？"我拿起一张地图，并核实所有证件都在内袋里，包括警察证、护照和签证。我将访客徽章别在领口，步入寒冷的空气中。

此刻的霓虹灯随处可见，弯曲盘旋，环绕在我四周，湮没了遥远的家乡。热情的伊利塔语吆喝声此起彼伏。到了夜间，这座城市比贝歇尔更加繁忙：如今，我可以观察黑暗中忙碌的人群，而在此之前，他们都是不可正视的黑影。我也看见小巷里无家可归者的睡铺，在贝歇尔，我们已经习惯了绕开乌库姆露宿者，对这些凸障视而不见。

我穿越瓦希德桥，火车从我左边驶过。我望向河流，在这里，它叫作沙赫因河。水流也可以是交错区域吗？假如我身处贝歇尔，就像此刻被我无视的路人，那么眼前即是科利宁河。从希尔顿到波尔叶安路途相当遥远，需要沿班仪大道步行一小时。我意识到，所经之处有许多熟悉的贝歇尔街道，其景观与处在同一地点的乌库姆城区迥然不同。我对它们不予理会，但我知道乌库姆的摩德拉斯街附近，有几条小巷完全属于贝歇尔，那里总有鬼鬼祟祟的男子进出，光顾贝歇尔最低级的妓女，我要是忘记无视，也许能在贝歇尔的黑夜中辨识出身穿迷你短裙的人影。乌库姆的妓院在哪里，与贝歇尔的哪片区域相邻？在我警察生涯早期，曾有一次负责监视音乐节现场，那是在一个交错区域的公园里，大量参与者陷入疯狂亢奋的状态，甚至公然做爱。身处乌库姆的路人小心翼翼地跨过一对对缠绵的爱侣，尽可能将他们忽略，对此，我和当时的搭档虽不敢正视，却忍不住窃笑。

我考虑过搭地铁，我还从没坐过地铁（贝歇尔根本没有），但走一走也不错。我利用沿途听到的对话测试自己的伊利塔语；我发现，乌库姆人见到我的服饰和姿态，都不予正视，直到瞧见访客标志才敢看我。嘈杂的游乐中心门口，聚集着成群的乌库姆年轻人。我看到许多小小的充气房，固定在金属网架内：它们曾是城中的瞭望塔，用来防御敌人的进攻，最近几十年来，却成了建筑设计怀旧风的代表，并不可免俗地悬挂着诸多广告。

一辆贝歇尔警车驶过，我赶紧忽略其警笛，转而专注于那些面无表情，竭力躲避的本地人：警车是最麻烦的一类凸障。我已在地图上标出波尔叶安的位置。来乌库姆之前，我曾考虑到贝歇尔的相应地点去看一看，以期偶然一瞥挖掘现场，但我不敢冒险。我其至没去看公园里零星渗入贝歇尔的遗迹。据说，那里就跟我们的大多数考古遗址一样，毫不起眼：大型遗址基本都位于乌库姆境内。

我经过一栋欧式风格的乌库姆老房子，然后居高临下望向泰恩乌姆街的坡道——这正是我计划中的路线——半英里开外，在我出生的城市里，一辆有轨电车横向驶过，远远的可以听到它的铃声（我一时反应不及，未能忽略这来自边界另一侧的音响），街道尽头是一片平地，在半轮明月的映照下，可以看到公园绿地和波尔叶安遗址。

遗址四周有挡板围住，但我站在高处，视线越过了隔离墙。到处是树木花草，有的修剪齐整，有的则恣意生长。公园北部便是废墟所在之处，乍看之下仿佛一片荒地，灌木丛中点缀着古神庙陨落的碎石，帆布覆盖的走道连接着帐篷和临时办公室，一部分房间内仍亮着灯光。地面上可以看到挖掘的迹象：坑穴大多隐藏在结实的帐篷底下，受其保护。星星点点的灯光照亮了冬季日趋枯萎的草地。但有些地方光线支离破碎，投射出无数黑影。我看到走动的人影。那是保安，他们守护着这片先是遭人遗忘、然后又被翻挖出来的记忆。

有几处，公园和遗址一直延伸至建筑物背面（大多位于乌库姆，但并非全部），乱石堆与灌木丛仿佛逆着历史潮流向房屋发起冲击。波尔叶安挖掘点大约还能支撑一年左右，再往后，便会被势不可挡的城市发展所吞没：金钱终将侵蚀木板和铁栅栏，官方在表示遗憾的同时，也会指出其必要性，于是又一片办公楼将在乌库姆拔地而起（其间点缀着少量贝歇尔领

土)。

威尔士亲王大学考古学系借用了乌库姆大学的办公室，离波尔叶安不远，我在地图上查找两者之间的路径。"喂。"那是一名国民卫队，手扶着枪柄。有个搭档站在他身后一步之遥。

"你在干什么？"他们注视着我。"嘿。"后面那人指了指我的访客标志。

"你在干什么？"

"我对考古学很感兴趣。"

"当然，不感兴趣才怪。你是谁？"他打了个响指，要我出示证件。为数不多的贝歇尔行人对我们视而不见，他们穿过马路，走到街对面。这或许是下意识的举动。没什么比异地的扰动更令人不安的了。此刻已是深夜，但附近仍有乌库姆人听到我们的对话，他们毫不掩饰，有些人甚至驻足观望。

"我是……"我把证件递给他们。

"提——亚——德，博洛。"

"差不多。"

"警察？"他们疑惑地瞪着我。

"我来这儿协助国民卫队调查一桩国际案件。我建议你们联系凶案调查组的高级警探达特。"

"混蛋。"他们背着我商量了一阵。其中一人通过无线对讲机说了几句。由于光线太暗，我那廉价手机的相机无法拍摄波尔叶安的照片。我闻到一股浓郁的街头食物的味道。这种味道正逐渐成为我心目中乌库姆最具代表性的气味。

"好了，博鲁探长。"其中一人将证件交还给我。

"很抱歉。"他的同僚说。

"没关系。"他们等待着，似乎很恼火，"反正我已经打算回宾馆了，警官。"

"我们送你去,探长。"他们很执着。

第二天早晨,达特来接我,除了一番客套话,他没说别的。他走进餐厅时,我正在试着品尝掺有甜乳和刺鼻香料的"传统乌库姆茶"。他问我房间如何。他钻进自己的车里,骤然从路边启动,比昨天的司机更猛,然后,他才对我说:"我真希望你昨晚没那么干。"

威尔士亲王大学参与乌库姆考古项目的职员和学生大多驻扎在波尔叶安。十二小时内,我第二次来到此处。

"我没有预约,"达特说,"我跟项目负责人罗尚博克斯教授说过。他知道我们要来,但其他人也许只能碰运气了。"

与我昨晚从远处观望时不同,此处的围墙能遮挡住外人的视线。墙外驻有国民卫队,墙内则有保安。达特的警徽让我们通行无阻,立即便能进入临时搭建的办公区。我有一份职员与学生名单。我们先到罗尚博克斯的办公室。他身材高瘦,比我年长约十五岁,他的伊利塔语带有浓重的魁北克口音。

"我们都十分震惊,"他告诉我们,"要知道,我不认识那姑娘。只在公共休息室里见过。但我听说过她。"他的办公室位于活动房屋内,临时书架上塞满文件夹与书籍,还有他在各处挖掘现场的照片。我们听见屋外有年轻人一边交谈,一边走过。"只要能帮得上忙,我们当然乐意。我本身认识的学生不多,对他们不太了解。目前我有三个博士生。其中一个在加拿大,另外两个,应该就在那儿。"他朝主挖掘点的方向指了指。"他们我了解。"

"那罗德里格兹呢?"他看了看我,表示很费解。"悠兰达?是你的学生吗?你有没有见到她?"

"她不在我的三个学生里,探长。恐怕我没什么可告诉你的。我们……她失踪了?"

"她失踪了。关于她,你知道些什么?"

"哦,天哪。她失踪了?我完全不了解她。玛哈莉亚·基尔瑞我当然

听说过，但事实上，除了在几个月前的新生欢迎会上，我们根本没说过话。"

"那可远远不止几个月。"达特说。罗尚博克斯瞪着他。

"你说得对——我不可能记住所有的时间。真有必要吗？我能告诉你们的事，你们肯定都知道。真正可以帮你们的，是她的导师。你们见过伊萨贝拉了吗？"

他让秘书打印出一份职员和学生名单。我没告诉他已经有了。达特并未流露出要把名单交给我的意思，于是我自己动手拿了过来。从名字可以看出，有两位考古学家是乌库姆人，正符合法律的要求。

"基尔瑞遇害时，他有不在场证据，"我们离开之后，达特说道，"他是极少数特例之一。要知道，当时是深夜，他们大多找不到证人，所以，要说不在场证明，这些人都没辙。玛哈莉亚被杀时，他正好跟一个同事在开电话会议，对方所在的时区跟这里完全不合拍。这我们已经查证过了。"

我们正寻找伊萨贝拉的办公室时，有人喊我的名字。那是一名外表干净整洁的男子，六十出头，胡子灰白，戴着眼镜，他匆匆忙忙地从临时房屋之间朝我们走来。"是博鲁探长吧？"他瞥了一眼达特，但看到他的乌库姆徽章之后，又把视线移到我身上。"我听说你可能会来。正巧能遇上真是太好了。我是戴维·鲍登。"

"鲍登教授，"我跟他握手，"我正在读你的书，很有意思。"

看得出他吃了一惊。他摇摇头。"我猜你说的是第一本。从来没人提第二本。"他松开我的手。"你会因此而被捕的，探长。"达特惊讶地看着我。

"教授，你的办公室在哪儿？我是高级警探库西姆·达特。我想跟你谈谈。"

"我没有办公室，达特警官。通常我只呆一两天到一个星期。而且我也不是*教授*。只是博士而已。叫我戴维也没问题。"

"今天上午你要在这儿呆多久，博士？"我说，"我们能跟你聊上一两句吗?"

"我……当然,探长,只要你愿意,但我说过,我没办公室。通常我在住所与学生会面。"他递给我一张名片,惹得达特扬起眉毛,于是他也给了达特一张。"上面有我的电话号码。我会等着你;或许我们可以找个地方说话。"

"这么说,你不是特意来找我们的?"我说。

"不,只是碰巧而已。原本我今天是不来的,但我辅导的学生昨天没有出现,我想没准能在这儿找到她。"

"你辅导的学生?"达特说。

"对,他们只给了我一个学生,"他露出微笑,"所以没有办公室。"

"你要找的人是谁?"

"她叫悠兰达,警官。悠兰达·罗德里格兹。"

当我们告诉他没人联系得到悠兰达时,他吓坏了,结结巴巴说不上话。

"她不见了?先是玛哈莉亚,现在轮到悠兰达?哦,我的天,两位警官,你们有没有——"

"我们正在调查,"达特说,"先别急着下结论。"

鲍登看上去很震惊。他的同事们反应也大抵相同。我们跟现场的四名学者逐一交谈,其中包括陶提,他在两名乌库姆人中较为年长,是个沉默寡言的年轻人。只有伊萨贝拉·南希知道悠兰达失踪了。她身材高挑,衣着得体,脖子上挂着两副不同屈光度的眼镜。

"幸会,探长,高级警探。"她与我们握手。我看过她的证词。她说玛哈莉亚遇害时,自己正呆在家里,但无法证明。"我很乐意帮忙。"她不停地说。

"跟我们说说玛哈莉亚吧。我有种感觉,她在这儿很出名,虽然你们的头儿不认识她。"

"现在没那么出名了,"南希说,"从前也许是。罗尚博克斯说不认识

她？这有点……不太坦诚。她惹恼过不少人。"

"在那次会议上,"我说,"当时是在贝歇尔。"

"对。在南区。他也在场。我们大多数人都在。我、戴维、马科斯、亚辛娜。她询问有关'分歧之地','巡界者'之类的东西,多次引起人们的疑虑。严格来讲并不违法,但可以说有点庸俗,就好像好莱坞之流,而不是正儿八经地研究乌库姆,研究分裂前历史,研究贝歇尔。可以看出,前来参加开幕典礼的名流们都心存戒备。最后,她开始大谈特谈奥辛尼。戴维当然感觉丢尽了脸;学校也很尴尬;她差点被赶出去——有几个贝歇尔代表闹得很凶。"

"但她没被开除?"达特说。

"可能是大家觉得她还年轻。但一定有人跟她谈过了,因为她安静下来。回想起来,我猜可能是乌库姆的反对党成员,他们也有出席,而且显然很同情满腹怒气的贝歇尔代表。听说她回来读博士,我非常惊讶,持有如此荒唐的观点竟然也会被录取,但她已经抛弃原先的观点了。这些证词我已经说过一遍。但告诉我,你们知道悠兰达出什么事了吗?"

我和达特对视了一眼。"我们还不能确定她是否出了事,"达特说,"仍在调查中。"

"也许什么事都没有,"她不停地重复道,"我通常都能看到她,但似乎已经好几天没见了。这让我感觉……记得我曾经说过,玛哈莉亚被……发现前不久,也是先失踪了。"

"她和玛哈莉亚认识吗?"我说。

"她们是最好的朋友。"

"还有谁可能了解情况?"

"她跟一个本地男生交往。我指悠兰达。传闻是这么说。但我也说不上那人是谁。"

"这符合规定吗?"我问道。

"他们是成年人,探长,达特警官。没错,他们还年轻,但我们没法阻拦。我们，呃，得让他们意识到，在乌库姆生活有多危险，更别说谈恋爱了，但他们在这儿的行为……"她耸耸肩。

我跟她讲话时，达特在一旁用脚板轻拍着地面。"我想跟他们谈谈。"他说。

他们中有些人正在临时搭建的小图书馆里看论文。最后，南希领着我们来到主挖掘点。学生们正在边缘齐整的深坑内干活，或站或坐，他们从坑底依稀可辨的泥土纹理间抬起头来。那一片黑色——是否古代火焰的残痕？而这块白色又是什么？

大帐篷四周的灌木林杂草丛生，一片荒芜的景象，破碎的建筑残骸点缀其间。挖掘点跟足球场差不多大，被绳索分割成条条块块，而其底部是深浅不一的平地。平整的泥地上布满残破的人造物品，仿佛冒出水面的怪鱼：碎裂的瓦罐，覆满铜绿的机械装置，还有一尊尊或粗糙、或精致的小雕像。在精心规划的坑底，学生们手持尖头铲和软毛刷，隔着一条条绳索，从不同深度抬头望向我们。有几名男生和一名女生作哥特式打扮，这在贝歇尔和他们的家乡或许不算特别，但在乌库姆却极为少见。他们一定很惹人注目。在历经千百年的土层下方，他们向我和达特展示出友善的微笑以及浓重的眼线。

"你瞧。"南希说。我们站在挖掘现场附近，保持着一段距离。我看到土层中有许多标识。"你知道这是怎么回事吗？"她所指的可能是坑穴中任何一样东西。

她的话音很轻，学生们虽然知道我们在谈话，但多半听不清内容。"除了少数诗歌断章，我们从没找到过史前年代的文字记录，因此无法了解当时的情况。你有没有听说过杂烩族？史前遗迹刚刚被发掘出来时，大家以为是考古技术上的失误。虽然许多人都不愿承认，但人们很快就排除了这种可能性。之后相当长一段时间内，"她笑着说，"杂烩族被用来解释这些出土物品。这一假想中的文明存在于乌库姆和贝歇尔之前，他们有条不紊地挖掘出当地所有历史文物，从千万年前的遗迹直至祖母辈的小摆

设,然后将它们混杂在一起,重新埋入地下,或运往别处。"

南希发现我在看着她。"他们并不存在,"她向我强调,"这已经得到公认。至少大多数学者都赞同。这些"——她指了指坑洞——"不是混合的产物,而是某种材料文化的遗迹。只不过我们了解得还不够。我们得学会忽略顺序,只看整体。"

本该处于不同纪元的物品却出现在同一时期。本区域中没有一种文化对史前时代有明确记载,仅有少量含含糊糊、引人遐想的描述。这些会巫术的奇特居民仿佛出自童话故事,其魔法甚至影响到被遗弃的物品。他们的星盘连阿札切尔①和中世纪的占星师都不容小觑。还有各种机械装置和精巧的昆虫玩具。但他们的泥罐和石斧,就如同平额的原始人所制。遗留的废墟大多分布于乌库姆地下,偶尔也有在贝歇尔。

"这位是国民卫队的高级警探达特,这位是贝歇尔警方的博鲁探长,"南希向坑洞内的学生介绍说,"博鲁探长来这里是为了调查……有关玛哈莉亚的事。"

人群中发出惊呼。学生们逐一进入公共休息室跟我们谈话,我和达特分别将一个个名字划掉。他们之前就接受过询问,但仍像驯服的羔羊一般回答那些无疑令人很不自在的问题。

"听说你们来这儿调查玛哈莉亚的事,我感到很欣慰,"那名哥特装扮的女子说道,"这事太可怕了。但刚才我还以为你们已经找到悠兰达,以为她也出事了。"她叫瑞贝卡·史密斯戴维,一年级学生,从事壶罐修复工作。提到死去和失踪的朋友,她眼中充满泪水。"我以为你们找到了她,以为……她被……"

"我们还不能肯定罗德里格兹失踪了。"达特说。

"也许吧。但你知道,考虑到玛哈莉亚的先例,这种事很难说,"她摇摇头,"她们俩都喜欢稀奇古怪的东西。"

"奥辛尼?"我说。

---

① 又称查尔卡利(al-Zarqali)(1029—1087),西班牙天文学家。

"对。还有别的。不过没错,奥辛尼是其中之一。但悠兰达比玛哈莉亚还要着迷。据说玛哈莉亚一开始非常投入,但现在似乎没那么感兴趣了。"

年轻学生经常聚会玩乐至深夜,因此,玛哈莉亚被杀当晚,他们中有些人具备不在场证明,这一点跟教师们不同。不知从何时开始,达特已正式将悠兰达当作失踪人员,他的提问变得更明确,笔记也更详细。我们收获不大。没人清楚记得何时最后看到她,只知道已经好几天没见了。

"你知道玛哈莉亚是怎么回事吗?"达特询问每个学生,但得到的回答都是不知道。

"我对阴谋论不感兴趣,"一个男生说,"这件事太恐怖了,简直……令人难以置信。但是,要知道,我总感觉这里面有个大秘密……"他摇摇头,叹了口气。"玛哈莉亚……她曾经得罪过人,她跟随可疑的人物去了不该去的地方,所以才会出事。"达特记录下来。

"不,"有个女孩说,"没人了解她。你或许自以为了解她,但她神神秘秘,不知道在干什么。我感觉有点怕她。我很喜欢她,没错,但她很投入。而且聪明。她可能在谈恋爱。跟某个本地的疯子。她就喜欢这种……她喜欢研究古怪的东西。我常在图书馆里见到她——我们这儿也像大学图书馆一样有阅读卡——她在书里写满评注。"她作奋笔疾书状,然后摇摇头,仿佛要我们认同这有多奇怪。

"古怪的东西?"达特说。

"哦,要知道,你总能听说一些流言。"

"她得罪了人,对,"这名女生说话急促而响亮,"惹恼了其中一个疯子。你听说过吧,她第一次来的时候?在贝歇尔?她差点跟人起冲突。在一次考古学会议上。有学者,也有**政客**。那可不是闹着玩的。她居然能获准回到这里,真让人惊讶。"

"奥辛尼。"

"奥辛尼?"达特说。

"对。"

最后进来面谈的是个瘦削而古板的男孩,穿着一件肮脏的T恤,上面的图案无疑是儿童电视剧中的角色。他叫罗伯特。他悲哀地望向我们,绝望地眨着眼睛。他的伊利塔语不太好。

"介意我用英语跟他谈吗?"我对达特说。

"没关系。"他说道。一名男子从门口探进头来,注视着我们。"你们继续,"达特对我说,"我一会儿就回来。"他走了出去,并关上门。

"他是谁?"我问那男孩。

"乌胡安博士。"他说。挖掘现场的另一名乌库姆学者。"你们能查出谁干的吗?"我本想像通常一样,给出一个确定而毫无意义的回答,但他受到的打击似乎太大了点。他一边咬着嘴唇一边瞪着我。"拜托了。"他说。

"你说奥辛尼怎么了?"我最后说道。

"我是说"——他摇摇头——"我不知道。就是老想着它,你明白吗?感觉惴惴不安。我知道这很愚蠢,但玛哈莉亚曾经深陷其中,而悠兰达越来越入迷——要知道,我们曾为此狠狠责骂过她——然后她俩都失踪了……"他低下头,用手合上自己的眼睛,仿佛连眨眼的力气都没了。"打电话报告悠兰达失踪的人是我。我找不到她。我也说不清,"他说,"就是老琢磨着这件事。"他再也说不出什么来。

"我们有了一点线索。"达特说。他领着我沿办公室之间的走道离开波尔叶安。他一边翻看密密麻麻的笔记,一边整理名片和写有电话号码的纸条。"我还不知道究竟是什么,但我们找到了线索。也许吧。混蛋。"

"从乌胡安那儿问出什么没有?"我说。

"什么?没有,"他瞥了我一眼,"他基本上证实了南希的话。"

"有一件有趣的事没听他们提起,你知道是什么吗?"我说。

"嗯?我不明白,"达特说,"说正经的,博鲁。"随着我们走近大门,他继续说道:"你指的是什么?"

"这群年轻人来自加拿大,是吧……"

"大部分是。有一个德国人,还有个美国人。"

"也就是说全都来自欧美。我们不要自欺欺人——这对我们来说或许略显无礼,但我俩都知道,外人对贝歇尔和乌库姆最感兴趣的是什么。你注意到吗,无论谈到什么话题,有件事他们中没一个人提起,哪怕稍微沾点边都没有?"

"你说什么……"达特停顿下来,"'巡界者'。"

"没一个人提到'巡界者'。他们似乎很不安。你我都非常清楚,通常这些外国人最想了解的,也是唯一想了解的,就是'巡界者'。当然了,这群人跟他们的同胞相比,更加了解本地,但这还是很反常。"我们向开门的保安挥手致谢,然后跨出大门。达特谨慎地点点头。"假如有个熟人突然凭空消失,连一点痕迹都没留下,面对这种情况,无论多不情愿,'巡界者'仍是我们首先想到的原因之一,对吧?"我说,"更不用说失踪者是每时每刻都比我们更容易越界的人了。"

"警官!"那是一名年轻的保安,身形健壮,留着大卫·贝克汉姆式的莫西干发型。他比大多数同僚都年轻。"警官,请留步?"他向我们小跑过来。

"我只想知道,"他说,"你们在调查谁杀了玛哈莉亚·基尔瑞,对吗?我想知道……我想知道你们是否查到什么。有没有进展。他们可能逃跑吗?"

"为什么?"达特最后说道,"你是谁?"

"我,不是什么重要人物,不是。只不过……这很悲哀,很可怕,我们所有人,我和其他保安,都感到很难过,我们想知道,不管是谁干的,他们会不会……"

"我是博鲁,"我说,"你叫什么名字?"

"我叫艾卡姆。艾卡姆·阙尔。"

"你是她朋友?"

"我,当然,算是吧。并不是真正的朋友,但你知道,我认识她。平时打个招呼什么的。我只想知道,你们有没有查到什么。"

"艾卡姆,就算我们有查到,也不能告诉你。"达特说。

"至少现在不能。"我说。达特看了我一眼。"要先查清楚再说。这你得明白。但或许我们能问你几个问题?"他一时间似乎略显紧张。

"我什么都不知道。但应该没问题。我担心他们躲过国民卫队,逃出城去。不知道有没有这种可能?"

我让他在我的笔记本上写下电话号码。我和达特望着他的背影。

"你有询问过保安吗?"我一边说,一边看着阙尔走远。

"当然。没什么特别的。他们是保安人员,但这地方受政府庇护,检查要更严格一点。玛哈莉亚遇害那晚,他们大多都有不在场证明。"

"他有没有?"

"我去查一查,但我不记得他的名字有什么特殊之处,因此多半是有的。"

艾卡姆·阙尔在门口转回身,发现我们正看着他,于是犹犹豫豫地举手道别。

# 第十四章

我带他坐进一家咖啡馆——其实应该叫茶馆,因为我们在乌库姆——达特那咄咄逼人的姿态有所缓和。他依然用手指敲打着桌沿,节奏复杂,难以模仿,但他与我对视时,不再在座椅里挪动。达特留神倾听我的意见,并郑重地提议下一步行动。他歪着脑袋看我的笔记,然后接收了几条总部的信息。达特态度和善得体,试图掩饰对我的厌恶,而且说实话,表现相当不错。

"也许我们在盘问时应该定个规程,"刚落座时,他就只说了这一句,"太多厨子会坏了一锅汤。"对此,我含含糊糊地表示抱歉。

茶馆职员不肯收达特的钱:他也不是很坚持。"国民卫队享有折扣。"女侍者说。咖啡馆里坐满了人。临街的窗口有一张垫高的桌子,达特盯着桌边的人看,直到引起他的注意,那人起身离开,于是我们坐了过去。我们俯瞰地铁站。附近墙上有许多海报,我看到其中一张,便立即将其无视:我不敢确定,那是否就是我让人打印出来,用以寻找玛哈莉亚的海报。我不知道这堵墙如今对我来说是否处在异地,也许它完全属于贝歇尔,又或者它位于交错区域,墙上参差的海报分别来自两地。

乌库姆人从街底下钻出来,蜷缩在羊绒衣衫里,面对凛冽的寒意倒抽着冷气。贝歇尔的扬吉鲁斯地面客运站恰巧就在附近,距离乌库姆地铁站不过百十米远,虽然我试图忽略从该处走下来的贝歇尔居民,但我知道,他们已穿上毛皮装。乌库姆人当中有不少亚裔,阿拉伯裔,甚至非裔面孔。数量远比贝歇尔要多。

"门户敞开?"

"不见得,"达特说,"乌库姆需要人,但你所见到的每一个都经过仔细审查,他们都已通过考核,对本地有充分的了解。有些还生了孩子。乌库姆土著!"他发出愉悦的笑声。"我们这儿移民比你们多,但不是因为政策宽松。"他说得对。有谁愿意去贝歇尔呢?

"那些通不过的人怎么办?"

"哦,跟你们一样,我们也有难民营,分布在城区外围。联合国不满意。还有大赦国际。他们是不是也跟你们唠叨难民营的生活条件?想抽烟吗?"咖啡馆外数米远处有个香烟摊。我没意识到自己正盯着它看。

"其实我不抽。不,我想还是试一试吧。出于好奇。我从没抽过乌库姆的烟,从来没有。"

"你等一下。"

"不,别站起来。我已经不抽了,戒了。"

"哦,别这样,就当是体验文化,你又不是在家……抱歉,我不说了。我讨厌别人这么做。"

"怎么做?"

"怂恿他人破戒。况且我自己也不吸烟,"他笑着啜了一口茶,"也许是看到你成功戒烟,让我感到不痛快。我一定很讨厌你。我真是个恶毒的混蛋。"他笑道。

"听着,我很抱歉,总是急着掺和进来……"

"我只是觉得需要定个规程。我不希望你以为——"

"对此我很感激。"

"好了,别担心。下次由我来应对,怎么样?"他说,我看着乌库姆。阴天不该这么冷。

"你说那个叫阙尔的有不在场证据?"

"对。他们告诉我的。那些保安大多结过婚,他们的老婆可以充当证人,虽然这说明不了任何问题,但我们无法找到他们与基尔瑞的联系,只是走廊上点个头而已。这个阙尔,那天晚上他其实是跟一群学生出去玩了。他还年轻,因此跟他们谈得来。"

"真巧啊。这不太寻常。"

"显然。但他也跟案情一点联系都没有。他才十九岁。给我说说那辆面包车吧。"于是我又重述了一遍。"老天,我是不是得跟你回去?"他说。"我们要找的似乎是个贝歇尔人。"

"有人从贝歇尔驾着面包车穿越边境。但我们知道,基尔瑞是在乌库姆遇害的。因此,凶手一定是打电话找了边界另一侧的人帮忙,不然的话,他就得在杀人之后,匆匆忙忙来到贝歇尔,劫下一辆面包车,然后再赶回去,再拖着尸体回来丢弃,还有个问题,弃尸的地方就是发现尸体的现场吗?所以,这里有两伙罪犯。"

"或者是越界。"

我不安地挪动了一下。

"对,"我说,"越界。但据我们所知,这些人颇费了一番功夫避免越界,并且还设法让我们知道。"

"那段著名的监控录像。真奇怪,从哪儿冒出来的……"

我看了看他,但他不像是嘲讽。"可不是吗?"

"哦,不是吧,提亚多,怎么,你很惊讶吗?案犯很聪明,知道绝不能涉嫌越界,假如他只是给在贝歇尔的朋友打了个电话,就得提心吊胆等着'巡界者'现身,这可不太公平。于是他们找联合大厅或交通局里的人帮个小忙,透露过境时间。贝歇尔的官僚机制又不是无懈可击。"

"完全不是。"

"这就对了。你瞧,你似乎心情好一点了。"

相对其他可能性而言,这还不算太大的阴谋。他们知道该挑哪些面包车下手,也能查看各种录像。还有什么?在这冰冷但宜人的天气里,寒意抹煞了乌库姆的色彩,此时此刻,很难想象街边转角里隐藏着奥辛尼,这太荒唐了。

"我们重新审视一下,"他说,"寻找这个该死的司机不会有什么收获。你们那边的人应该正在查。除了面包车的特征,我们一无所知。所以,让我们回到起点。你的突破口在哪儿?"我望向他。我一边仔细打量着他,一边回想事件的先后顺序。"她从何时开始不再是'无名尸一号'?起因是什么?"

我宾馆房间里有跟基尔瑞夫妇面谈的笔记。她的电邮地址和电话号码也在我的记事本中。他们没带走女儿的尸体,也不能再回来取。玛哈莉亚·基尔瑞躺在冷藏箱里等待着。可以说是在等我。

"一通电话。"

"哦?告密者?"

"……差不多。我正是通过这条线索找到了德罗丁。"看得出他在回忆我的卷宗,那里面不是这么写的。

"你说什么……他是谁?"

"嗯,问题就在这儿。"我沉默良久。最后,我望着桌面,手指在溢出的茶水里涂划。"我不知道该怎么……那通电话来自这里。"

"乌库姆?"我点点头,"搞什么鬼?是谁打的?"

"我不知道。"

"他们为什么要打电话?"

"看见了我们的海报。没错。我们贴在贝歇尔的海报。"

达特俯身向前。"这帮混蛋。他们是谁?"

"你要明白,这让我——"

"我当然明白,"他很专注,语速急切,"我当然明白,但别这样,你是警察,你以为我会让你难堪?这儿就我们俩。他们是谁?"

此事非同小可。假如我跟越界行为有关联,他现在也被牵扯上了。他似乎并不紧张。"我猜他们是合并派。你明白吗,就是那些主张合并的人?"

"他们说的?"

"不,但从他们讲话的内容和语气可以判定。我明白,这完全是猜测,但我正是由此而找对方向的……怎么了?"达特往后一靠,加快了手指敲击的速度,他没有看我。

"见鬼,看来我们真的有线索。你之前没提起过,我简直难以相信。"

"等等,达特。"

"好吧,我的确——我能理解,这会让你有点麻烦。"

"我根本不知道是谁。"

"我们还来得及;也许还有希望移交此案,可以解释说,你汇报得稍微有点迟……"

"怎么移交?我们什么证据都没有。"

"有个合并派的家伙了解情况,这就够了。走吧。"他站起身,摇晃着车钥匙。

"去哪儿?"

"去调查!"

"当然是他妈的去调查。"达特说。他驾着车在乌库姆街头横冲直撞,警笛呜呜作响。他拐来拐去,朝着仓惶躲避的乌库姆平民破口大骂,而当遇到贝歇尔行人和车辆时,则默默地加速绕行,脸上毫无表情,俨然一副紧急公务的模样。假如撞上他们,那将造成一场官僚灾难。此时越界只会增添麻烦。

"雅利,我是达特,"他对着手机大声喊道,"你知道这会儿合并派的头目们都在不在?太好了,谢谢。"他"啪"的一声合上手机。

"看来至少有一部分人在。当然,我知道你跟贝歇尔的合并派谈过。

我读了你的报告。但我真蠢"——他用掌根拍打着自己的前额——"没想起来找这儿土生土长的合并派聊聊。当然了,这帮混球,尤其是这帮混球——我们这儿混球可真不少,提德——他们会互相通气。我知道他们的聚集地。"

"我们是要去那儿吗?"

"我痛恨这帮家伙。希望……当然,我的意思是,我遇见过很不错的贝歇尔人,"他瞥了我一眼,"我对那地方没什么偏见,也希望有机会去看看,而且最近双方的关系还真不错,要知道,比过去强——这他妈都是为了什么?然而我是乌库姆人,我才不要改换身份。想象一下,合并?"他笑着说:"简直他妈的是场灾难!说什么联合起来能增强实力,狗屁不通。我知道,他们说杂交能使动物更强壮,但是,见鬼,假如我们继承了乌库姆的时间观念和贝歇尔的盲目乐观?"

他把我逗得笑出声来。我们经过一根根斑驳沧桑的古老立柱。我认出曾在照片里见过它们,但当我意识到仅有东侧路边的某一根是可以看的——它在乌库姆,而其他都位于贝歇尔——已经太晚了。反正许多人都说:这里是两座城市间一直存在争议的地方。我无法完全忽视此处的贝歇尔建筑,它们看上去安逸整洁,但乌库姆的这片区域却很颓败。我们经过几条河道,我一时看不出它们位于哪座城中,也不知是否两城共有。在一个杂草丛生的院子里,有一辆早已报废的雪铁龙,车底冒出的野草仿佛气垫船下面翻滚的气流。达特猛踩刹车,我还没解开安全带,他就已经下了车。

"要在从前,"达特说,"这些混蛋全都得关进牢里。"他走向一扇摇摇欲坠的门。合并派在乌库姆是非法的。这里没有合法的社会党,法西斯党,以及宗教党派。自伊尔沙将军主导的"银色革新"之后,乌库姆便只有人民国家党。许多老建筑和办公楼里仍然挂着雅·伊尔沙的头像,而其下方往往是"伊尔沙的兄弟"阿塔图克和铁托。人们都说,在更老的办公楼里,这两幅肖像之间留着一块空白,那里曾经挂着毛兄弟的微笑画像。

但如今已是二十一世纪，乌马克总统（在主事者特别喜欢阿谀奉承的办公室里，你也能看到他的头像）及其前任乌姆比尔总统都坚定地宣称，要发展国民化道路，不再限制人们的思想，乌库姆知识分子称其为"开放性政策"。伴随着CD/DVD商店，软件创业公司与代理商，蒸蒸日上的乌库姆金融市场，以及重新估值的第纳尔，人们都说，"新政"已然来临，以往危险的反对意见，甚至也能在宽松的氛围中得到接纳。这并不等于说激进团体和党派被合法化，但他们的想法有时也会受到认同。只要他们在集会与宣传时显得有所节制，就不会有人干涉。至少我是这么听说的。

"开门！"达特用力砸门。"这是合并派的聚集地，"他对我说，"他们一直跟贝歇尔的合并派保持电话联系——可以说是他们的**协议**，对吧？"

"他们的法律地位如何？"

"待会儿你会听他们说，只是朋友聚会聊天而已。没有会员证之类的，他们并不笨。我们无需动用警犬就能轻易发现违禁品，但我来不是为这个。"

"我们来干吗？"我望向四周破旧的乌库姆外墙，上面有伊利塔语涂鸦，某某某滚蛋，某某某臭婊子。"巡界者"一定在监视。

他平静地看着我。"那人就是从这儿给你打的电话。或者经常光顾此地。这一点相当肯定。我想看看，我们这群叛逆的朋友知道些什么。开门，"他对着门喊叫，"他们无疑会说'我们算老几？'，但别被蒙蔽了；要是有谁，前引号，阻碍合并，后引号，他们绝对能把那家伙揍个半死。开门。"

这一次，门乖乖地打开了，门缝里是一名身材矮小的年轻女子，脑袋两侧剃得光光的，并文有鱼的图案和若干远古字符。

"谁……？你们要干什么？"

达特猛力推开门，迫使她跌跌撞撞地退入破旧的门廊里，他们让一名弱小女子前来应门也许正是为了让来人羞于强行破门而入。

"所有人都听着。"他一边高喊，一边穿过走廊，将那名狼狈的女庞克

撇在身后。

　　一时间,屋里的五个人满脸困惑。他们一定想过夺门而出,但排除这一念头之后,这群人全都聚集到厨房内,依照达特的指派,坐在摇摇晃晃的椅子里。他们都不正眼瞧我们。达特居高临下站在桌子跟前。

　　"好了,"他说,"是这样的,有人打电话给我这位尊敬的同事,他很想回个电,我们也很想知道,是谁这样热心提供帮助。我不指望你们有谁会承认,也不想浪费你们的时间,所以,桌边的每个人都得轮流给我说一遍,'探长,我有件事要告诉你。'"他们瞠视着他。他咧嘴一笑,挥手示意开始。他们都默不作声,于是他用力猛击靠得最近的一名男子,他的同伴们惊呼起来,那人则发出痛苦的号叫,而我也诧异地喊出声来。那人缓缓抬起头,前额上逐渐现出瘀痕。

　　"'探长,我有件事要告诉你,'"达特说,"找不到人,我们不会罢休。"他瞥了我一眼;刚才他忘记问我打电话的是男是女。"这就是警察。"他作势再要反手抽那人一巴掌。我摇摇头,略微抬起双手,围坐桌边的合并派成员纷纷发出哀叹。受到达特威胁的那人试图站起来,但达特用另一只手抓住他肩膀,将他摁回座位里。

　　"尤翰,你就说吧!"庞克女喊道。

　　"探长,我有件事要告诉你。"

　　桌边的人依次开口。"探长,我有件事要告诉你。""探长,我有件事要告诉你。"

　　其中有个人一开始略显拖拉,似有挑衅的嫌疑,但达特朝他扬起眉毛,又扇了他同伙一巴掌。这次没那么重,但见了血。

　　"见鬼,老天!"

　　我犹豫不决地站在门口。达特又让他们重复了一遍,并报出各自的名字。

　　"怎么样?"他对我说。

　　那两名女子显然不是。至于男的,其中一个嗓音纤细,其伊利塔语口音我无法辨识,应该是来自城中我不熟悉的某一区。另外两人都有可能。尤其是较为年轻的那个,似乎有点耳熟,他自称叫达哈尔·雅利斯。受达特胁迫的并不是他。这小伙穿了一件破旧的粗布夹克,背后用英语印着"说不就不",我怀疑那是乐队的名称,而不是口号。假如我听他说出跟电话里一模一样的字句,或者听他讲那种废弃已久的语言,也许会更容易判断。达特发现我盯着他看,便询问似的指了指。我摇摇头。

"再讲一遍。"达特对他说。

"不用了。"我说,但雅利斯已经木讷地脱口而出。"有人会讲古代的伊利塔语或贝歇尔语吗?本源语言?"我说道。他们面面相觑。"我明白,我明白,"我说,"那时候没有伊利塔语,也没有贝歇尔语。有人会吗?"

"我们全都会。"较年长的那人说道。他没有擦拭嘴角的血。"我们住在这座城里,而那正是本城的语言。"

"小心点,"达特说,"我可以凭这句话起诉你。就是这家伙,对吗?"他又指向雅利斯。

"算了。"我说。

"谁认识玛哈莉亚·基尔瑞?"达特说,"比耶拉·玛尔呢?"

"或者玛莉亚。"我说。达特从口袋里掏出她的照片。"但他们都不是。"我说。我站在门框内,准备离开。"算了。他不在这儿。走吧。走吧。"

他疑惑地望着我,走近我身边。"嗯?"他小声说。我略微摇了摇头。"告诉我怎么回事,提亚多。"

最后,他撇了撇嘴,再次回头面对那群合并派。"小心点。"他说。他们注视着他离去,五张脸上满是惊恐与疑惑,其中一人还淌着血。我努力控制,以免流露出任何表情,因此在别人看来大概是一脸严肃。

"你把我搞糊涂了,博鲁,"回程路上,他开车比来时慢得多,"我不明白刚才是怎么回事。这是我们最好的线索,你却退避三舍。唯一说得通的,就是你担心把事情搞复杂了。当然,你收到一个电话,然后顺其线索追查,要是凭这些信息逮捕他们,没错,你就越界了。但没人会找你茬,博鲁。只是轻微越界而已,你我都明白,假如调查的事很重要,他们不会追究。"

"我不知道在乌库姆怎么样,"我说,"在贝歇尔,越界就是越界。"

"胡扯。这算什么意思?就因为这吗?是不是?"他跟在一辆贝歇尔电车后面减慢速度;我们在交错区域行驶,异地的轨道使我们的车来回摇晃。"见鬼,提亚多,我们完全可以调查案情,寻找线索,没问题,你不必担心。"

"不是这个原因。"

"见鬼,我真希望这就是原因。真的。你还有什么难处?听着,不必给自己安加各种罪名——"

"不是因为这个。他们都不是打电话的人。我甚至不确定那通电话来自境外。来自这里。我什么都无法确定。没准是个骚扰电话。"

"好吧。"他送我到宾馆后,自己没有下车。"我有文件要处理,得花上几个小时,"他说,"我相信你也一样。我们跟南希教授还得谈一次,我也打算再和鲍登聊几句。你有意见吗?我们开车过去,问几个问题,这样可以吗?"

拨打数遍电话之后,我找到了柯维。我们仍试图使用那些愚蠢的暗语,但无法坚持下去。

"抱歉,长官,这种事我挺在行的,但还是无法从国民卫队那儿调出达特的个人资料。你会引起严重的国际纠纷。不过你究竟想要知道什么?"

"我只想了解他的背景。"

"你信任他吗?"

"谁知道呢?他们这儿作风很传统。"

"是吗?"

"暴力审问。"

"我去告诉诺斯丁,他会很乐意来交流工作。你好像有点焦虑,长官。"

"帮我个忙,看看能搞到什么,行吗?"挂线之后,我捧起《双城之间》,然后又将它放下。

# 第十五章

"面包车的调查还没有进展?"我说。

"我们找不着有哪个摄像头拍到它,"达特说,"也没有目击者。它从你们那边穿过联合大厅之后,就像化成了烟似的。"我俩都明白,鉴于这辆车的外型及其贝歇尔车牌,身处乌库姆的人一瞥之下,很可能以为它是在异地,因而迅速将其无视,忽略它的存在。

达特在地图上指给我看,鲍登的公寓离车站很近,于是我建议搭乘公共交通去那里。我曾坐过巴黎、莫斯科和伦敦的地铁。从前的乌库姆地铁极为粗犷——从效率角度看,相当令人折服,但其粗实的外表近乎冷漠。大约十年前,它经历了一次重修,至少内城区域的所有车站都已改建。每个站均交由不同的艺术家或设计师负责,他们被夸张地告知(不过也许并非如你想象的那么夸张,钱不是问题。

最后的结果五花八门,令人眼花缭乱,但不乏杰作。距离我宾馆最近的车站,其设计类似新艺术风。地铁干净迅捷,满载乘客。有些线路无人驾驶,包括我们乘坐的这一条。鲍登所在的住宅区舒适而平淡,不远处即是乌伊尔地铁站。这座车站的外形结合了构成主义①的线条和康丁斯基②式的色块。事实上，它出自一名贝歇尔艺术家的设计。

"鲍登知道我们要来吗？"

达特抬手示意我稍等。我们已走上街面，他将手机贴在耳边，正在收听留言。

"对，"片刻之后，他合上手机，"他在等我们。"

戴维·鲍登住在二楼的套房里，这是一栋细窄的建筑，因此整层楼都属于他。他的房间里塞满了各种艺术品和文物残骸，以我非专业的眼光来看，这些古董应该出自此处的两座城市及其先祖。他告诉我们，楼上住着一名护士和她儿子；楼下则是一位来自孟加拉的博士，在乌库姆呆得比他还要久。

"一栋楼里有两名外籍人士。"我说。

"这并不是巧合，"他说，"楼上原先住着一名前黑豹成员，后来她去世了。"我们瞪视着他。"黑豹党成员，弗雷德·汉普顿被杀后逃了出来③。东方、古巴和乌库姆是首选的去处。当初我搬来时，政府的联络人员告诉我，有一套闲置的公寓，于是我就住了进来，但这种房子里绝对是住满了外国人。至少我们可以一起感叹，一起怀念家乡的事物。听说过马麦脱④吗？没有？那显然你从没遇见过流亡的英国间谍。"他自发地给我和达特各倒了一杯红酒。我们交谈时用的是伊利塔语。"要知道，这是许多年前的事了。那时候乌库姆穷得叮当响。效率是必须考虑的因素。每栋楼里都住着一个乌库姆人。把外国访客集中起来，可以更方便地加以监视。"

---

①1920年代产生于俄国的一个建筑艺术流派，提倡自然、社会之外的机器美学，追求简单的几何形体构成的纯粹形式，强调现代的材料、物体的空间和运动的效果。

②瓦西里·康丁斯基：（1866—1944）俄国抽象派画家，认为形状和色彩都能表达感情。

③黑豹党是一个由非裔美国人组织的团体，其宗旨主要为促进美国黑人的民权，并主张黑人应该有更为积极的正当防卫权力，即使使用武力也是合理的。黑豹党在1960至1970年代非常活跃。1969年12月4日，黑豹党青年领袖弗雷德·汉普顿在家中被警察打死。

④马麦脱酵母酱是英国的传统食品之一，用酵母菌发酵而成。

达特看着他的眼睛。他的表情仿佛在说,算了吧,这种话吓不倒我。鲍登略显局促地笑了笑。

"这是不是略显无礼?"我说,"监视抱有善意的贵宾?"

"对某些人来讲也许是有点无礼,"鲍登说,"那些真正的同路人①,乌库姆的菲尔比②们,他们或许会被触怒。不过这些家伙多半什么都看不惯。我从来不反对监视。他们不信任我是正常的,"他啜了一口酒,"你觉得《双城之间》怎么样,探长?"

他墙上的漆呈米色或棕色,亟须重新装修。到处都是书架,上面不仅有书,还有乌库姆和贝歇尔的民间工艺品,以及两座城市的古地图。各种小雕像、残损的陶器、类似钟表装置的小玩意等等,铺满了整个房间。零零碎碎的物品使得本来就不大的客厅显得更加拥挤狭窄。

"玛哈莉亚遇害时,你在这间屋子里。"达特说。

"你是说我没有不在场证明吧。邻居没准听到我走来走去,去问问她看,不过我不确定。"

"你在这儿住多久了?"我说。达特撇了撇嘴,但没有看我。

"哦,好多年了。"

"为什么选这里?"

"我不明白。"

"依我看,你的这些物品当中,贝歇尔的至少不在少数,"我指着一尊不知是原件还是复制品的贝歇尔雕像说,"你最终在这里落脚,而不是贝歇尔,有什么特别原因吗?还有没有别处可去?"

鲍登摊开双手,掌心向着天花板。

"我是考古学家。我不知道你对此有多了解。大多数值得研究的文

---

① "同路人"原意为对某个组织持同情态度,但并未真正加入的人。俄国革命早期,用来指代对革命抱有同情,但没有加入共产党的作家与艺术家。

② 哈罗德·金·菲尔比(1912—1988),苏联在冷战时期潜伏于英国的间谍。他本人是出生于印度的英国人,后加入苏联情报机构。

物,包括那些如今看来像是贝歇尔工匠制作的,都埋在乌库姆土地里。一直以来都是如此。贝歇尔很乐意把挖到的那点遗物卖掉,这种愚蠢的行为更是于事无补。这方面乌库姆比较聪明。"

"即使是像波尔叶安这样的挖掘点?"

"你的意思是,由外国人来指导运作?没错。理论上讲,加拿大并不具备所有权;他们只不过有处置和建档的权利。外加由写作论文而得来的名誉,以及无私助人的光环。当然,还可以参观博物馆。相信我,加拿大人对美国的封锁欢迎极了。想看难看的脸色?告诉美国考古学者,你在乌库姆工作。你见过乌库姆关于古玩出口的法律吗?"他合拢双手,十指交叉,仿佛陷阱的模样,"每个研究乌库姆和贝歇尔的学者,都会想方设法来到这里,更不用说对本地史前历史感兴趣的人了。"

"玛哈莉亚就是美国考古学者……"达特说。

"她是学生,"鲍登说,"等她读完博士,想要留下来就没那么容易了。"

我站起身,瞥了一眼他的工作室。"我能不能……?"我指向屋内。

"我……当然。"工作室狭小的空间让他感到很丢面子。那里面也到处是破烂的古文物,甚至比客厅更拥塞。他的书桌就像凌乱的考古现场,挤满纸张和电脑的连接线,还有一本破旧的乌库姆地图,是好几年前的版本。混乱的纸堆中,有几页上写着一种奇特的远古字符,既非伊利塔语,也非贝歇尔语。我完全看不懂。

"这是什么?"

"哦……"他翻了个白眼,"昨天早晨收到的。自从《双城之间》以来,我一直收到骚扰信。不知谁编造出来的,号称是奥辛尼的语言。让我来解密。也许那些可怜虫真相信有这么回事。"

"你能解密吗?"

"你开玩笑吧?不,它毫无意义。"他关上门。"还没有悠兰达的消息?"他说,"这真的让人很担心。"

"恐怕还没有,"达特说,"负责失踪人口的部门正在调查。他们很厉害的。我们正与他们紧密合作。"

"我们一定得找到她,警官。我……这非常重要。"

"你知道有谁可能对悠兰达不满吗?"

"悠兰达?老天,不,她很讨人喜欢,我想不出有谁会对她不满。玛哈莉亚就不太一样。我是说……玛哈莉亚……发生在她身上的事绝对令人震骇。绝对。她很聪明,非常聪明,既有主见,又勇敢,而且不太……我的意思是,可以想象,玛哈莉亚能把人惹得很恼火。完全有可能。她就是这种人,我说的是褒义。但我一直担心,玛哈莉亚总有一天会得罪不该得罪的人。"

"她可能得罪了谁?"

"我并没有特指谁,高级警探,我不清楚。我们不常联系,我跟玛哈莉亚。我都不太认识她。"

"这么小个校园,"我说,"你们肯定全都互相认识。"

"没错。但坦白讲,我总是避着她。我们很久没说话了。从一开始,我们就不十分融洽。不过悠兰达我了解。她完全不同。或许没那么聪明,但我想不出有谁不喜欢她的,也想不出为什么有人要伤害她。大家都很恐慌。包括在这儿工作的本地人。"

"他们对玛哈莉亚的事也同样悲哀震惊吗?"我说。

"老实说,我怀疑没一个人认识她。"

"有个保安似乎认识她。还特意来问我们关于她的情况。关于玛哈莉亚。我还以为那是她男朋友什么的。"

"保安?决不可能。抱歉,这听起来有点武断。我的意思是,根据我对玛哈莉亚的了解,假如真是那样,我会很吃惊。"

"你说对她不太了解。"

"对。但是,要知道,你总能听到学生的动向,谁在干什么。他们中有些人——悠兰达是其中之一——常跟乌库姆职员一起玩,但玛哈莉亚不会。要是查到悠兰达的情况，你们会告诉我吧？你们一定得找到她。哪怕只是猜测她在哪儿，也请告诉我，这太可怕了。"

"你是悠兰达的导师？"我说，"她的博士课题是什么？"

"哦，"他挥了挥手，"'史前时代遗物的性别指代'。我还是喜欢称其为'分裂前时代'，但很遗憾，这在英语中有歧义，因此'史前时代'最近比较流行。"

"你说她不聪明？"

"我没这么说。她绝对够聪明。没问题。她只是……在研究生当中，像玛哈莉亚那样的并不多。"

"那你怎么不做她的导师？"

他瞪着我，仿佛我在嘲讽他。

"因为她研究那些垃圾，探长。"他最后说道。他站起来，转了个身，似乎想在房间里踱步，但屋内空间太小。"对，我们相遇时，形势很微妙。"他转回身面对我们，"达特警官，博鲁探长。你们知道我有多少博士生吗？就一个。因为别人都不要她。可怜的家伙。我在波尔叶安没有办公室。我既没有终生教职，也没有获取终生教职的希望。你们知道我在威尔士亲王大学的头衔是什么吗？交流讲师。别问我那是什么意思。其实我可以告诉你——意思是，我们在研究乌库姆、贝歇尔以及史前时代这方面是世界顶级的学院，我们需要拉拢所有名人，甚至需要利用你的名声吸引有钱的疯子资助我们的项目，但我们并不傻，不会给你一份真正的工作。"

"因为那本书？"

"因为《双城之间》，因为我曾是个迷迷糊糊的年轻人，喜欢神秘古怪的东西，而导师又疏于监督。就算我后来说，'是我不对，我搞错了，没有奥辛尼，很抱歉，'就算百分之八十五的研究成果依然有效，仍在被使用，结果也没什么分别。你明白吗？无论你做什么，都永远翻不了身。无论你费多大力气，都无法摆脱。

"经常有人跑来跟我讲，这项毁掉我一生的研究有多伟大，还告诉我

说，很想跟着我工作——我第一次在贝歇尔的学术会议上遇见玛哈莉亚时，她就是这么讲的——她还说，真相在两座城中依然被禁，这实在太荒谬了，她支持我……另外，你知道吗，她第一次来时，不仅偷带了一本《双城之间》到贝歇尔，还对我说，要把它塞进大学图书馆的历史书架里，老天，为什么？让大家都来读？她的语气还很自豪。我让她马上把书处理掉，不然就叫警察来对付她。总之，她告诉我这一切的时候，我气坏了。

"我每次参加学术会议基本上都会遇到这批人。我告诉他们，我错了，他们却以为我要么是让某个大人物收买了，要么就是贪生怕死。或者被替换成了机器人什么的。"

"悠兰达有没有提起过玛哈莉亚？最好的朋友出了事，她是不是很难过，是不是感觉很……"

"感觉怎么样？什么都没有，探长。我告诉她，我不会做她导师；她指责我懦弱，投降之类的，我记不清了；这件事于是就此作罢。据我所知，那次会议之后，她多少有所收敛，不再谈论奥辛尼。我心想，很好，她放弃了。就是这样。我听说她很聪明。"

"我感觉南希教授对她略有一点失望。"

"也许吧。我不知道。她不是第一个写论文有负期望的人，但她的名声还在。"

"悠兰达对奥辛尼不感兴趣吗？她不是因此而跟着你学习的？"

他发出一声叹息，坐了回去。他故作唏嘘的姿态并不成功。

"我想不是吧。不然我不会收她。没有，一开始没有……但她最近提起过。她谈到'分歧之地'，说什么那儿有人居住。她理解我的感受，因此故意装作把那些东西当作假想的产物。这种理论听起来很荒谬，但坦白讲，我压根没想到是受玛哈莉亚的影响。她们有没有谈论这些事？你们知道吗？"

"跟我们说说'分歧之地'吧，"达特说，"你知道它们在哪儿吗？"

他耸耸肩。"有些你也知道在哪儿,警官。它们大多不是秘密。院子里的一小片地,一栋废弃的建筑,纽斯图公园中央的五米见方?这些就是'分歧之地'。乌库姆和贝歇尔都声称拥有主权。只要争议不解决,它们实际上等同于交错区域,或者在两地都属禁区。真没什么值得大惊小怪的。"

"我想要你列个清单。"

"没问题,假如你想要的话,但从你自己部门里拿还更快一点,而且我的清单大概已经二十年没更新了。争议偶尔也会得到解决,然后又有新的冒出来。另外,你没准听说过一些秘密的争议地点。"

"我要一个清单。等一下,秘密地点?要是没人知道,它怎么可能成为争议?"

"对。秘密的争议地点,达特警官。要理解这种荒谬的概念,你得调整一下思维习惯。"

"鲍登博士……"我说,"你是否知道有人对你有意见?"

"啊?"他突然间很不安,"你听说什么了?"

"没什么,只不过……"我略一停顿,"据猜测,有人把矛头指向调查奥辛尼的人。"达特没有打断我的意思。"或许你该小心点。"

"什么?我现在不研究奥辛尼,我已经好多年没碰它了……"

"正如你自己所说的,一旦开始研究这玩意,博士……不管愿不愿意,恐怕你已经成了鼻祖。你有没有遇到过可以被视作威胁的事情?"

"没有……"

"几星期前,"说话的是达特,"你的屋子被撬了。"我们俩同时望向他。我的诧异并未让达特感到窘迫。鲍登的嘴一张一合。

"但只是破门而入而已,"他说,"甚至没东西被偷走……"

"对,因为他们受到了惊吓——当时我们是这么解释的,"达特说,"也可能他们本来就没打算偷东西。"

我和鲍登环视屋内,而我的动作更为谨慎,仿佛害怕突然有非洲咒符、电子窃听器,或者恐吓标语之类的东西冒出来似的。

"高级警官,探长,这简直太荒唐了;奥辛尼并不存在……"

"可是,"达特说,"疯子还是存在的。"

"其中有些人,"我说,"出于某种原因,对你和罗德里格兹小姐,以及基尔瑞小姐所研究的问题很感兴趣……"

"我想她们俩没在研究什么……"

"无所谓,"达特说,"关键是,她们引起了某些人的注意。不,我们不清楚原因,甚至不确定是否存在原因。"

鲍登目瞪口呆,一脸惊恐。

## 第十六章

达特将鲍登的列表交给一名手下去补遗,又派警员到清单中列出的地点探查,包括废弃的建筑,零星的街边与河岸空地,等等,这些地方实际上相当于交错区域。那天晚上我又跟柯维通电话——她开了个玩笑,意思是希望这是一条加密线路——但我俩都说不出任何有用的信息。

南希教授送了几份玛哈莉亚的论文打印稿到宾馆里。其中两篇已接近完成,另有两篇仍较为粗糙。我稍事翻阅,便开始查看她那填满注解的课本复印件。前者的行文镇静而略显乏味,而后者潦草的字体间充满激烈的言辞与论调,那是玛哈莉亚在跟自己早先的想法和书本的正文展开辩论。两种风格形成鲜明对比。书页边的注解显然最为有趣,甚至到了无论怎样理解都说得通的程度。最后,我放下课本,拿起鲍登的书。

看得出来,《双城之间》是一本带有倾向性的著作。每个人都知道,贝歇尔和乌库姆存在秘密:没必要特别指明。尽管如此,书中提到的各种古老传说,还有马赛克拼图、石刻浮雕、古文物等等,有些真的非常优美,令人啧啧称奇。关于史前时期或分裂前时期仍存在不少未解之谜,年轻的鲍登对这些秘密的解读充满奇思妙想,甚至令人信服。他通过巧妙的

论述指出,那些被通称为"表盘"的神秘装置其实根本不是机器,而是设计精巧的盒子,专门用来放置齿轮。他如今也承认,书中的因果推断错乱无序。

游客来到这样一座城市,面对本地人隐秘的注目和"巡界者"的监视,自然会产生多疑偏执的心理。若是能隐约瞥到一眼"巡界者",那更是前所未有的体验。

我入睡之后,手机响了起来。我的贝歇尔电话上显示,这是国际长途。那会花掉一大笔话费,不过记在政府账上。

"博鲁。"我说。

"探长……"伊利塔口音。

"你是谁?"

"博鲁,我不知道你为什么……我不能聊太久。我……谢谢你。"

"雅利斯。"我坐起身,双脚踩到地上。是那个年轻的合并派成员。"这……"

"要知道,你我绝不是同路人。"这一次,他没有讲古伊利塔语,而是用他们的日常语言急促地说道。

"凭什么是呢?"

"对。我不能说太久。"

"好。"

"你能听出是我,对吗?打电话到贝歇尔找你的人。"

"我不确定。"

"好。就当这通电话从没发生过。"我沉默不语。"那天谢谢你没有说出来,"他说,"玛丽亚来这边时,我遇见过她。"除了达特盘问合并派成员的那回,我已很久不曾用这名字称呼她了。"她告诉我说,她认识我们边界另一侧的兄弟姐妹;她曾与这些人共事。但要知道,她并不是我们的人。"

"我知道。在贝歇尔,是你把我引到这条线索上……"

"别说话。拜托。一开始我以为她跟我们是一伙的,但她问的那些事……她感兴趣的东西,你听都没听说过。"我并不比他强多少。"奥辛尼。"他一定是把我的沉默解读为了惊愕,"她对合并根本不当回事。为了要用我们的图书馆和联系名册,她让大家陷入危险的境地……我的确很喜欢她,但她是个麻烦。她只关心奥辛尼。"

"博鲁,真该死,她找到了奥辛尼,博鲁。

"你还在吗?你明不明白?她找到了……"

"你怎么知道?"

"她告诉我的。其他人都不知道。当我们意识到她有多……危险,便禁止她参加会议。他们认为她没准是个奸细。其实她不是。"

"你跟她保持联络。"他闭口不言。"为什么?既然她那么……"

"我……她……"

"你为什么给我打电话?在贝歇尔的时候?"

"……她不该被埋进窑户的地里①。"

我很惊讶,他居然知道这种说法。"你们是男女朋友吗,雅利斯?"我说。

"我几乎对她一无所知。也从不问。从不见她的朋友。我们很小心。但她告诉过我奥辛尼的事。也给我看过所有相关的笔记。她……听着,博鲁,你肯定不相信,但她跟奥辛尼**有接触**。那些地方——"

"'分歧之地'?"

"不,别说话。不是有争议:乌库姆人都以为那里是贝歇尔,而贝歇尔人则以为是乌库姆。它们不属于任何一方。这就是奥辛尼。她找到了。她告诉我说,她在帮忙。"

"帮什么忙?"由于沉默拖得太久,我不得已问道。

"我不是很清楚。她在拯救他们。而他们想要某种东西。她说的。差不多就是这个意思。但有一次我问她,'你怎么知道奥辛尼站在我们一

---

① "窑户的地"就是指坟地,出自新约圣经的《马太福音》。

边?'她只是笑笑说,'不,他们不站在我们一边。'她不愿告诉我太多。我也不想知道。她根本就不怎么提起。我猜她经常从那些地方穿到另一边,但是……"

"你最后一次见她是什么时候?"

"我不知道。在她……嗯……之前几天。听着,博鲁,这是你需要了解的情况。她知道自己有麻烦。我最后一次提起奥辛尼时,她非常生气,非常不安。她说我什么都不懂。她还说,她不知道自己这么做算是补偿还是犯罪。"

"什么意思?"

"不知道。她说'巡界者'没什么大不了的。我很震惊。你能想象吗?她说每个了解奥辛尼真相的人都有危险。她说,这样的人并不多,但他们根本不知道自己惹上了多大的麻烦,他们不会相信。我说,'连我也是?'她说,'也许吧,我可能已经告诉你太多了。'"

"你觉得这是什么意思?"

"你对奥辛尼有多了解,博鲁?见鬼,为什么每个人都认为可以随便招惹奥辛尼?你要是千百年来都不为人知,凭的是什么?心地善良?老天!我想她大概是在替奥辛尼办事时捅了娄子,应该就是这么回事,我感觉他们像是寄生虫,他们找她帮忙,但她发现了什么情况,于是他们就杀死她。"他定了定神,"到最后,她总是随身携带一把自卫的小刀。提防着奥辛尼。"他发出凄惨的笑声。"他们杀了她,博鲁。他们要杀死所有可能会带来麻烦的人。所有会使他们暴露的人。"

"那你呢?"

"我完了。她死了,接下来就是我。乌库姆,贝歇尔,还有该死的奥辛尼,都见鬼去吧。这是我最后的告别。你听见轮胎的声音吗?待会儿等我们聊完了,说过再见,这部电话就会从窗口飞出去。这是我的告别礼物,为了她。"

说到最后,他的声音近乎耳语。当我意识到他已经挂线,便又拨了一个回去,但他的号码无法接通。

---

我不停地揉眼睛,也许揉得太久了点。我在印有宾馆名的纸上涂鸦,但没打算回头再看,只不过是想整理一下思路。我列出一串人名,看了看钟,计算时区,然后用宾馆的电话拨了个长途。

"基尔瑞太太?"

"你是谁?"

"基尔瑞太太,我是提亚多·博鲁。来自贝歇尔警局。"她沉默不语,"我们……请问基尔瑞先生怎么样了?"我光着脚走到窗口。

"他没事,"她最后说道,"就是很生气。"她非常谨慎。她对我拿不太准。我微微掀开厚实的窗帘,望向窗外。如往常一样,尽管已是凌晨时分,街中依然有若干身影。时不时还有一辆车驶过。在这样的深夜,很难分辨谁是本地人,谁是日光下不可正视的异邦人:街灯混淆了衣服的颜色,而匆匆夜行的步态也使身体语言趋于模糊。

"对于所发生的一切,我再次表示同情,同时也想确认一下你们没事。"

"你有什么要告诉我的吗?"

"你是问我们有没有抓到杀害你女儿的人?很抱歉,基尔瑞太太,还没有。不过我想问问你……"我等了片刻,她没挂电话,也没开口。"玛哈莉亚是否告诉过你,她在这儿跟谁谈恋爱?"

她只发出一阵不知所谓的呜咽。我稍等了片刻,然后继续说下去:"你知道悠兰达·罗德里格兹吗?基尔瑞先生越界那会儿,他为什么要找贝歇尔民族主义者?玛哈莉亚住在乌库姆。"

我意识到她发出的是哭泣声。我张口欲言,却只能聆听她的哭声。随

着睡意逐渐消失，我意识到，假如我和柯维的猜测是正确的，或许应该使用另一部电话拨打，但现在已经太迟了。基尔瑞太太没有挂断电话，因此，稍等片刻之后，我再次呼唤她。

"为什么要问我悠兰达？"她最后说道。她的语气已恢复平静。"我当然见过她，那是玛哈莉亚最好的朋友。她……？"

"我们正在找她。但是……"

"哦，天哪，她**失踪**了？玛哈莉亚很信任她。就因为这个……？她是不是……？"

"请别这样，基尔瑞太太。我发誓，还没有证据表明她遭遇了不幸；或许只是离开几天而已。拜托。"她又开始哭泣，但马上控制住自己。

"飞机上，他们几乎不跟我们交谈，"她说，"我丈夫在快到的时候醒了过来，他这才明白发生了什么事。"

我说："基尔瑞太太，玛哈莉亚有没有跟这里的人谈恋爱？你知道吗？我是指在乌库姆？"

"不，"她叹气道，"你一定在想，'她母亲怎么会知道？'但是我知道。她没告诉过我详情，但是她……"她定了定神。"有个人老围着她转，但她不乐意。她说这样太**复杂**了。"

"他叫什么名字？"

"你觉得我要是知道会不告诉你吗？我不知道。我猜他们是通过政治活动认识的。"

"你提到过库姆优先党。"

"哦，我女儿惹得他们很生气，"她发出短促的笑声，"她让许多人都感到头疼。连合并派也不例外，是叫这个名字吧？迈克原本打算把他们全查一遍。贝歇尔这边的名字和地址比较容易找。毕竟我们就在贝歇尔。他打算把他们逐个查一遍。他打算全都查一遍，因为……犯案的就是其中之一。"

我一边揉搓额头，一边凝视着乌库姆的轮廓。我答应了她的所有要求。

不久之后,我被达特的电话吵醒。

"你他妈还在床上?快起来。"

"你还要过多久……"时间不早了,已经是上午。

"我就在楼下。快点,快点。有人送来一颗炸弹。"

## 第十七章

波尔叶安狭小的临时收发室外,乌库姆拆弹组的成员们不慌不忙地来回走动,他们身穿臃肿的防弹服,一边嚼口香糖,一边跟几名神情惊异的保安交谈。拆弹组成员的面罩掀开着,斜斜地从额头上伸出来。

"你是达特?已经安全了,高级警探,"其中一人瞥了一眼达特的徽章,"可以进去了。"他看了我一眼,打开门,里面是一间如壁橱般大小的屋子。

"是谁发现的?"达特说。

"一个保安。很警觉。艾卡姆·阙尔。怎么了?"我们俩都沉默不语,于是他耸了耸肩。"他说感觉不太对劲,就去找外面的国民卫队,让他们看一看。"

墙上镶满了鸽笼似的信箱。角落里,塑料桶内,桌面上,到处是棕色的大包裹,有些已经打开,有些还没有。房间中央的凳子上有个展开的包裹,电线仿佛花蕊一般从里面伸出来,周围地板上都是撕破的信封和踩满脚印的信纸。

"就是这个装置。"那人说。我看了看他防弹服上的伊利塔语名牌:他叫泰罗。他跟达特讲话，却不理会我。他一边说，一边用激光笔的红点指示。"两层信封。"激光在纸上一阵乱晃。"打开第一层，一点事没有。里面是另一个信封。要是把这也打开……"他打了个响指，示意那些电线。"干得漂亮。经典。"

"传统设计？"

"不，没什么太花哨的。但真的很漂亮。不只是搞点声光效果而已——并非用来恐吓，而是真的要人命。告诉你吧，看到没？它有很强的针对性。这儿连着一个标签。"内层信封上仍有残存的红色封条，上面用贝歇尔语印着"由此撕开"。"打开信封的人会被迎面掀翻。但站在一旁的人除非运气欠佳，不然只需重新做个发型就好了。这是定向炸弹。"

"引信已经拆除了？"我问泰罗，"我可以碰吗？"他没有看我，而是望向达特，达特点头回应。

"小心指纹。"泰罗嘴上这么说，但只是耸了耸肩。我从架子上拿了一支圆珠笔，拆掉笔芯，以免留下划痕。我轻轻拨弄，抚平内层信封。拆引信的人虽然已将信封撕开，但那上面的名字很容易辨识：戴维·鲍登。

"看这个。"泰罗说。他轻轻翻弄着。外层信封的底面内侧，有人用伊利塔语写着"狼之心"。有点眼熟，但我想不起在何处见过。泰罗哼唱起来，然后咧嘴一笑。

"一首爱国老歌。"达特说。

"这不是恐吓，也不是普通的破坏。"达特小声对我说。我们坐在征用的办公室里。艾卡姆·阙尔就在我们对面，尽量礼貌地避免偷听。"目的就是杀人。搞什么鬼？"

"从贝歇尔寄来，却写着伊利塔语。"我说。

现场勘察毫无成果。两层信封上都有潦草的手写字，外面是地址，里面是鲍登的名字。寄出包裹的贝歇尔邮局与挖掘点的物理距离并不太远，当然，包裹是绕了一大圈，经由联合大厅入境的。

"我们会让技术人员进行分析，"达特说，"看看是否能追溯源头，但

这会儿我们毫无头绪，查不到任何人。你们那边或许能发现一些线索。"通过乌库姆和贝歇尔邮政系统追溯到邮件源头的可能性近乎于零。

"听我说，"我压低嗓音，确保艾卡姆听不见，"我们知道，玛哈莉亚惹恼了贝歇尔的铁杆民族主义分子。我明白，乌库姆不可能有这样的组织，但万一他们真的存在，那保不准也会被她触怒，对不对？她做的事很容易让他们反感。所谓的挖乌库姆墙角、秘密社团、边界渗透等等，你明白的。"

他面无表情地看着我。"对。"他最后说道。

"对奥辛尼感兴趣的两名学生都消失了。这回《双城之间》的作者先生又收到一枚炸弹。"

我们互相对视。

片刻之后，我大声说："干得好，艾卡姆。这次你真是立了大功。"

"你以前接触过炸弹吗，艾卡姆？"达特说。

"警官？没有。"

"在军队服役时也没有？"

"我还没服过役，警官。"

"那你怎么知道炸弹拿在手里是什么感觉？"

他耸耸肩。"我并不知道，我不清楚……就是感觉不对劲。太重。"

"我敢肯定，这地方收到的邮件，有许多是书，"我说，"或许还有电脑配件。它们都很重。你怎么知道这次不一样？"

"……重得不太一样。而且信封里的东西比较硬。你能感觉出那不是纸，更像金属之类的。"

"事实上，检查邮件不是你的工作吧？"我说。

"不是，但我恰好在收发室里。我想顺便把信带出来。然后感觉这个包裹……似乎有点问题。"

"你的直觉很不错。"

"谢谢。"

"你有想过把它打开吗?"

"没有!它不是给我的。"

"那是给谁的?"

"谁都不是。"外层信封上没有收件人,只写着挖掘点的名字。"这也是一个原因,或许我觉得有点怪,所以才多看了一眼。"

我们商量了一下。"好,艾卡姆,"达特说,"你留下地址给另一位警官,万一我们还要找你,行吗?你出去的时候,能不能让你上司和南希教授进来?"

他在门口犹豫不决。"你们有查到关于基尔瑞的情报吗?知道怎么回事了吗?是谁杀了她?"我们告诉他还没有。

保安主管凯伊·布伊兹五十岁左右,身材健硕,我猜应该是退役军人,他跟伊萨贝拉·南希一起走了进来。伊萨贝拉说过,她愿意尽量提供帮助,但罗尚博克斯却没有。她揉着眼睛。"鲍登在哪儿?"我对达特说,"他知道吗?"

"拆弹组打开外层信封,发现里面有鲍登的名字,于是她给鲍登打了电话。"他朝南希点点头。"她听见他们念出鲍登的名字。已经派人去找他了。南希教授。"她抬起头。"这儿经常有鲍登的邮件吗?"

"不太多。他甚至没有办公室。但还是有一些。很多都是外国人寄来的,有些来自未来的学生,他们不知道他的住所,或者以为他常驻在此地。"

"然后你们转给他?"

"不,他隔几天就会来看一下。然后把大多数信件扔掉。"

"真的有人……"我犹豫不决地悄声对达特说,"有人想要跑赢我们,他们很清楚我们的意图。"鉴于目前发生的一切,鲍登对寄到家里的包裹也许会很谨慎。盖有外国邮戳的外层信封被扔掉之后,里面就只有他的名字,他会以为是来自同事的内部邮件,于是撕开封条。"似乎有人知道他已接到过警告,"稍后,我说道,"他们会带他过来吧?"达特点点头。

"布伊兹先生,"达特说,"你们以前有过类似的麻烦吗?"

"没有这种情况。当然,要知道,我们有时会收到一些信,真他妈变态。抱歉。"他瞥了一眼无动于衷的南希。"但是你知道,我们常接到警告,'别去动历史'之类的,说我们背叛乌库姆。都是些疯子,找 UFO 的,吸毒的,什么样都有。但真正……但像这样的?一枚炸弹?"他摇了摇头。

"不对。"南希说。我们看向她。"这以前也发生过。不在这儿。但也是针对他的。鲍登以前也遭遇过袭击。"

"被谁?"我说。

"他们从没找到证据,但他的书出版后,让许多人很愤怒。右翼人士。这些人认为他很失礼。"

"民族主义者。"达特说。

"我甚至不记得是来自哪座城。两边的人都对他不满。或许这是他们唯一的共同语言。但那是好多年前了。"

"有人还记着他。"我说。我和达特对视了一眼,然后他把我拉到一边。

"邮件来自贝歇尔,"他说,"却用伊利塔语羞辱他。"他举起双手:有什么想法?

"那伙人叫什么来着?"片刻的沉默之后,我说道,"库姆优先党。"

他瞪着我。"什么?库姆优先党?"他说,"包裹来自贝歇尔。"

"也许是那边的线人。"

"奸细?在贝歇尔的乌库姆民族主义者?"

"没错。别露出这种表情——没那么难以置信。他们从那边寄出包裹,以掩盖行迹。"

达特模棱两可地晃了晃脑袋。"好吧……"他说,"不过操作起来还是很麻烦,而且你不——"

"他们从来就不喜欢鲍登。也许他们认为,他已经听到风声,变得警惕起来，但还不至于怀疑从贝歇尔寄来的包裹。"我说。

"我明白你的意思。"他说。

"库姆优先党经常在哪里活动？"我说，"是叫这个名字吧？也许我们该去造访——"

"我一直在跟你解释，"他说，"我们没地方可去。'库姆优先党'并不存在。我不知道贝歇尔，但在这儿……"

"在贝歇尔，我对此类人物的活动场所知道得一清二楚。我和手下的警员刚去过一次。"

"好吧，祝贺你，但这儿不同。这里不存在该死的帮派，人手一张会员卡，全都住一栋楼里；他们不是合并派，也不是猿猴乐队①。"

"你不是说你们没有极端民族主义分子吧……"

"哦，我可没那么说，极端民族主义我们这儿多得是，但我的意思是，我不知道他们是谁，也不知道他们住哪儿，他们很聪明，都藏得好好的，依我看，库姆优先党只不过是新闻媒体编造出来的名词。"

"为什么合并派都聚在一起，而这帮家伙却没有？还是他们无法办到？"

"因为合并派都是小丑。好吧，有时是危险的小丑，但没本质区别。而你提到的那类人，他们是玩真的。都是些退役老兵之类的。我的意思是，你得……尊重这一事实……"

难怪他们不能公开集会。强硬的民族主义或许会遏制人民国家党的主张，这是统治者所不允许的。相对而言，合并派可以较为自由地煽动本地人的憎恶情绪。

"关于他，有什么可告诉我们的吗？"达特提高嗓门，屋里的人都注视着我们。

"艾卡姆？"布伊兹说，"没什么。干活很卖力。笨得像块砖。好吧，

---

① 美国摇滚乐队 The Monkees，活跃于上世纪六七十年代，之后又经常以重聚和巡演的方式出现。

截至今天为止,从刚才他的表现来看,可以去掉这句评价。他没表面上那么强悍。这家伙就是看着壮,其实没什么胆色。他喜欢那些学生,跟聪明的外国人混在一起让他感觉良好。怎么了?别告诉我你想调查他,高级警探。那包裹是从贝歇尔寄出的。他怎么可能——"

"当然当然,"达特说,"这儿没人受到指控,更不用说今天的英雄了。例行的问题而已。"

"你说阙尔跟学生们关系不错?"布伊兹没有像泰罗那样在回答我之前先征求许可。他看着我的眼睛,点了点头。"有跟谁特别好吗?玛哈莉亚·基尔瑞的好朋友?"

"基尔瑞?绝对不是。基尔瑞大概连他的名字都不知道。愿她安息。"他划了个长眠的手势,"艾卡姆跟他们中一些人是朋友,但不包括基尔瑞。常跟他一起玩的有雅各布,史密斯,罗德里格兹,布朗宁……"

"但他上次问我们——"

"他对基尔瑞一案的进展非常关心。"达特说。

"是吗?"布伊兹耸耸肩,"不过大家对此都很不安。他当然想要了解。"

"我琢磨着……"我说,"这地方很复杂,我注意到,尽管这儿大多是全整区域,但有几处也夹杂着一点交错区域。这对保安工作来说一定很头疼。布伊兹先生,我们跟学生谈话时,他们没一个人提起'巡界者'。一个都没有。一群外国孩子,却只字不提'巡界者'?你知道外国人对这种东西有多痴迷。有个朋友失踪了,他们却没有提及乌库姆和贝歇尔最著名的怪谈。即使那是*真实*的存在,他们也都不说?这使得我们不禁要问,他们害怕什么?"

布伊兹注视着我。他瞥了一眼南希,然后环顾屋内。过了许久,他笑出声来。

"你一定是开玩笑。好吧,好吧,两位警官。对,他们很害怕,但并不是因为担心有人偷偷摸摸越界而惹来麻烦。你是这么想的吧?"他摇摇头,"他们害怕,是因为不想被逮住。"他举起双手作投降状。"你们问倒我了,警官。这儿的确有我们无法阻止的越界行为。这些小鬼一直都在越界。"

他看着我们的眼睛。没有辩解的意思。只是陈述事实。我的模样是否跟达特一样惊讶?南希教授的表情多少有点尴尬。

"当然,你说得对,"布伊兹说,"彻底杜绝越界是不可能的,尤其是在这么一个地方,面对这样一群年轻人。他们不是本地人,无论接受了多少培训,他们从未有过这种经历。别告诉我你们那边不一样,博鲁。你以为他们会循规蹈矩?你以为他们在城里乱逛时*真的*会无视贝歇尔?算了吧。我们最多只能期望他们保持足够的理智,别惹出大麻烦就行,但他们**无疑**会看到边界另一侧。不,我们无法证实,正因为如此,只有当他们真的搞出事来,'巡界者'才会出现。哦,这有过先例。但远不如你想象中那么多。而且已经很久没发生过了。"

南希教授依然低头看着桌面。"你以为外国人都不会越界?"布伊兹一边说,一边张开手指,倾身凑近过来,"我们只能期望他们表现出一点点礼貌,不是吗?当一大群年轻人聚在一起,他们会尝试挑战极限。也许不仅是看看而已。你总是唯命是从吗?*但这些小家伙很聪明*。"

他用指尖在桌上比划着地图。"波尔叶安的**这里**和**这里**是交错区域,还有公园的**这里**和**这里**也是。对了,在这个方向,交错区域甚至越过边界,渗透到贝歇尔的全整区域。因此,假设这群家伙喝醉了酒,难道不会互相怂恿着踏入公园的交错区域?接下来呢,也许他们就站在那儿,一声不吭,甚至也不挪动,就这样穿入贝歇尔,然后再回来,谁知道呢?在交错区域里,你不需要跨步就能穿到另一边。自始至终都站在原地。"他拍了拍前额。"没人抓得到证据。然后下一次,他们没准会拿一点纪念品,从贝歇尔捡一块石头什么的到乌库姆。他们站在哪里,捡到的东西就该属于哪里,对不对?谁知道呢?谁能够证明?

"只要他们不到处炫耀,你能怎么办?就连'巡界者'也不可能时时

刻刻提防着所有越界行为。不然的话，这群外国学生没一个还能留在这儿。对不对，教授？"他看了她一眼，目光不无同情。她沉默不语，但窘迫地望着我。"没一个人提及'巡界者'，达特警官，因为他们全都充满负罪感。"布伊兹露出微笑。"嘿，别误会：他们只不过是正常的人类，我喜欢他们。但没必要小题大做。"

送他们出去时，达特接到一个电话，他一边记笔记，一边喃喃低语。我关上门。

"是我们派去接鲍登的一名制服警员。鲍登不见了。他们去他的公寓，但没人应门。他不在那儿。"

"他们有没有告诉他要登门拜访？"

"是的，他也知道炸弹的事。但他不见了。"

## 第十八章

"我要回去再跟那小子谈谈。"达特说。

"那个合并派成员?"

"对,雅利斯。我知道,我知道,'不是他。'好吧。既然你这么说。不过,他显然知道一些事,我要去找他谈谈。"

"你找不到他。"

"什么?"

"祝你好运。他消失了。"

他放慢速度,退后几步,打了个电话。

"你说得对。雅利斯不见了。你怎么知道?你在玩什么鬼花样?"

"我们去你办公室吧。"

"让办公室见鬼去吧。办公室可以等一下。我再问一遍,你他妈怎么知道雅利斯失踪了?"

"你瞧……"

"你的超能力有点吓到我了,博鲁。我可没干坐着——一听说要接待你,我就去查了资料,因此对你略有了解,知道你不是好惹的。你一定也

查过我,所以你知道我也不是好惹的。"我很后悔没这么做,"因此,我已作好准备与一名侦探合作。哪怕他不是省油的灯。我可没料到你是这种故作深沉,满嘴屁话的家伙。你怎么知道雅利斯不见了,为什么要**保护**那混蛋?"

"好吧。他昨晚在汽车还是火车里给我打电话,说他要离开。"

他瞪视着我。"他为什么给**你**打电话?你怎么不告诉我?我们这算合作吗,博鲁?"

"他为什么打给我?也许他对你的审问风格不太感冒,达特。我们是不是合作?我以为我在这儿的目的就是为了乖乖地把所知的一切都告诉你,然后呆在宾馆房间里看电视,等你去抓罪犯。鲍登家里被撬是哪天的事?你原本打算什么时候告诉我?跟挖掘点的乌胡安谈过之后,也没见你急着把获知的情报说出来,他应该能提供最有用的信息——他是该死的政府内线,对不对?哦,这没什么大不了的,所有公共档案里都有。我不满意的是,你把我排除在外,却还要质问'你怎么能这样?'"

我们互相瞪视着对方。过了半响,他转身走向街沿。

"发一张雅利斯的逮捕令,"我对着他的后背说道,"废除他的护照,通知机场和车站。不过他之所以给我打电话,是因为已经在路上了,他要告诉我他的想法。他的电话多半已在库西尼斯峡道中被卡车碾得粉碎,而他正在去巴尔干地区的路上。"

"那他的**想法**是什么?"

"奥辛尼。"

他厌恶地转身挥了挥手,以示不屑。

"见鬼,你就没打算告诉我,是吧?"他说。

"我已经告诉你了,不是吗?"

"他逃跑了。你看不出来吗?老天,这是畏罪潜逃。"

"什么,你是说玛哈莉亚的事?不是吧,他有什么动机?"话虽如此,但我想起雅利斯告诉我的话。她不是他们中的一员。他们把她赶了出来。

我略一迟疑。"或者你是指鲍登？真见鬼，雅利斯为什么要策划这种事，他怎么可能办到？"

"我不知道，两者都有可能。谁知道这帮混球有什么动机，"达特说，"多半是出于某种变态的理由，阴谋论之类的。"

"这说不通，"片刻之后，我小心翼翼地说，"他……好吧，第一次给我打电话的就是他。"

"我就知道。真见鬼，你竟然替他隐瞒……"

"我原先并不知道。我无法分辨。昨晚他打电话时才告诉我的。等等，等等，听我说，达特，他要是杀了人，为什么还给我打电话？"

他瞪视着我。稍后，他转身招来一辆出租车，打开车门。我在一旁观察。出租车歪斜地停在路边：乌库姆汽车按着喇叭从旁边经过，贝歇尔司机则沉默地绕过凸障，法律甚至不允许他们低声咒骂。

达特的身子一半在车里，一半在车外，出租车司机抱怨了一句。达特大声呵斥，并出示证件。

"我不知道原因，"他对我说，"需要调查清楚。但这有点太过分了，不是吗？他居然跑了？"

"假如他有参与，那他完全没必要引起我的注意。另外，他要怎么把她运到贝歇尔去？"

"给那边的朋友打电话；让他们干……"

我耸耸肩表示怀疑，也许吧。"最初提供给我们线索的是贝歇尔合并派，一个叫德罗丁的家伙。我明白这可能是误导，但眼下没什么可误导的。他们没那么聪明，也没有线人，不可能知道该偷哪辆车——就凭这些家伙是不行的。另外，他们的名册里，警方的密探比成员还多。假如这是合并派干的，那一定是我们所不了解的秘密核心集团。

"我跟雅利斯交谈……他很害怕，"我说，"不是负疚；而是害怕与悲哀。我感觉他很喜欢她。"

"好吧。"达特稍后说道。他看了看我，示意我上车。他又在外面站了

片刻,对着电话发号施令,但声音太轻,语速太快,我无法听清。"好吧。我们换个话题。"出租车开动后,他缓缓地说。

"谁他妈在乎贝歇尔和乌库姆之间有什么恩怨,对不对?谁他妈在乎你我的上司怎么说?你是警察。我也是警察。让我们一起来解决这件事。我们要不要合作,博鲁?面对这件越来越扯淡的案子,我需要一点帮助,你怎么想?另外,乌胡安的确什么都不知道。"

他带我去一家酒吧,在他办公室附近,这地方不像贝歇尔的警察酒吧那样光线黯淡,而是较为阳光一些。不过我仍不会在这里安排婚礼。此刻才刚刚接近下班时间,但屋里的座席早已被占据大半。他们不可能全是本地的国民卫队,但我认出许多达特办公室里的面孔。他们也认出了我。人们纷纷与达特打招呼,我跟在他身后,一路都是窃窃私语和赤裸裸的乌库姆式注目礼。

"一桩确凿无疑的谋杀案,现在又多了两件失踪案,"我一边说,一边小心翼翼地看着他,"众所周知,受害者都研究过那玩意。"

"奥辛尼根本就不存在。"

"达特,我不是这个意思。你自己也讲过,还有那些疯狂的怪人。"

"说真的,那是扯淡。我们所知的最变态的疯子刚刚逃离了罪案地点,而给他放行的人就是你。"

"今天一早我就应该告诉你,我道歉。"

"你昨晚就该打电话来。"

"即使能找到他,我想我们也没有足够证据扣留他。不过我道歉。"我摊开双手。

我持续地注视着他。他正在作心理斗争。"我希望侦破这件案子。"他说。周围的顾客们愉快地交谈着,到处是夹带颤舌音的伊利塔语。我听见个别人发出啧啧声,他们看到了我的访客标识。达特给我买了杯啤酒。乌库姆风味,混有各种不知名的香料。距离冬天尚有几周,尽管乌库姆的温度并不比贝歇尔低,但我却感觉更冷。"你说怎么办?假如你都不信任我……"

"达特,我已经告诉你——"我压低嗓音,"其他人都不知道那第一通电话。我搞不懂怎么回事。完全搞不懂。我找不到答案。我被利用了,而且跟你一样,根本摸不着头脑。很奇怪,我脑子里储存了一堆信息,却不知该如何处理。但愿将来会有个转折,但我不知道,我什么都不知道。"

"雅利斯认为是怎么回事?我要逮住这混蛋。"他逮不到。

"我应该打电话,但我……他不是我们要抓的罪犯。你明白的,达特。你明白的。你当警察多久了?有时候你*心里有数*,对不对?"我拍了拍胸口。我猜得没错,他喜欢这种论调。他点点头。

我告诉他雅利斯所说的话。"简直是胡扯。"我讲完之后,他说道。

"也许吧。"

"奥辛尼究竟是什么鬼东西?他逃跑就因为*这个*?你在读那本书吧。鲍登那本诡谲的著作。里面讲些什么?"

"讲到很多东西。很多。我不知道。当然了,正如你所说的,它很荒唐。幕后的秘密大亨,比'巡界者'都厉害,还有操纵傀儡、隐秘城市什么的。"

"扯淡。"

"对,但问题是,许多人相信这种扯淡。而且"——我朝着他摊开双手——"这里面有个大阴谋,我们却不知情。"

"或许我也该学你样,去读一读,"达特说,"谁他妈知道呢。"说到最后一句,他很小心。

"库西姆。"几名同事举杯向他致意,或许也有跟我打招呼的意思,他们的年龄都跟他或跟我相仿。那群人眼神炯炯地凑过来,仿佛好奇的动物。"库西姆,大家还没机会跟宾客见面。你把他藏起来了。"

"尤拉,"达特说,"凯伊。你们好吗?博鲁,这是大侦探某某和某某。"他的双手在我和那两人之间挥舞。其中一人向达特扬起眉毛。

"我只想知道,博鲁探长对乌库姆印象如何。"名叫凯伊的人说道。达

特嗤之以鼻,然后一口气喝干了啤酒。

"真见鬼,"他说道,语气中既有愉悦,又有恼怒,"尤拉,看来你是想喝醉之后跟他吵一架,或者干脆跟他干一架。你会引发各种各样不幸的国际事件。尘封的战争或许会重新开打。你还可以提一下你的老爹。他爸爸曾是乌库姆海军,"他对我说,"在跟一艘贝歇尔拖船的冲突中,落下了耳鸣的毛病,好像是为了争抢捕虾的水域还是怎么回事,反正愚蠢透顶。"我偷眼观瞧,但这两位似乎都不怎么生气。凯伊的脸上甚至还有一丝笑意。"我给你们省点麻烦吧,"达特说,"正如你们所想象的,他是个讨厌的贝歇尔人,你们可以去办公室宣传了。跟我来,博鲁。"

我们穿过警局的车库,他找到自己的车。"嘿……"他示意我坐到方向盘前。"之前我压根没想到,没准你希望在乌库姆的马路上试驾一下。"

"不用了,谢谢。我可能会有点犯晕。"在贝歇尔和乌库姆,就算你身处家乡城市,驾驶也不是一件易事,你得同时应付本地和异地的车流。"要知道,"我说,"我第一次驾车时……这里肯定也一样,不仅要注意看路上的本地车辆,还得学会无视异地车辆,但又得及时躲开它们。"达特点点头。"反正我年轻那会儿,刚开始驾车时,必须习惯超越乌库姆的各式老爷车,部分地区还有驴车什么的。这些你都得无视,但你知道……如今大多数被无视的车辆都会超过我。"

达特笑出声来,或许有点尴尬。"风水轮流转,"他说,"十年之后,又该轮到你们超车了。"

"我很怀疑。"

"不是吧,"他说,"一切都在变化之中。改变已经开始了。"

"我们的展览中心?一点点可怜的投资而已。我感觉你们还能占一阵子上风。"

"我们遭到了封锁!"

"你们好像没怎么受影响。华盛顿喜欢我们,但我们得到的只有可乐。"

# 城与城

"别挑剔了,"达特说,"你尝过加拿大可乐吗?这都是从前冷战的那套鬼东西。但是,谁他妈在乎美国人想怎么玩?祝他们好运。哦,加拿大①……"他唱道。达特对我说:"那地方吃的怎么样?"

"嗯,不怎么样。不过并不比其他宾馆差。"

他猛然转动方向盘,离开了我刚刚开始有点熟悉的街道。"亲爱的?"他朝着电话里说,"晚餐能多准备一点吗?谢谢,美人。我要介绍你认识我的新搭档。"

她叫雅雅,非常漂亮,年龄比达特小得多,但她迎接我时沉着稳健,欣然扮演着女主人的角色。她等在公寓门口,赠予我三下乌库姆式的礼节性亲吻。

在前往他家的路上,达特看着我说:"你还好吧?"我很快就发现,他的住处和我家实际距离相隔不到一英里。站在他家客厅窗口,我看到达特和雅雅的套房跟我的公寓俯瞰着同一片绿化地带。该处是分布均衡的交错区域,在贝歇尔叫玛吉林纳绿地,在乌库姆则是奎佐公园。我常在玛吉林纳走动。公园内的某些区域,甚至每棵树都处在交错点上,乌库姆和贝歇尔的孩子们同时爬上爬下,各自遵从父母的低声训诫,无视对方的存在。儿童是病菌的载体,往往会传播疾病。传染病在两地一直是个棘手的问题。

"你喜欢乌库姆吗,探长?"

"很喜欢。叫我提亚多。"

"胡说,他认为我们都是暴徒和白痴,而且正遭到一支来自隐秘城市的秘密军队入侵。"达特的笑声中带有一丝不安,"不过我们还没机会真正去游览观光。"

"案子怎么样了?"

"没什么案子,"他对她说,"只有一连串混乱而费解的危机,除非你相信那些荒诞透顶的鬼话,否则根本说不通。而这一切导致了一名女孩的

---

①这是加拿大国歌的第一句。

死亡。"

"真的吗?"她对我说。他们陆陆续续把食物端出来。这些并非家里煮的食物,似乎有不少是便利半成品,但比我最近吃的都要强,而且更像正宗的乌库姆菜肴,虽说这并不完全是好事。交错区域的公园里,天色渐暗,夜幕已伴随着潮湿的云层降临。

"你很怀念土豆。"雅雅说。

"我脸上写着吗?"

"你一直在吃土豆,不是吗?"她自认为很幽默,"这对你来说是不是太辣?"

"公园里有人在看着我们。"

"你从这儿怎么知道的?"她瞥了一眼我身后。"为他们着想,他们最好是在乌库姆。"她是金融杂志的编辑,而从我见到的书籍和浴室里的海报来看,她喜欢日本漫画。

"你结婚了吗,提亚多?"我试图回答,但雅雅的问题来得实在太快了。"这是你第一次来吗?"

"不是,但很久没来了。"

"所以你不太熟。"

"对。我一度声称对伦敦很熟,但那是许多年前了。"

"你去的地方真多!眼下的状况,你是不是要跟潜逐者和越界者打交道?"这让我不太自在。"库西姆说你常去那些挖掘古老魔法物品的地方。"

"只是说得玄乎而已,其实跟其他地方一样,都是官僚机构。"

"这太荒唐了,"她突然显得很后悔,"我不该开这种玩笑。这都是因为我对那死去的女孩几乎一无所知。"

"你从没问过。"达特说。

"嗯,这……你有她照片吗?"雅雅说。我一定显得很吃惊,因为达特朝我耸了耸肩。我伸手去摸外衣内袋,却想起来只有玛哈莉亚死后的照片——在贝歇尔时翻拍的,藏在钱包里。我不想给她看。

"抱歉，没有。"短暂的沉默中，我意识到，玛哈莉亚没比她年轻多少。

我待得比预期的要久。她是一位出色的主人，尤其在我将话题引向别处后——她很配合我转移话题。我注视着她与达特温和地拌嘴。置身于公园旁，看着别人展示恩爱，令我不禁心中一动，甚至暂时分散了注意力。望着雅雅与达特，我想到莎莉丝卡和碧莎雅。我记起艾卡姆·阙尔古怪的热心。

我离开时，达特领我走到街上，并朝他的车走去，但我对他说："我自己回去。"

他注视着我。"没事吧？"他说："你整晚都怪怪的。"

"我很好，抱歉。对不起，我不想失礼；你太客气了。今晚夜色真不错，雅雅……你是个幸运的人。我只是，只是想整理一下思路。你瞧，我自己走没问题。我有钱。乌库姆的钱。"我给他看钱包，"证件也很齐全。还有访客徽章。我明白，我在外面，让你很不安，但真的，我需要走一走；我得在室外呆一会儿。这是个美丽的夜晚。"

"你胡扯什么？下雨了。"

"我喜欢下雨。反正只是毛毛雨而已。你在贝歇尔一天都生存不了。我们那儿是*真的*下雨。"这是个老笑话，但他笑了笑，表示放弃。

"随你便。要知道，我们得解开这个谜；现在还毫无进展。"

"对。"

"我俩算是两座城中脑袋最好使的，对不对？悠兰达·罗德里格兹依然行踪不明，现在鲍登也消失了。看来这回我们领不到勋章了，"他环顾四周，"说真的，这是怎么回事？"

"我知道的事你也都知道。"我说。

"让我感到不安的，"他说，"不是因为这一切无法解释。问题在于，的确有一种解释。但那不是我所希望的。我不相信……"他挥挥手，意指那险恶的隐秘之城。他顺着街道望向远处。这条街是全整区域，因此楼上

窗户中射出的灯光并非来自异地。此刻不算太晚，周围还有其他人。另有一条垂直相交的街道，几乎完全位于贝歇尔，从那里透出的光线映照着四周的人影。忽然间，我感觉有个黑影注视着我们，持续的时长足以构成越界，但他们很快便继续各走各路。

我望着城市潮湿的轮廓，开始漫无目的地瞎逛。我向南走去。街上只有我是孤身一人，我纵容自己的想象，仿佛正前往莎莉丝卡、碧莎雅，甚至柯维的住处——那是一种忧郁的愁思。她们知道我在乌库姆：我可以找到她们，在街中并肩而行，相隔咫尺之遥，却不能彼此致意。就像古老的传说。

然而我不会真去找她们。必须无视熟人或朋友的情况极少发生，而大家都知道，这种感觉令人不适。但我从自己的寓所门前走过。

我以为或许会遇到邻居，他们理应不知我已出国，因此会跟我打招呼，但一旦注意到我的乌库姆访客徽章，便得赶紧避免越界。他们的灯亮着，但人都呆在屋里。

在乌库姆，此处叫作艾俄伊街，而在我居住的城市里，则是蔷薇街，它们互相交错，比例大致平衡。从我的公寓往前数两个门面，是一家乌库姆的午夜酒品店，周围的行人有一半在乌库姆。因此，从地理位置来说，我可以停留在距离自家大门不远处。当然，我必须将其无视，但这显然无法完全办到。我感觉到一种难以名状的情绪。我缓缓走近，视线始终停留在一扇扇乌库姆的门户上。

有人在看着我。似乎是一名老妇。黑暗中，我看不太清她，更不用说脸上的细节了，但她站立的姿势有点古怪。从她的服饰，我无法分辨她处在哪座城中。像这样令人犹疑不定的情况很常见，但这次却比平时更持久。由于始终无法确认她的所在地，我的焦虑感越来越强烈。

我发现别处也有类似的身影，同样难以捉摸，他们悄悄冒出来，也不走近，甚至一动不动，显得很突兀。那女人继续盯着我看，她朝我的方向迈出两步，因此，假如她没在乌库姆，就应该是越界了。

# 城与城

我不禁后退了一步。我不断退却。一阵尴尬的停顿之后,她和其他人仿佛有默契似的,突然一起消失在黑暗中。我赶紧离开此地,没有奔跑,但脚步飞快,并选择灯光较亮的街道。

我并未直接回宾馆。等到心跳减缓之后,我在一处人来人往的地点停留了片刻,然后步行至曾经到过的高地,俯瞰波尔叶安。这一回,我比上次谨慎得多,并试图模仿乌库姆人的姿态。面对黑乎乎的挖掘现场,我观察了一个小时,期间没有国民卫队出现。迄今为止,他们似乎要么大张旗鼓地现身,要么完全不见踪影。乌库姆警察一定有某种微妙的干涉手段,只是我不知道。

在希尔顿宾馆,我订了早晨五点的叫醒服务。由于那间叫作"商务中心"的小屋已经关闭,我问服务台后面的女子,是否可以帮我打印一张字条。一开始,她打印在有希尔顿标志的纸上。"能不能请你打在白纸上?"我一边说,一边挤了挤眼睛。"以防万一被截获。"她露出微笑,不太明白这种暧昧的态度意味何在。"能读一遍给我听么?"

"'事态紧急。尽快过来。别打电话。'"

"太完美了。"

第二天早晨,我经由城中一条迂回的路线,回到可以俯瞰挖掘点的地方。尽管法律要求我佩戴访客标识,但我将它别在翻领的最边缘,靠近衣服折边处,只有留心观察才能看到。这件外衣是真正的乌库姆式样,而且跟我的帽子一样,半新不旧,只不过对我来说是新的。我在商铺开门前数小时就出发了,但等到我的行程结束,有一名乌库姆男子意外收获了若干第纳尔,而他的外衣则轻了几分。

很难确保没人监视我,然而我并未感觉被国民卫队盯梢。天刚亮了没多久,但到处都有乌库姆人。我不敢冒险走近波尔叶安。晨间的时刻逐渐流逝,城中充斥着成百上千名儿童:有的穿着严肃的乌库姆式校服,有的则是街头流浪儿。我一边以街上的油炸食物当早餐,一边躲在一块长长的乌库姆标语牌后面观察,尽量避免惹人注目。挖掘点开始有人来了。他们

往往结伴到达,出示证件之后,便走入大门,不过由于距离太远,我分不清谁是谁。我等了一会儿。

我走近一个小女孩,她穿着一双尺码过大的运动鞋和一条裁短的牛仔裤。她怀疑地看着我。我举起一张五第纳尔纸币和一个封口的信封。

"你看到那地方吗?那扇大门?"她警惕地点点头。这些孩子经常寻找机会替人跑腿办事。

"你从哪儿来?"她说。

"巴黎,"我说,"但这是秘密。别告诉任何人。我有个活儿给你。你有办法说服那儿的警卫,帮你叫一个人出来吗?"她点点头。"我告诉你一个名字,你去找叫这名字的人,一定要找他本人,然后把封信交给他。"

她要不是很诚实,就是很聪明,知道我站的位置几乎可以看着她一路走到波尔叶安大门口。她把信送到了。小小的身影在人群中来回穿梭——尽快完成这件事之后,她就能去接下一个赚钱的任务了。不难理解,像她这样的流浪儿为何被称作"跑腿小鬼"。

她到达大门口没多久,就有个人走了出来,裹在衣服里低头疾行,迅速离开挖掘点,步态很不自然。不出所料,他果然独自出行。尽管距离很远,我能认出那是艾卡姆·阙尔。

这种事我以前干过。我可以让他保持在视线之内,但在陌生的城市里,很难保证他看不到我。他经过的地方大多是交错区域的主干道,人群密集,我猜那是最直接的路线,而且他从不回头察看身后,这就使得跟踪较为容易。

最麻烦的一刻发生在他搭乘巴士的时候。我离他很近,躲在报纸后面观察。我被自己的电话铃吓了一跳,但巴士里不是第一次响起铃声,艾卡姆并没有看我。是达特打来的。我转移呼叫,并关闭了铃声。

阙尔下车后,将我带到一片乌库姆的全整区域,这是一个颓败的住宅区,远离市中心,比碧尚科还偏。这里没有螺旋塔楼,也没有传统的充气屋。拥挤的水泥住房并未被废弃,而是充满嘈杂的声响,成堆的垃圾之间到处是人。此处类似于贝歇尔最贫困的街区,只不过还要更穷,而且背景声是另一种语言,儿童与掮客的服饰也有所不同。阙尔进入一栋滴水的大厦,走上楼梯,从这时开始,我才真正需要多加小心。我尽量不出声地踩着水泥阶梯向上攀登,沿途经过胡乱的涂鸦和动物粪便。我听见他在前面快步走着,最后,他停下来,轻轻敲门。我放缓速度。

"是我,"我听见他说,"是我,我来了。"

回答的语声很恐慌,不过也许是因为我期待着恐慌的回应,所以才有如此印象。我继续安静而谨慎地攀爬。我希望自己有带枪。

"你叫我来的,"阙尔说,"是你说的。让我进去。出什么事了?"

门发出轻微的吱嘎声,第二个声音再次窃窃低语,但略微提高了嗓音。此刻我已移到最后一根斑驳的立柱背后。我屏住呼吸。

"但你说……"他没时间看清我,也来不及转身。我使劲推了他一把,将他撞入虚掩的门内,随着门猛然打开,里面的人被挤到一边。他狼狈地跌倒在门廊里。我听见一声尖叫,但我跟着他进入屋内,然后"砰"的一下把门关上。我站在门口,堵住出路,望向阴暗的走廊和两侧的房间。我低头看到阙尔一边喘气,一边挣扎着站起来。另有一名年轻女子尖叫着往后倒退,惊恐地注视着我。

我将手指放到嘴唇上,她安静下来,但多半是因为一口气恰巧用完。

"不,艾卡姆,"我说,"她没说过。那纸条不是她写的。"

"艾卡姆。"她哭泣着说。

"别哭,"我再次将手指放到唇边,"我不会伤害你,我来不是为了伤害你,但你我都知道,有其他人想要这么干。我希望帮助你,悠兰达。"

她又哭了起来,不知是因为恐惧还是欣慰。

## 第十九章

艾卡姆站起身，企图攻击我。他很健壮，看他架着双手的模样，仿佛学过拳击似的，但假如他真有练过，显然学艺不精。我将他绊倒，反剪双臂按到地上，迫使他的脸紧贴着污渍斑斑的地毯。悠兰达高呼他的名字。他虽然被我骑压着，却仍能半抬起身子，于是我再次摁下他的脸，直到他鼻子里流出血来。我依然隔在他俩和大门之间。

"够了，"我说，"你能静一静吗？我不是来伤害她的。"假如纯粹比拼力气，最终我会输给他，除非拧断他的胳膊。这两种结果都不是我想要的。"悠兰达，老天在上，"我一边看着她的眼睛，一边压住仍在扭动的艾卡姆，"我有枪——要是想伤害你，难道不是早就应该开枪了？"我切换至英语撒谎。

"卡姆。"她最终说道，话一出口，艾卡姆几乎立即平静下来。她瞪视着我，退到走廊尽头，手掌紧贴着墙壁。

"你弄疼我胳膊了。"艾卡姆在我身子底下说道。

"很抱歉。假如我放他起来，他会守规矩吗？"这一句我仍然用英语，"我是来帮你的。我知道你很害怕。你听见我说的了吗，艾卡姆？"在紧张亢奋的状态下,切换语言并不困难。"假如我让你起来,你会不会去照顾一下悠兰达?"

他没有擦拭鼻子里滴出的血。他捧着胳膊,但无法自然地抱住悠兰达,只能环护着她。艾卡姆站到我和悠兰达之间。她从他背后望着我,谨慎但并无恐惧。

"你想怎么样?"她说。

"我知道你很害怕。我不是乌库姆国民卫队——我跟你一样不信任他们。我不会叫他们来。让我来帮助你吧。"

在所谓的客厅内,悠兰达畏缩在一张旧椅子里,那一定是他们从大楼中其他废弃的房间里捡来的。屋里还有几件类似的家具,破损的方式各不相同,但都很干净。窗户下方是个院子,我能听见乌库姆小伙子在玩一种简化的橄榄球游戏。窗玻璃上蒙着一层石灰,因此我看不到他们。

房间里散放着几个盒子,里面有书和其他物品。另有一台廉价笔记本电脑,一台廉价喷墨打印机。但我没找到电源。墙上也没有海报。通往内室的门敞开着。我倚在门边,看到地上有两张照片:一张是艾卡姆,而在另一幅较为精致的相框中,悠兰达和玛哈莉亚捧着鸡尾酒,展露出笑脸。

悠兰达站起又坐下。她不愿正视我的眼睛。她的恐惧并未消减,但也没有试图掩饰,然而我不再是让她惧怕的直接原因。她的希望渐渐增长,却不敢显露出来,她不敢抱太多幻想。这种表情我并不陌生,通常见于极度渴望被解救的人。

"艾卡姆表现很不错。"我说。我又切换回英语。尽管艾卡姆不讲英语,但他并未要求翻译。他站在悠兰达的椅子边注视着我。"你让他打听怎样才能偷偷逃出乌库姆。结果如何?"

"你怎么知道我在这儿?"

"你男朋友一直在按你说的去做。他试图调查这是怎么回事。他哪里会在乎玛哈莉亚·基尔瑞?他们根本没说过话。然而他在乎你。因此,当他依你的嘱咐到处打听玛哈莉亚时,就显得有点古怪,不由得让人怀疑,

他为什么这样做？但是你，你关心她，也关心你自己。"

她再次站起身，把脸转向墙壁。我等着她开口，但她一言不发，于是我继续说下去。"我很荣幸，你叫他来问我。你认为我或许是唯一没有参与阴谋的警察。一个局外人。"

"你不明白！"她转向我，"我并不信任你——"

"好吧，好吧，我从没说过你信任我。"这是个奇怪的誓言。艾卡姆看着我们一来一去地急促交谈。"你从不离开这儿？"我说，"你吃什么？罐头？我猜艾卡姆有时会来，但并不经常……"

"他不能常来。你究竟是怎么找到我的？"

"他可以解释。他收到一封信，要他回来。毕竟他试图要照顾你。"

"他的确在照顾我。"

"我知道。"外面传来狗打架的噪音。随后，狗主人也加入到争执中来。我的手机嗡嗡震颤，尽管铃声已被关闭，但仍能听得见。她吃了一惊，往后退缩，仿佛我的手机能射出子弹似的。显示屏告诉我是达特打来的。

"你瞧，"我说，"我这就把它关掉。我关掉它。"假如达特留心听的话，会发现铃声还没响完，他的呼叫就已被转去了语音信箱。"怎么回事？谁要来抓你？为什么你要逃跑？"

"我没给他们机会。你看到玛哈莉亚了。她是我*朋友*。我曾对自己说，事情不至于那么糟，但她*死了*。"她的语调近乎惊恐。她神情崩溃地摇了摇头。"他们杀了她。"

"你父母没有你的消息……"

"我不能，我不能，我得……"她咬着指甲，抬头瞥了一眼，"等我逃出去……"

"直接去邻国的大使馆？穿越山区？为什么不到这里的大使馆？或者贝歇尔的？"

"你知道原因。"

"就当我不知道。"

"因为这里和贝歇尔都有他们的存在。他们控制着一切。他们在找我。只不过我逃走了,所以才没被逮到。他们打算杀死我,就像杀死我的朋友一样。因为我知道他们。因为我知道他们是真实存在的。"单凭她的语气,艾卡姆就该给她一个拥抱。

"谁?"让我们来听一听。

"两座城之间的第三方。奥辛尼。"

若是再早个一星期左右,我肯定会说她愚蠢或偏执。我犹豫不决——她搬出一套阴谋论,然后默默地等待我反驳,而我却闭口不言,仿佛默认了她的猜测,让她觉得我也对此表示赞同。

她瞪着我,将我视作同谋,但她不明白我何以会如此表现。我无法向她保证,她的生命没有危险。我也不能保证鲍登没有危险——他没准已经死了——我甚至不能保证自身的安全。我保护不了她。我几乎无法向她作出任何承诺。

忠实的艾卡姆替悠兰达安排了一个藏身之所,她连夜秘密出逃,经过迂回的线路,费尽周折,终于到达此地,而在那之前,悠兰达从没想过会来到城中的这片区域,她连此处的地名都不知道。他俩尽力把这地方布置得不至于太难以忍受,但这是贫民窟中一间废弃的破屋子,在这里,她始终无法摆脱被发现的恐惧,她确信有一股未知的势力想要置自己于死地。

据我猜测,她从未见识过此类场所,当然这很难说,没准她偶尔看过一两部纪录片,类似于《乌库姆之梦的黑暗面》或者《新沃弗的弊端》。关于邻城的电影在贝歇尔通常并不流行,也极少发行,因此我无法断言,但假如出现以乌库姆贫民窟帮派为背景的热门大片——良心未泯的毒贩寻求救赎,在黑帮中大开杀戒什么的——我也不会感到吃惊。即使悠兰达曾在录像里见过废弃的乌库姆街区,她也从没打算亲身造访。

"你认识这儿的邻居吗?"

她并未露出笑容。"认识他们的声音。"

"悠兰达,我知道你害怕。"

"他们逮住玛哈莉亚,又逮住鲍登博士,现在要来抓我了。"

"我知道你害怕,但你得帮助我。我会把你弄出去,但我得搞明白这是怎么回事。不然的话没法帮你。"

"帮我?"她环视屋内,"你要我告诉你这是怎么回事?没问题,你准备好在这儿搭铺了吗?要知道,这是无可避免的。你若是知道了实情,他们也会来对付你。"

"没问题。"

她叹了口气,低下头去。艾卡姆用伊利塔语对她说:"没事吧?"她耸耸肩,*也许吧*。

"她怎么找到奥辛尼的?"

"我不知道。"

"它在哪儿?"

"我不知道,也不想知道。她说有几处入口。她没再告诉我别的,但我没意见。"

"她为什么没再告诉你别的?"她似乎完全不知道雅利斯。

"她并不蠢。看到鲍登博士的命运了吧?你不能承认想要研究奥辛尼。她来这儿自始至终就是为了这一目的,但她不告诉任何人。他们正希望如此。我是说奥辛尼。没人认为他们是真实的存在,这样对他们最好。这正是他们所希望的,也是他们实现统治的方法。"

"她的博士学位……"

"她不在乎。只要能应付南希教授就行。她到这儿就是为了奥辛尼。你知道吗,他们有来跟*她*联络,"她目光炯炯地注视着我,"我是说真的。她有点……她第一次到贝歇尔参加学术会议时,讲了一大堆东西。在场的有许多学者和政治人物,因此造成了一点——"

"她树了敌。我听说过。"

"哦,众所周知,两边的民族主义者全都盯上了她,但这不是问题。

关键是奥辛尼也注意到她了。他们无所不在。"

当然,她的行为颇为引人注目。舒拉·卡特琳妮亚见过她:记得在监察委员会的会议上,当我提及那次事件时,她的脸上有反应。米克尔·布里奇等一干人也不例外。或许塞耶德也见过她。或许还有其他未知人物对她感兴趣。"她开始写有关他们的文章,阅读《双城之间》,进行各种研究,写下疯狂的笔记"——她作奋笔疾书状——"然后她收到一封信。"

"她给你看过吗?"

她点点头。"我看不懂。是本源语言。古老的史前文字,在贝歇尔语和伊利塔语之前就有了。"

"信里怎么说?"

"她告诉过我。大意是:要知道,我们在观察你。想不想了解更多?除此之外,还有更多信件。"

"她有没有给你看?"

"没直接给我看。"

"他们怎么对她说的?为什么?"

"因为她找到了他们。他们看得出,她想要加入,因此打算吸纳她,让她替他们办事,就好像入会培训。打探情报,递送物品之类的。"这简直令人难以置信。她挑衅似的看着我,仿佛等待我的嘲讽,但我沉默不语。"他们给她地址,让她留下信件和物品。留在'分歧之地'。她跟他们来来回回地通信。他们告诉她一些事。关于奥辛尼。她给我讲过一点,关于历史什么的,就好像……有些地方没人看得见,因为大家都以为在另一座城中。贝歇尔人以为在这里;乌库姆人以为在贝歇尔。奥辛尼的人,他们与我们不同。他们干的事其他人无法……"

"她有跟他们见面吗?"

光线透过窗玻璃上的石灰渗进来,悠兰达立于窗侧,凝视着下方,在这样一个角度,她的身影不会出现在窗框里。她转身看着我,一言不发。她已平静下来,情绪低落。艾卡姆移近她身边。他的视线在我们之间来回

摇摆，就像看网球比赛。最后，悠兰达耸了耸肩。

"我不知道。"

"说来听听。"

"她想见面。我不知道。我只知道，他们一开始不同意。"他们说，还不行。"他们告诉她一些历史，关于我们在研究的东西。所谓的史前时代……是他们的。乌库姆挖出的东西，甚至贝歇尔挖出的东西，一直以来都是人们议论的焦点，它们属于谁，出自哪里，等等，这些你都知道吧？它们既不属于乌库姆，也不属于贝歇尔，而是属于奥辛尼；自古以来一直都是如此。关于我们挖出的物品，他们提到一些情况，除非是他们把东西放置在那儿的，不然不可能知道这些事。那是他们的历史。乌库姆和贝歇尔分裂或融合之前，他们就已经存在了。他们从未离开过。"

"但那些东西一直埋在地下，直到一群加拿大考古学家——"

"他们把东西储藏在地下。那并非失落的物品。乌库姆和贝歇尔的土壤是他们的储藏室。那些全都是奥辛尼的。全属于他们，我们只不过……我猜她就是告诉他们，我们去哪儿挖掘，找到些什么。"

"她替他们偷东西。"

"是我们在偷他们的东西……你知道吗，她从不越界。"

"什么？我以为你们全都——"

"你是指……就像闹着玩？玛哈莉亚从不参与。她不可以。代价太大。很可能有人在监视，她说。她从不越界，哪怕那种模棱两可的方式也没有，就是站在原地不动，你知道吧？她不给'巡界者'机会逮住自己。"她又打了个冷战。我蹲下来，环顾四周。"艾卡姆，"她用伊利塔语说，"能给我们搞点饮料吗？"他不想离开屋子，但他看得出她已不再怕我。

"实际情况是，"她说，"他们在某些地方留下信件，她就去收捡。'分歧之地'是奥辛尼的入口。她眼看就要成为奥辛尼的一员。一开始，她就是这样以为的。"我等待着，最后，她继续道："我一直问她出了什么事。

最后几个星期似乎很不对劲。她不再去挖掘现场,也不参加会议什么的。"

"我听说了。"

"'出了什么事?'我不停地问,一开始,她总是说,'没什么,'但到最后,她告诉我说,她很害怕。'有点不对劲,'她说。我以为奥辛尼不让他加入,因此她很沮丧,她发疯似的工作。我从没见过她这么卖力。我问她怎么回事。她只是不停地说很害怕。她说她反复研究自己的笔记,从中发现了一些事。不好的事。她说我们也许当了窃贼而不自知。"

艾卡姆回来了。他给我和悠兰达带回温热的罐装本地可乐橙。

"我猜她干了什么惹怒奥辛尼的事。她知道自己有麻烦,也知道鲍登有麻烦。她这么说过之后没多久就——"

"他们为什么要杀鲍登?"我说,"他都已经不再相信有奥辛尼了。"

"哦,老天,他当然相信他们是真实存在的。他当然相信。这些年来他不承认,是因为需要找工作,但你读过他的书吗?奥辛尼追踪所有知道他们的人。就在失踪之前,玛哈莉亚告诉我,她有麻烦。鲍登知道得太多,我也一样。现在你也是了。"

"你打算怎么办?"

"留在这儿。继续躲藏。然后逃出去。"

"进展如何?"我说。她愁眉苦脸地看着我。"你男朋友很尽力。他曾问我罪犯如何才能逃出城去。"她甚至露出微笑。"让我来帮你。"

"你帮不了我。他们无所不在。"

"这很难说。"

"你怎么能保证我安全?他们现在连你也要抓。"

每隔一段时间,套房外便传来杂音,有人登上楼梯,有人大声喊叫,手持MP3播放机里涌出说唱乐和乌库姆电子舞曲,喧嚣吵闹,近乎粗鄙。这类日常噪声或可充当伪装。柯维仍远在另一座城中。此刻,若你留心倾听,这些噪音有时似乎会在套房门口停留片刻。

"我们不知道真相。"我说道。我本想再多讲几句,但意识到我既不知

道要劝服谁,也不知该如何说,正犹豫间,她打断了我。

"玛哈莉亚知道真相。你要干什么?"我已把电话掏了出来。我握着电话举起双手,作投降状。

"别怕,"我说,"我只是想……我们需要制定下一步计划。也许有人可以帮我们——"

"不要。"她说。艾卡姆似乎又要向我扑来。我作好躲闪的准备,但挥了挥电话,让她看到并未开机。

"有个办法你从没试过,"我说,"你出门往前走一点,穿过马路,进入雅胡德街。它在贝歇尔。"她看着我,仿佛我是疯子似的。"你可以站在那儿,挥挥手。你可以越界。"她的眼睛越瞪越大。

又有人喧闹地奔上门外的楼梯,我们三人静静地等待着。"你从没想过这值得一试?有谁能与'巡界者'相匹敌?假如奥辛尼要抓你……"悠兰达凝视着盒子里的书,她的盒装自我。"那样也许还安全一点。"

"玛哈莉亚说他们互相为敌,"她说道,语声仿佛非常遥远,"有一次,她说整个贝歇尔和乌库姆的历史就是奥辛尼和'巡界者'的战争史。在这场战争中,贝歇尔和乌库姆就好像棋局。他们可能对我采取任何行动。"

"不是吧,"我打断她说,"你知道,大多数越界的外国人都只是被驱逐出境——"但她又打断了我。

"你我都无法预料他们的行为,就算我们可以,想一想吧,一个隐藏了一千多年的秘密,存在于乌库姆和贝歇尔之间,始终躲在暗处监视我们,而且有其自己的计划与目标。你以为落到'巡界者'手里就比较安全吗?在'界域'里?我不是玛哈莉亚。我不敢肯定奥辛尼和'巡界者'真的互相为敌。"她望着我,而我对她并无鄙夷之情。"也许他们互相合作。千百年来,你们都说奥辛尼是虚构的故事,而当你们召唤'巡界者'时,也许就把权力交给了奥辛尼。我认为奥辛尼是'巡界者'的自称。"

## 第二十章

一开始,悠兰达不要我进门,现在又不让我走。"他们会看见你!他们会找到你。他们逮住你之后便会来抓我。"

"我不能留在这儿。"

"他们会抓住你。"

"我不能留在这儿。"

她看着我在屋里走动,从门口到窗边,然后再回到门口。

"不行——你不可以在这儿打电话——"

"你不能一直这么恐慌,"但我收住了话头,因为我也不确定她这样是否真的没必要,"艾卡姆,这栋楼还有其他出口吗?"

"除了我们进来的地方?"他表情呆滞地凝神思索了片刻,"楼下有几套空房,你也许可以从那儿出去……"

"好。"天开始下雨,雨点敲打着蒙眬的窗玻璃。透过乳白色的窗户,可以看出天色只是略有些阴沉,并不算太暗,只是或许会抹去所有色彩。尽管如此,跟上午清冷的晴天相比,此刻逃离还是更安全些。我在屋里来回踱步。

"你在乌库姆孤身一人，"悠兰达低声道，"能怎么样呢？"最后，我望向她。

"你信任我吗？"我说。

"不。"

"太糟了。你别无选择。我要把你弄出去。这儿我不熟，但……"

"你打算怎么办？"

"我打算把你弄到我那边去，然后就能想办法了。我要把你带去贝歇尔。"

她不同意。她从没去过贝歇尔。两座城都被奥辛尼控制着，都处于"巡界者"的监视之下。我打断了她的话。

"不然你要怎么办？贝歇尔是我的地盘。在这儿我没法钻空子，也缺少人际关系，无法应对自如。但在贝歇尔，我能让你逃出去，你得帮助我。"

"你不能——"

"悠兰达，闭嘴。艾卡姆，别再挪动一步。"我没时间再制服他一遍。她说得对，我无法给他任何担保，只能作一下尝试。"我可以让你逃出去，但不是从这儿。再多给我一天。等在这里。艾卡姆，你不用去上班了。你不能再为波尔叶安工作。你的任务是留在这儿照看悠兰达。"他提供不了多少保护，但他要是继续在波尔叶安搅局，会引起其他人的注意。"我会再回来。明白吗？然后带你出去。"

她存有几天的食物，全是罐头食品。狭小的客厅/卧室旁边，还有一间更小的厨房，满是潮湿的水汽，而且也没有电和煤气。洗手间条件不太好，但一两天内不至于要了他们的命：艾卡姆已从附近的水喉接来两桶水，准备冲洗用。他还买了各种空气清新剂，否则屋内将是另一种气味。

"呆在这儿别动，"我说，"我会回来的。"虽然是英语，但艾卡姆听懂了。他露出微笑，于是我用奥地利口音重复了一遍给他听。悠兰达没明白。"我会帮你逃出去。"我对她说。

## 城与城

我轮番推顶底楼的门,最终找到一间空屋,其内部早已毁于火灾,但仍有焦炭的气味。我站在失去窗玻璃的厨房内向外望去,那些最为顽固的男童女童依然拒绝躲雨。我观察了许久,留心查看每一处阴影,但只见到这群孩子。我用袖口包住指尖,以防窗框上仍有碎玻璃,然后纵身跃出,来到院子里。那些儿童就算有看到我,也没作声。

我懂得如何确保无人跟踪。我沿着住宅区里蜿蜒偏僻的小径快步疾走,一路经过垃圾桶,汽车,墙头涂鸦和儿童游乐场,最终穿出这片封闭区域,来到乌库姆和贝歇尔的街道网络中。四周还有其他身影,我不是唯一专注于赶路的行人,这让我略松了口气。我调整步态,融入雨中的人群。最后,我打开电话。无数条未接信息涌了进来,仿佛是在数落我似的。它们全都来自达特。我饿坏了,也不太确定该如何返回老城区。我四处徘徊,寻找地铁,却遇到一座电话亭。我打了个电话给他。

"达特。"

"我是博鲁。"

"见鬼,你在哪儿?你跑哪儿去了?"他很生气,但也很谨慎,他没有提高嗓门,反而像是背过身,对着电话轻声低语似的。这是个好现象。"真该死,我给你打了那么久电话。还好吧……你没事吧?这他妈怎么回事?"

"我没事,但……"

"有情况?"他的语气很恼火,但不仅仅只有怒气。

"对,有情况。我不能说。"

"见你的鬼,你不能说。"

"听着。听着。我需要跟你谈谈,但不能浪费时间。你想知道怎么回事的话就……我不知道"——我翻看着地图——"就到康舍来见我,车站旁的广场,两小时后,对了达特,**不要带任何人**。事态很严重。情况不像你想得那么简单。我不知该跟谁说。怎么样,你打算帮我吗?"

我让他等了一小时。我躲在角落里观察他,而他一定也心知肚明。康

215

舍是城中的一个大站，因此站外的广场上挤满乌库姆人，有泡咖啡馆的，有看街头艺人表演的，有去商店购买DVD和电子产品的。同一地点的贝歇尔广场并非一片空旷，因此也存在一些必须被无视的贝歇尔居民。我躲在一个香烟亭的阴影里，亭子的造型类似于早期的棚屋，从前，当乌库姆人在交错区域的湿地泥沼里寻觅食物时，常常搭建这种临时小屋。天色越来越暗，我看到达特在找我，但我仍藏身于暗处，观察他是否有拨电话（他没有）或比手势（他没有）。他只是一边喝茶，一边凝神注视着四处的阴影，脸色越来越阴沉。最后，我走入他的视野，为了引起他的注意，有节奏地挥舞着手，招呼他过来。

"见鬼，怎么回事？"他说，"你上司给我打来电话。还有柯维。见鬼，她是谁？出了什么事？"

"我不能怪你生气，但你压低嗓音，说明你很谨慎，而且想要了解详情。没错。有情况。我找到了悠兰达。"

我不愿告诉他悠兰达在何处，他非常恼火，甚至威胁说，这将引起国际纠纷。"这他妈不是你的城市，"他说，"你来到这里，使用我们的资源，却还要阻碍调查。"话虽如此，但他仍压低嗓音，跟着我的脚步行走，因此，等他的怒气略微退去，我开始向他解释悠兰达为何害怕。

"你我都清楚，我们无法使她安心，"我说，"真要命。我俩都不知道真相究竟是什么。合并派，民族主义者，炸弹，奥辛尼。混蛋，达特，就我们所知……"他瞪着我，于是我说："总而言之"——我环视四周，以示发生的一切——"这件事背后有问题。"

我俩沉默了片刻。"见鬼，那你为什么要告诉我？"

"因为我需要人帮忙。但是没错，你说得对，这也许是个错误。你是唯一有可能理解……事态有多严重的人。我要把她弄出去。听我说：我不是针对乌库姆。我们那边的人我也一样不信任。我要把那女孩弄出去，远离乌库姆和贝歇尔。但在这儿我办不到；这不是我的地盘。她在这儿受到监视。"

"也许我能行。"

"你自告奋勇?"他沉默不语。"好吧。我自告奋勇。我在贝歇尔那边有关系。当警察那么久,搞几张票、弄几份假文件什么的应该没问题。我可以把她藏起来;在帮她逃出去之前,我还能跟她聊聊,理出些头绪来。这样做并不意味着放弃:其实正相反。假如能保护她不受伤害,我们遭遇暗算的机会就小得多。或许还可以查出真相。"

"你说玛哈莉亚在贝歇尔时就已得罪了人。我以为你要对付他们。"

"民族主义分子?现在看起来,那说不通。首先,塞耶德和他的手下根本没这个能耐,其次,悠兰达不曾在贝歇尔得罪过谁,她根本没去过那儿。那边的事可以交给我办。"我的意思是,可以通过非官方的手段去办——通过关系网寻求帮助。"我不是要把你排除在外,达特。假如从她那儿得到什么情报,我会告诉你,我甚至还可以再回来,我们一起去抓罪犯,但我得先把那女孩弄出去。她吓坏了,达特,况且,我们难道能说她不该害怕吗?"

达特不停地摇头,既不赞同,也不反对。稍后,他再次开口,言辞简练:"我派手下去查合并派。雅利斯不见踪影。我们甚至不知道这混蛋的真名。至于他在哪里,以及是否有跟玛哈莉亚交往,他的同伙都表示不知道。"

"你相信他们吗?"

他耸耸肩。"我们查过了。什么都查不出。看来他们的确一无所知。其中个别人显然对'玛丽亚'这名字有点印象,但大多数人都从没见过她。"

"这件事他们干不了。"

"哦,你放心吧,他们捣乱的事多着呢;据内线说,他们有各种各样的计划,边界渗透、暴乱反叛什么的……"

"这跟眼下的问题无关。而且这种事我们听得多了。"

他默默地听着我再次列举各项情报。他在黑暗中放缓脚步,遇到灯光

则加速前行。我告诉他,据悠兰达所述,玛哈莉亚曾说过鲍登有危险。他停了下来。我们在冰冷的沉默中站着。

"今天,在你跟偏执小姐周旋时,我们搜了鲍登的公寓。没有破门而入和挣扎的迹象。什么都没有。食物撂在一边,翻开的书本覆在椅子上。不过我们发现他书桌上有一封信。"

"是谁写的?"

"雅雅说也许你能看出些端倪来。那上面没有发信人的名字。也不是伊利塔语。只有一个词。我以为那是变形的贝歇尔语,但事实并非如此。那是史前文字。"

"什么?它是什么意思?"

"我拿去给南希看。她絮絮叨叨地说,这是一种古老的版本,她从没见过,不敢完全肯定,等等,等等,不过她相信那应该意味着警告。"

"警告什么?"

"就只是警告。就像骷髅和交叉的骨头,本身即代表着警告。"天已经很黑了,我们看不清对方的脸。我无意间带着他来到一个十字路口,横向的街道是贝歇尔全整区域。昏黄的灯光中,身披大衣的男男女女在低矮的砖房下走动。头顶上方,黑漆漆的招牌来回摇晃。这条街显得古老而深邃,横亘在钠光灯映照下的乌库姆玻璃幕墙与门户之间。

"那么,谁会使用这种……?"

"别告诉我是那该死的隐秘城市。别。"达特看上去疲惫而焦虑,神情沮丧。他转身躲进一个门洞里,使劲捶击自己的手掌。"搞什么鬼?"他望着黑夜说道。

假如顺着悠兰达和玛哈莉亚的思路,奥辛尼该如何生存呢?嵌在另一个有机体的缝隙里,如此渺小,却又如此强大。不惜杀戮。就像寄生虫。一座近乎无情的寄生城市。

"假设……假设,我们的人和你们的人果真都有问题。"达特最后说道。

"被控制。被收买。"

"随你怎么说。假设。"

头顶上有一片贝歇尔的悬垂物在风中摇摆，猎猎作响，掩盖了我们的低语声。"悠兰达相信'巡界者'就是奥辛尼，"我说道，"我不是说赞同她的看法——我也不知该怎么说——但我答应要把她带出去。"

"'巡界者'会把她带出去。"

"你确定她搞错了？你真的绝对确信，她不必担心他们吗？"我压低嗓音。这是个危险的话题。"他们还插不上手——至今没有越界行为发生——而她希望维持这种现状。"

"那你现在打算怎么办？"

"我要把她弄出去。我没说这儿有谁盯上了她，也没说她的想法是正确的，但有人杀了玛哈莉亚，有人抓走了鲍登。乌库姆这儿有问题。我请求你的帮助，达特。来吧。这件事我们无法通过正式途径解决，她根本不愿与官方合作。我答应要保护她，但我不熟悉这座城市。你愿意帮我吗？不，我们不能老老实实按规矩办事，风险太大。怎么样，你肯帮我一把吗？我需要带她去贝歇尔。"

当晚，我们没回宾馆，也没回达特的家。我们并非被焦虑征服，而是放任其蔓延，就好像这一切都是真的。我们继续行走。

"真见鬼，简直令人无法相信，我居然卷入到这种事中。"他不停地说。他回头张望的次数比我还多。

"这事尽可以怪到我头上。"我对他说。虽然我冒险告诉了他实情，却没想到他真的会参与进来，真的会踏上这条船。

"往人多的地方走，"我告诉他，"靠近交错区域。"人越多越好，而且两座城市交接之处，人群互相干扰，更难以预测与分辨。这两座城的基本规律不是简单的一加一等于二。

"我的签证允许我随时离境，"我说，"你能替她搞一张出境准证吗？"

"我肯定可以给自己搞一张。我可以办一张警察的准证，博鲁。"

"那我换个说法。你能不能给悠兰达·罗德里格兹警官弄一张出境准证?"他瞪视着我。我们依然压低嗓音交谈。

"她连乌库姆护照都没有……"

"那么,你能帮她过境吗?我不知道你们的边境守卫是什么样。"

"哦,搞什么鬼?"他又说道。随着行人的减少,我们失去了伪装,再继续走下去只会增加风险。"我知道一个地方。"达特说。那是一间夜总会酒廊,位于乌库姆旧城外围,在一家银行对面的地下室里,夜总会经理向他致意,愉快的神情几乎可以乱真。屋内烟雾缭绕,人们的视线向达特投来,虽然他身穿便装,但大家都知道他的身份。一开始,他们似乎以为他是来抓人的,但他挥挥手,表示不必在意。达特指了指经理的电话。那人抿起嘴,隔着柜台将电话交给他,达特又把它递给了我。

"老天,那好吧,就这么办,"他说,"我可以帮她过境。"音乐声中,人群嘈杂喧嚣地交谈着。我在吧台边俯身蹲下,差不多跟周围人的腹部相齐,听筒线的长度被我扯到了极限。这样似乎安静一点。国际线路必须通过接线员才能连上,令我颇不自在。

"柯维,我是博鲁。"

"天哪。稍等一下。天哪。"

"柯维,抱歉,这么晚打电话来。你能听见吗?"

"天哪。现在几点……你在哪儿?见鬼,我简直一个字都听不清,你——"

"我在酒吧里。听着,我很抱歉,这种时间打来电话。我需要你帮忙安排一件事。"

"天哪,长官,你不是开玩笑吧?"

"不。不是玩笑。柯维,我需要你。"我几乎可以想象她揉搓着脸的模样,也许她正手握电话,睡意蒙眬地去厨房喝口冷水。等她再次开口,注意力变得较为集中。

"出了什么事?"

"我要回来了。"

"当真？什么时候？"

"我打电话来就是为这个。达特，我在这儿的搭档，他要去贝歇尔。我需要你来接我们。你能开始着手准备，并且保守秘密吗？柯维——这是隐秘行动。很重要。小心隔墙有耳。"

一阵长久的沉默。"为什么找我，长官？为什么凌晨两点半打来？"

"因为你很能干，因为你就是谨慎的化身。我不想太招摇。我需要你驾车过来，带着你的枪，最好给我也捎一把，就这些。我还需要你给他们订酒店。不是局里常用的那些。"又是一阵长久的沉默。"听我说……他带着另一名警官。"

"什么？是谁？"

"她要执行*秘密行动*。你以为呢？她需要搭个便车。"我歉意地瞥了一眼达特，但在喧闹嘈杂的环境中，他听不见我讲话。"保持低调，柯维。只需花一点点时间在这上面就好，可以吗？另外，我稍后还会要你帮忙准备一套离境贝歇尔的手续。你明白吗？"

"……我想是的，长官。长官，有人打电话找你。询问你的调查进展如何。"

"谁？什么意思，怎么回事？"

"我不知道是谁，他不肯留下名字。他想知道你逮捕了谁？什么时候回来？是否找到失踪的女孩？接下来有什么计划？不知他怎么搞到我座机号码的，但他显然知道很多事。"

我朝着达特打了个响指，以引起他的注意。"有人在打探消息。"我对他说。"他不肯说名字？"我问柯维。

"对，我也认不出他的声音。线路很差。"

"他的声音什么样？"

"外国人。美洲口音。很恐慌。"经由一条糟糕的国际线路。

"*真该死*，"我捂住话筒对达特说，"是鲍登。他在找我。他一定是避

免拨打我们这儿的号码，以防被追踪……他是加拿大人，柯维。听着，他什么时候打来的？"

"每天都打，昨天和今天，不愿留下自己的信息。"

"好。听着。他下次再打来，就这么告诉他。替我传个话给他。就说他有一次机会。等等，我想一下。告诉他我们……告诉他我会保证他安全，我可以把他送出去。我们**必须**这么做。我知道，眼下的形势让他很害怕，但单靠自己，他没有机会。这件事不要告诉别人，柯维。"

"老天，看来你打定主意要毁了我的职业生涯。"她似乎很疲惫。我默默地等待着，直到确定她会照做。

"谢谢。相信我，他会明白的，另外，请别问我任何问题。告诉他，我们已了解更多情况。该死，我不能解释太多。"台上打扮得金光闪闪的女歌手有点像乌特·兰佩①，她猛然爆发出一阵高音，让我吃了一惊。"只需告诉他，我们已了解到更多详情，让他打电话来。"我环顾四方，仿佛寻找突发的灵感，然后我想到一个主意。"雅雅的手机号是什么？"我问达特。

"嗯？"

"他不愿打你我的电话，因此只能……"他将号码念给我听，我又转述给柯维。"告诉我们的神秘来客，打**这个**号码，我们可以帮他。还有，你给我打回来也用这个号码，明白吗？从明天开始。"

"搞什么鬼？"达特说，"你在搞什么鬼？"

"你得借用她的手机，我们需要一部电话，好让鲍登找到我们——他吓坏了，而且我们的电话难保有谁在监听。要是他联络我们，你也许得……"我犹豫不决。

"怎么？"

"老天，达特，**现在先不说**，成吗？柯维？"

她已不在线上，不知是她自己挂断的，还是因为老旧的交换机。

---

①著名德国女歌手及演员。

## 第二十一章

第二天,我甚至跟达特去了办公室。"你越是不现身,人们就越好奇,就越关注你。"他说。尽管如此,他的许多同事仍盯着我看。我朝上次那两个貌似想要跟我斗嘴的人点了点头。

"我越来越多疑。"我说。

"哦,不,他们真的在监视你。就在这儿,"他递给我雅雅的手机,"我猜你下次不会受邀来我家吃饭了。"

"她说什么?"

"你觉得呢?这部该死的电话是她的,她很恼火。我说我们需要它,她说没门,我恳求她,她不同意,但我还是拿了,然后怪到你头上。"

"能搞一套制服吗?给悠兰达……"我们挤在他的电脑边,"或许能让她更容易过境。"我看着他使用较新版本的视窗系统。雅雅的电话第一次响起时,我们直愣愣地互相看着对方。显示屏上的号码我俩都不认识。我一边无言地接通电话,一边仍注视着他的眼睛。

"阿雅?阿雅?"一个女声用伊利塔语说道,"我是麦伊,你……阿雅?"

"你好,其实,我不是雅雅……"

"哦,嗨,库西姆……?"但她结结巴巴说不下去,"你是谁?"

他从我手中接过电话。

"喂?麦伊,嗨。是啊,那是我朋友。对,好耳力。我得借阿雅的手机用一两天,你试过家里电话吗?那好,保重。"屏幕变暗之后,他将手机交回给我。"所以该让你来接那该死的电话,这就是原因之一。你会收到一大堆她朋友的电话,还想去做面摩吗,看过汤姆·汉克斯的新电影吗。"

两三通这样的电话过后,我们听到手机铃声已不再惊慌。不过铃响的次数并不如达特形容的那样多,而且也不是他所说的那类话题。我想象着雅雅坐在办公室里,通过座机拨了无数个电话,忿忿地抱怨丈夫及其朋友给她带来诸多不便。

"我们要让她穿上制服?"达特轻声说。

"你也会穿制服,对不对?隐身于众目睽睽之下难道不是最好的方法吗?"

"你也要穿吗?"

"不是好主意?"

他缓缓地摇头。"这样会比较容易一点……我应该可以办妥警方的文件,并发挥我的影响力。"国民卫队,尤其是一名高级警探,完全可以压倒边境警卫。"没问题。"

"贝歇尔入境处由我来交涉。"

"悠兰达还好吗?"

"艾卡姆跟她在一起。我不能去那儿……不能再回去。每次我们……"我们仍不知有谁在暗中监视,通过何种方法。

达特坐立不安,并为了一些莫须有的侵犯动作而大声呵斥同事。如此三四次过后,我邀他一起共进早午餐。他目光炯炯,一声不吭,瞪视着经过的每一个人。

"你能消停会儿吗?"我说。

"等你回去了,我不知该有多高兴。"他说。雅雅的电话响了起来,我将它附到耳边,沉默不语。

"博鲁?"我敲敲桌子,引起达特的注意,然后指了指电话。

"鲍登,你在哪儿?"

"我躲在安全的地方,博鲁。"他用贝歇尔语对我说。

"听你口气,好像并不是很有安全感。"

"当然没有。难道我很安全吗?问题是,我的麻烦有多大?"他的嗓音紧绷绷的。

"我能把你弄出去。"真的吗?达特夸张地耸耸肩,*搞什么鬼*?"我有办法。告诉我你在哪儿。"

他几乎笑出声来。"好啊,"他说,"我这就告诉你。"

"你还有什么提议?你不能一辈子都躲着。离开乌库姆,我也许能想想办法。贝歇尔是我的地界。"

"你都不知道是怎么回事……"

"你只有一次机会。"

"就像帮悠兰达那样帮我?"

"她不笨,"我说,"同意让我帮她。"

"什么?你找到她了?怎么……"

"正如我所说,在这儿我帮不了你,我跟她也是这么讲的。到贝歇尔,我*或许*还能帮上忙。不管这是怎么回事,不管是谁要对付你……"他试图开口,但被我阻止,"我熟悉那边的人际关系。在这里,我毫无办法。你在哪儿?"

"……秘密地点。这不重要。我会……你在哪儿?我不想——"

"你隐藏得很好。但你不能永远躲着。"

"不,不,我来找你。你这就打算……过境?"

我不禁扫了一眼四周,然后再次压低嗓音:"快了。"

"什么时候?"

"很快。一旦定下来,我会告诉你。怎么联系你?"

"你不用联系我,博鲁。我会联系你。留着这个电话。"

"要是错过了怎么办?"

"我每隔几小时就打一次。我恐怕得给你添不少麻烦。"他挂断了线。我久久地注视着雅雅的手机,然后抬头望向达特。

"见鬼,你明白吗,这种无所适从的感觉让我有多恼火?"达特低语道,"我可以信任谁?"他翻弄着文件。"该对谁说什么话?"

"我明白。"

"怎么回事?"他说,"他也想离开?"

"他也想离开。他很害怕。不信任我们。"

"我一点都不怪他。"

"我也一样。"

"他的证件还没着落。"我一边看着他的眼睛,一边等待。"老天,博鲁,真见鬼,你……"他愤怒地低语,"好吧,好吧,我想想办法。"

"告诉我需要怎样做,"我继续凝视他的眼睛,"该去找谁疏通关节,你可以把责任推到我头上。把责任推给我吧,达特。拜托了。但如果他来的话,得给他搞一套制服。"我同情地看着他露出痛苦的表情。

晚上七点过后,柯维给我电话。"准备好了,"她说,"文件已经办妥。"

"柯维,我欠你的情,我欠你的情。"

"你以为我不知道,长官?你和你的搭档达特,还有他的,咳咳,'同事',对不对?我会等着。"

"带好你的证件,准备协助我跟移民局交涉。还有谁?还有谁知道?"

"没人了。我再做一次你的专职司机。什么时间?"

问题在于,以何种方式消失最为理想。最隐蔽的时刻是四下无人之时,还是人群聚集之时?一定存在某种精确的曲线分析图。"不会太晚。不至于凌晨两点什么的。"

"我简直太他妈高兴了。"

"到时候就只有我们。但也不会是大白天;那样太冒险,很可能有人认得我们。"入夜之后。"八点,"我说,"明天晚上。"现在是冬季,天黑得早。八点钟时依然还有人群,但全都笼罩在夜色之中,昏昏欲睡。我们不容易被注意到。

这并非完全出于隐蔽的需要,我们还有其他事务要打理。编写进度报告、联系家属等等。我从达特身后看着他给基尔瑞夫妇写信,并偶尔给个建议,信中的措辞彬彬有礼,充满遗憾,但毫无实际内容。如今,乌库姆国民卫队是他俩的主要联络对象。这封言辞谨慎的信就像一块单向玻璃,透过字句之间,我仿佛能看见他们熟悉的身影,而他们却看不到写信的人,看不到隐身的我。这不是一种令人舒心的感觉,完全没有操纵权力的快感。

我告诉达特一个地方——我不知道地址,只能含含糊糊地描述其特征,但他猜了出来——让他明天黄昏时分去等我。那是一片公园林地,从悠兰达的藏身之处步行即可到达。"要是有人问起,就说我在宾馆里办公。告诉他们我很忙,因为贝歇尔那边要求我们处理一大堆荒谬繁琐的文件。"

"我们整天讲的就是这个话题,提德。"达特坐立不安,焦虑狂躁,对一切都缺乏信任。他有点无所适从。"不管是否拜你所赐,我往后的职业生涯都他妈只能当个学校联络官了。"

我们一致认为,很可能再也听不到鲍登的消息了,但午夜过后半小时,我在可怜的雅雅的手机上接到一个电话。他不开口,但我敢肯定是鲍登。第二天早晨七点不到,他又打来一次。

"你听起来不太妙,博士。"

"情况怎么样?"

"你打算怎么办?"

"你们要走了?悠兰达跟你在一起?她也来吗?"

"你就这一次机会,博士,"我在记事本里写下时间,"假如你想离开,又不愿让我来找你,那就晚上七点等在联合大厅的大门外。"

挂断电话之后,我试图在纸上涂写计划,但毫无成效。鲍登没再打回来。我早早地吃了早饭,用餐过程中,电话不是搁在桌上,就是攥在手中。我没有办理宾馆的退房手续——以免暴露行踪。我整理自己的衣服,看看有什么不能留下的贵重物品,但这样的东西并不存在。我只带上了那本违禁的《双城之间》。

我几乎花了一整天,才到达悠兰达与艾卡姆的藏身处。这是我在乌库姆的最后一天。我分段乘坐出租车在城中到处乱逛。"你待多久?"最后一个司机问我。

"几星期。"

"喜欢这儿吗,"他用简单的伊利塔语热情地说道,"这是世界上最棒的城市。"他是库尔德人。

"那带我去你最喜欢的地方吧。你没遇到过麻烦?"我说,"不是所有人都对外来者很友好,我听说……"

他不屑地吹了口气。"蠢货哪儿都有,但这里是最棒的城市。"

"你来这儿多久了?"

"四年多一点。其中一年在营地里……"

"难民营?"

"对,在营地里,然后花了三年时间学习做乌库姆公民。伊利塔语,还有无视另一座城,你明白吧,就是避免越界。"

"你从没想过去贝歇尔?"

他又嗤之以鼻。"贝歇尔有什么?乌库姆是最好的地方。"

他先带着我经过兰花园和成吉思汗体育场,这显然是他以前走过的游览路线。我又要求他随便载我去一些他自己喜欢的地方,于是他带我看各处的社区公园,在那里下棋的除了土生土长的乌库姆居民,还有来自库尔德、巴基斯坦、索马里、塞拉利昂等地,并通过严格入境审核的移民。不同的种族社群互相不太信任,但彼此保持着礼貌。在一个十字交叉的河道口,他指给我看分属两座城市的船只穿梭来往——乌库姆的游艇,以及必须被无视的贝歇尔货运船。他很小心,避免使用明显违禁的语言。

"看到没?"他说。

附近的码头对岸,有一名男子隐隐约约躲在人群和城内低矮的树丛后面,正盯着我们看。我与他视线相交——一开始,我不确定他在哪里,但很快就断定,他是在乌库姆,因此不属于越界——最后,他望向别处。我想看他往哪里走,但他消失了。

我从司机提议的景点之间挑选目的地,确保路线在城内来回折返。接到这笔生意令他很愉快。车行途中,我留心观察着倒后镜。即使我们被跟踪,也一定是通过非常复杂、非常谨慎的手段。他伴送了我三个小时,我付给他一笔高得离谱的车资,所用的货币也比我的薪酬货币要坚挺得多。我下车的地点到处是二手廉价商店和地下黑客,而拐过一个弯即是悠兰达和艾卡姆的藏身之处。

一开始,我以为他们离开了,我闭起眼睛,但继续挨着门边不断地轻声呼唤:"是我,博鲁,我是博鲁。"最后,门打开了,艾卡姆带我走进屋去。

"快点准备。"我对悠兰达说。她似乎很脏,比我上次见到时更瘦削,更像一头受惊的动物。"拿好证件。我和同事跟边界上的人说话时,你得随时准备点头确认。另外,让你男朋友作好思想准备,他不能来,我们不是去联合大厅演戏。我们要带你出境。"

她让艾卡姆留在屋里。他似乎不太乐意,但悠兰达说服了他。我不敢保证到时候他不会招惹麻烦。

他一遍又一遍地问,为什么他不能来。她给他看,她记有他的电话号码,并发誓说会从贝歇尔和加拿大打电话回来。几次三番的承诺过后,他痛苦地站着,仿佛被遗弃一般,愣愣地看着我们关门离去。我们在灯光投出的阴影间快步前行,转过一个弯,来到公园中,达特正等在一辆没有徽

记的警车内。

"悠兰达。"他从驾驶座上向她点点头。"麻烦的源头。"他也朝我点头示意。我们出发了。"搞什么鬼?你究竟得罪了谁,罗德里格兹小姐?你搞得我跟老婆吵架,还要和这个疯狂的外国佬合作。后面有衣服,"他说,"当然,我的工作是保不住了。"他极有可能并非夸大其辞。

悠兰达瞪视着他,直到他瞥了一眼后视镜,呵斥道:"真见鬼,怎么,你以为我要偷窥?"于是她赶紧伏在后座里,扭动着脱下衣服,换上他带来的国民卫队制服。大小差不多正合适。

"罗德里格兹小姐,紧紧跟住我,照我的话做。另外还可能出现一位嘉宾,他也有演出服。对了,这是你的,博鲁。也许能给我们省点麻烦。"那件外衣上有个可折叠隐藏的国民卫队徽纹,我将它展示出来。"我真希望那上面有代表级别的标志。这样我就能把你降职。"

他没有迂回绕行,也没有因紧张与负疚而犯错,反倒比周围的车更加谨慎。我们沿主干道行驶,他像普通的乌库姆司机一样,时不时闪亮车头灯,以警告侵犯路权的其他驾车者,这是一种约定俗成的行车代码,用来表达愤怒与不满,就好像莫尔斯码,闪两下,你抢了我的道;闪三下,快点拿主意。

"他又打来电话,"我轻声对达特说,"他也许会去那儿。那样的话……"

"老天,这可真麻烦,也就是说,他需要过境,对不对?"

"他必须得离开。你有后备的证件吗?"

他骂骂咧咧地对着方向盘砸了一拳。"混蛋,我真想说服自己跳出这个烂摊子。但愿他不要来。但愿他被该死的奥辛尼逮住。"悠兰达瞪视着他。"我去打听一下今天谁当值。你准备好破财吧。实在不行,就把我的准证给他。"

我们还没到,就看到联合大厅耸立在诸多屋顶、电话线和充气房的上方。我们首先经过贝歇尔一侧的入口,并尽量将其无视,而乌库姆的入口在大楼的另一边。贝歇尔人和返回的乌库姆居民缓缓地排队进入大厅,既耐心,又无奈。有一盏贝歇尔警灯在闪烁。我们必须对其视而不见,但又无可避免地意识到,不久之后,我们即将与它处在边界的同一侧。我们围着那巨硕的建筑绕了一大圈,到达圣光神庙对面。在乌买丁大道上的入口处,入境贝歇尔的队列缓慢地挪动着。达特停下车——歪斜地靠在路边,不是个好习惯,显然是国民卫队招摇的作风,而钥匙仍悬在车内,随时准备启动——我们从车里钻出来,穿过夜晚的人群,向着联合大厅宽阔的前庭和边境关卡走去。

我们越过排队等候的人流,穿梭于静滞的车辆之间,外围的国民卫队士兵并未阻拦,只是示意我们通过大门,进入联合大厅内部,这栋巨型建筑仿佛正等待着将我们吞噬。

一路上,我四处张望。我们的目光游移不定。悠兰达在伪装之下不安地前进,而我走在她身后。我抬头观望,视线越过警卫、游客、兜售食品与杂物的小贩、无家可归的男男女女,以及其他国民卫队成员。在诸多入口当中,我们选择了最宽阔、弯路最少的一个,通过古老的砖头拱顶一眼望去,可以看到高大空旷的内部空间,而地面上挤满人群,分布于关卡两边——但贝歇尔一侧等待进入乌库姆的人显然更多一点。

处在这样一个位置与角度,我们终于不需要再无视邻城:我们的视线可以从乌库姆这一端的马路一直延伸至边境,再通过无人地带和另一侧的边界,径直望向贝歇尔城内。一览无余。前方,蓝色的灯光等待着我们。关闭的边境闸门另一侧,可以看到一辆贝歇尔巡逻车,刚才被我们无视的闪光就是来自它。经过联合大厅的外围建筑时,我看到远处有个高耸的平台,贝歇尔卫兵站在上面监视人群,另外还有一个穿警察制服的人影。那是一名女性——距离仍相当远,在贝歇尔一侧的闸门边。

"柯维。"我并未意识到念出了她的名字,直到达特问我:"就是她?"我正要告诉他,距离太远,还不能确定,他却对我说:"等一下。"

他回头望着我们来时的方向。我们并未混在人群中,而是站在涌动的

行人队列和缓缓行进的零星车辆之间。没错,我们身后的确有个家伙让人不太自在。他的外表没什么特别:裹在一件灰褐色的乌库姆大衣里以抵御寒气。但他脚步细碎,前进方向与周围的行人队列并不一致,我也注意到他身后一张张不满的脸。他正使劲往前挤,向我们这边走来。悠兰达顺着我们的视线看过去,发出一声呜咽。

"快点。"达特一边说,一边推着她的后背,加快脚步朝通道入口走去,但我看到后面那个身影也在加速,试图突破周围人群的制约,追上我们,我突然转身向他走去。

"带她过去,"我头也不回地对达特说,"快走,带她去边境。悠兰达,去找那边的女警。"我加速前进。"快走。"

"等一下。"悠兰达对我说,但我听见达特在催促她。此刻,我将注意力集中在那名逐渐接近的男子身上。他一定能看见我正朝他走去,他稍一犹豫,伸手到外衣里,我一摸腰间,才想起在这座城里自己没有佩枪。那人退后两步,举起双手,解开围巾。他喊出我的名字。是鲍登。

他掏出一支手枪,悬在指间,仿佛对它过敏似的。我向他冲去,同时听到身后有类似气流喷涌的声响。接着,后方又有一记空气爆破声,然后是一片尖叫。达特高声呼喝,大叫我的名字。

鲍登的目光愣愣地越过我的肩膀。我回头观看。达特蹲在车辆之间,距离我有数米远。他缩着身子,沉声低吼。汽车司机都猫着腰躲在各自的车里。尖叫声在贝歇尔和乌库姆的行人队列中蔓延开来。达特伏在悠兰达身前。看她躺卧的姿势,仿佛是被扔到地上似的。我看不太清,但她脸上有血。达特抓着自己的肩膀。

"我中枪了!"他喊道,"悠兰达……老天,提德,她被击中了,情况不妙……"

大厅的远端一阵骚乱。巨屋的另一侧,越过缓缓移动的人与车,我看到贝歇尔的人潮滚滚涌动,仿佛一群惊慌失措的动物。人们四散奔逃,有个人双手倚着,不,举着一件东西。那是一把步枪,他正在瞄准。

## 第二十二章

又一下压抑短促的声响,但它几乎被充斥着整条通道的尖叫声湮没。这是带有消音器的枪声,然而我已扑倒鲍登,子弹撞到他身后墙上所产生的炸裂声比枪击本身还要响。砖块的碎屑四处飞溅。我听到鲍登惊恐的呼吸声。我用力掐住他的手腕,直到他扔下武器。我继续压着他,以避开狙击手瞄准的线路。

"趴下!所有人都趴下!"我大声喊道。人群纷纷跪倒,动作迟缓得令人难以置信,人们已意识到危险,因此,他们的畏惧与尖叫变得越来越夸张。连着两声枪响,一辆车猛然刹住,有人发出惊呼,又一下气流爆破声,砖墙再次挨了一颗子弹。

我将鲍登压在沥青路面上。"提德!"达特在呼叫。

"说话!"我对他喊道。到处都是警卫,手持武器,四下张望,不知所措地互相吆喝着。

"我中弹了,我没事,"他答道,"悠兰达头部中枪。"

我抬起头,枪击已停止。我继续抬头,达特抓着伤口滚倒在地,而悠兰达躺着一动不动,已经死了。我稍稍站起身,看到国民卫队正朝达特和

他看护着的尸体走来，远处，贝歇尔警察向着枪声的源头奔去，但被歇斯底里的人群挡住。柯维四处张望——她看得见我吗？我大声呼喊。枪手正在逃离。

他的去路被堵住了，然而一旦有需要，他便将步枪当棍棒一样挥舞，人们从他身边散开。出口肯定会被封锁，但他的动作能有多快？他正在混入没见到他开枪的人群，然后以他干练的表现，一定会扔掉或藏起武器。

"真该死。"我几乎看不到他，也没人上去阻拦。他还有一段路才能逃出去。我依次仔细观察他的发型与服饰：短发，灰色运动服，后面有个兜帽，黑色的裤子。全都毫不起眼。他有没有扔下武器？他已混入人群。

我提着鲍登的枪站起来。这是一把荒唐的点三八，但保养良好，已装填弹药。我朝关卡走去，但现场一片混乱，两边的警卫一边叫嚷，一边挥舞枪支，无论如何我都不可能穿过去；就算乌库姆制服能帮我越过乌库姆一侧的警戒线，贝歇尔人也会把我拦下，而枪手已经距离我太远，没有可能再追得上。我犹豫不决。"达特，无线电求援，看住鲍登。"我喊道，然后转身朝相反方向跑去，奔向乌库姆城中，那里有达特的汽车。

人群从我面前散开；他们瞧见了我的国民卫队徽章和手里的枪。国民卫队则看到一个自己人正在行动，因此也没有阻拦。我打开警灯，启动引擎。

我驱车疾驰，避开本地和异地的车辆，沿着联合大厅外围一路尖啸狂飙。我不太习惯乌库姆的警笛，其呜呜的鸣声比我们的更尖锐刺耳，令我有点晕眩。枪手此刻一定正在拥挤的通道中推开惊恐困惑的人群，奋力前进。我凭着灯光和警笛辟出一条道路，乌库姆人可以名正言顺地闪躲，而在对应的贝歇尔街道上，人们对于异地的扰动依然充满不可言喻的惊恐。我猛打方向盘，车向右急转，颠簸着撵过贝歇尔的电车轨道。

"巡界者"在哪里？但并没有越界行为发生。

没有越界行为，只不过一名女子在边境上被肆无忌惮地杀害。一起谋杀，外加一起谋杀未遂，但在袭击过程中，所有子弹都是经由联合大厅交汇处的关卡射过来的。这是一次复杂、恶毒、令人发指的屠杀，但凶手极为谨慎——他所处的位置，恰好可以光明正大地望向边界另一侧，他的视线可以越过最后几米贝歇尔领地，顺着城市之间的通道看到乌库姆**内部**，让他得以精确地瞄准——在这起谋杀案中，凶手似乎对两座城的边界，对乌库姆与贝歇尔之间的那层膈膜，采取了**超乎常理**的谨慎态度。没有越界行为，"巡界者"无能为力，如今只有贝歇尔警方跟凶手处在同一座城中。

我再次右转，来到我们一小时前所在之处，这里是乌库姆的维佩街，一片交错区域，物理上与贝歇尔一侧通往联合大厅的入口相重合。我尽量抵着人群驶近入口，然后猛踩刹车。我钻出来，跳上车顶——用不了多久，乌库姆警察便会过来询问，看看这名同事意欲何为，但此刻我不顾一切地跳到车顶上。贝歇尔人为了逃避攻击，纷纷从大厅里涌出来。片刻的犹豫之后，我不再观察通道内部，而是四处眺望，除乌库姆之外，也望向大厅的方向，但我的表情毫无变化，完全没有流露出看到另一座城的意思。我的表现无懈可击。车上闪烁的警灯将我的双腿交替染成红色与蓝色。

我留意着贝歇尔的状况。仍有许多行人试图进入联合大厅，然而随着里面的惊恐逐渐蔓延，产生了一股危险的逆流。混乱中，队列开始互相推挤，目睹现场情形的试图逃离，但被后方不明就里的人群挡住了去路。乌库姆居民对贝歇尔喧嚣的人群视而不见，只是移开视线，穿过马路，躲避异地的乱局。

"出去，出去——"

"让我们进去，出什么事了……？"

在惊慌奔逃的人堆里，我看到一名快步疾行的男子。他极力避免脚步迈得太快，低垂着脑袋，避免显得太过突出，这反而引起了我的注意。我犹豫再三，最后断定那正是枪手。他推开人群边缘大呼小叫的一家人，又穿过贝歇尔警察凌乱的防线。警察正力图维持秩序，却不知该如何是好。他挤出去之后拐了个弯，继续谨慎地快步前进。

我一定是喊出了声。数十码开外,凶手回头瞥了一眼。他显然看见了我,然后反射性地无视了我,因为我穿着这身制服,而且又在乌库姆,然而他垂下双眼的同时,也发现到有点不对劲,于是更加快了脚步。我以前见过他,但想不起是在哪儿。我无助地四处张望,但没一个贝歇尔警察意识到应该去追他,而我却身处乌库姆。我从车顶跃下,迅速朝凶手走去。

我推开挡路的乌库姆人:贝歇尔人试图将我无视,但也不得不赶紧从我面前闪开。我看到他们露出惊异的表情。我的速度比凶手快。我并未直视着他,而是望向乌库姆城内,并始终将他放在视野中。追踪过程中,我的视线从不聚焦在他身上,以免违禁。我穿过广场,两名乌库姆国民卫队试探性地向我问话,但我不予理会。

那人一定是听到了我的脚步声。当我与他相距仅数十米时,他扭过头来。看到我,他惊讶地瞪大了双眼,然而即便是此刻,他依然很小心,没有盯着我看。他已清楚地意识到我的存在。他转回头望着贝歇尔,加快速度,一路小跑,跟在一辆前往科留布的有轨电车后面,斜斜地奔向一条叫作厄尔曼街的主干道。在乌库姆,这里是萨库米尔路。我也加快了脚步。

他又回头瞥了一眼,然后继续加速,穿梭于贝歇尔的人群中,并不时望向两侧点着彩烛的咖啡座和贝歇尔书店——在乌库姆,这里是较为冷清的街区。他应该进到店里去。但也许是因为需要躲过两座城中交错的人群,也许是出于本能不愿在被追赶时钻入死角,他没这么做。他开始全速奔跑。

凶手奔向左侧,钻入一条小巷,而我依然尾随着他。他步履飞快,速度已经超过我。他跑起来就像一名士兵。我俩之间的距离开始增大。贝歇尔的店主和行人瞪着凶手;而乌库姆人则瞪着我。他跳过一个挡道的垃圾桶,我自知比不上他的灵巧。我知道他要去哪里。贝歇尔和乌库姆的老城区参差交错,紧密相邻:只要到达老城边缘,就能分别进入两座城的全整区域。这不是,也不可能是一场追捕。只不过是两个各自奔跑的人而已。他在自己的城里飞奔,而我却在另一座城里气急败坏地追赶。

## 城与城

我发出不成句的吼声。一名老妇注视着我。我没有直视他,仍然没有,而是狂暴地看着乌库姆,看着灯光、涂鸦和行人,看着乌库姆的一切,这是合法的。他从一道贝歇尔传统风格的雕花铁栏杆旁经过。他已经跑得太远,即将进入一条完全属于贝歇尔的全整街道。他停下来,抬头望向气喘吁吁的我。

他看着我,虽然只是极短的瞬间,不足以指控他违规,但那显然是刻意的行为。我认识他,只是想不起在哪儿见过。他站在通往异地区域的分界线上看我,微微露出得意的笑容。他跨入纯粹属于邻城的空间,处在乌库姆的人不能进入。

我举枪射击。

我射中了他的胸膛。他倒下时显得充满震惊。眼前这起可怕的违禁事件,使得周围所有人几乎齐声尖叫起来,最初是因为枪声,然后是因为他的尸体和鲜血。

"越界。"

"越界。"

一开始,我以为那是目睹罪案的路人震惊之下脱口而出的断言。然而,从混乱而漫无目的的人群中,突然冒出一批模糊的身影,他们的面部僵硬刻板,几乎不像人脸,那语声正是出自他们之口。这是"巡界者"对越界罪行的指认。

"*越界。*"一个表情严肃的家伙将我牢牢抓住,即便我想挣脱也毫无可能。我看到若干黑影伏在被我打死的凶手跟前。有个声音紧贴着我的耳畔。"*越界。*"我被轻而易举地推离原地,在贝歇尔的蜡烛和乌库姆的霓虹之间疾速穿行,而目的地却不知属于哪一座城。

"越界。"伴随着话语声,某种物体触碰到我,使我丧失意识,毫无知觉地昏睡过去。

# PART THREE
# 第三部分

界 域

# 第二十三章

我并非完全不省人事。我的意识受到侵入。有人向我提问，我答不上来，我知道事态紧急，却无法提供帮助。那些声音一遍遍地对我说着"越界"。我并非被推进毫无意识的沉睡，而是在梦境中进入了一座竞技场，成为捕猎的对象。

以上这些我是稍后才记起的。刚醒来的片刻间，我丝毫没有时间流逝的印象。合上眼时，我在旧城交错区域的街道上；睁开眼，猛吸一口气，我发现自己在一间屋子里。

到处都是灰色，没有一点装饰。这是个狭小的房间。我躺在床上，没盖被子，身子底下垫有床单，但身上的衣服我不认识。我坐了起来。

灰色的橡胶地板有磨损的痕迹，光线从窗口透进来，照出灰色高墙上的污渍与裂痕。一张桌子，两张椅子。仿佛一间简陋的办公室。天花板上嵌着个黑乎乎的玻璃半球。四周毫无声息。

我眨了眨眼，站起身，感觉并不如预期的那样头重脚轻。门上了锁。窗户太高，看不见外面。我往上一蹦，终于产生了少许晕眩的感觉，但我只能看到天空。我身上的衣服很干净，普普通通，毫无特征，尺寸差不多

合身。接着,我想起睡梦中的情景,心跳与呼吸开始加快。

四周的寂静令人萎靡不振。我抓住窗户的下缘,胳膊颤巍巍地将自己提拉上去。由于脚下缺少支撑,这一姿势无法保持太久。我看到一片绵延的屋顶。到处是瓦片顶棚,水泥平顶、拱形圆顶、螺旋塔、充气房、卫星天线盘、突兀的桁梁和触角天线,或许还有滴水兽的脊背。我无从判断身处何方,也不知窗外有谁在监听,看守我的又是谁。

"坐下。"

听到话语声,我猛然坠落下来。我挣扎着站立转身。

门口站着一个人。光线从他背后透进来,映衬出黝黑的剪影,缺乏可辨识的细节。当他向前走来,我才看出他比我年长十五至二十岁,结实粗壮,穿着跟我一样不起眼的衣服。他身后还有人:一名与我年龄相仿的女子,以及一名略为年长的男子。他们的脸上没有一丝表情。就像上帝捏出了泥人,却还没吹气赋予其生命。

"坐下,"那名长者指了指椅子,"从角落里出来吧。"

这话没错。我才意识到,自己紧贴着墙角。我调整呼吸,挺直身躯,双手脱离墙壁,像个正常人一样站着。

过了半晌,我说道:"真丢脸。"然后又说,"抱歉。"我坐到那人所指之处。等到能控制自己的声音之后,我说道:"我叫博鲁。你呢?"

他坐下来看着我,脑袋偏向一侧,就像一只神秘而好奇的鸟。

"'巡界者'。"他说。

"'巡界者',"我说,然后颤抖着吸了口气,"没错,我越界了。"

最后,他说道:"你当时是怎么想的?现在呢?"

这算不算欺人太甚?换作其他场合,我或许能够分辨。我不安地环顾四周,仿佛那些阴暗角落里藏着什么东西似的。他伸出右手两根指头,食指和中指分别对准我的双眼,然后又指了指自己的眼睛:**看着我**。我遵从他的指示。

那人抬眉扫了我一眼。"目前的情况是。"他说。我意识到我们用的是贝歇尔语。他听上去不太像贝歇尔人,但肯定不是来自欧洲或北美。他的口音呆板平淡。

"你越界了,提亚多·博鲁。且伴有暴力行为。你杀死一个人。"他再次注视着我,"你从乌库姆向贝歇尔开枪。所以你现在来到了'界域'。"他合拢双手。我看着他细瘦的骨头在皮肤底下挪动:跟我的很像。"他叫约贾维奇。你杀死的那个人。你记得他吗?"

"你以前见过他。"

"你怎么知道?"

"是你告诉我们的。你昏迷的方式,苏醒的时间,以及在沉睡中和醒来后看到什么,说些什么,甚至能否醒来,这一切都由我们决定。你在哪儿见过他?"

我摇摇头,但——"完美公民党,"我突然说,"我盘问他们的时候,他也在场。"就是他给律师戈兹打的电话。蛮横自负的民族主义分子之一。

"他当过兵,"那人说,"在贝歇尔武装部队里呆了六年。狙击手。"

这并不奇怪。那一枪打得奇准。"悠兰达!"我抬起头,"老天,达特。情况怎么样了?"

"达特高级警探的右臂将永远无法自如地活动。悠兰达·罗德里格兹死了,"他注视着我,"击中达特的子弹是冲着悠兰达去的。第二枪才射穿了她的脑袋。"

"混蛋。"一时间,我只能低垂着头,"她家人知道吗?"

"知道了。"

"还有谁中弹吗?"

"没有。提亚多·博鲁,你越界了。"

"他杀了她。你不知道他还会——"

那人往后一靠。我点点头,以示歉意与无奈,于此同时,他说道:"约贾维奇没有越界,博鲁。他经由联合大厅的边境射击。完全没有越界。律师们也许会争论:罪案发生在他扣动扳机的贝歇尔,还是发生在子

弹击中目标的乌库姆？或者两地都算？"他儒雅地摊开双手，"谁在乎呢？"他根本没有越界。而你越界了。所以，你现在来到了'界域'。"

他们离开后，有人送来食物。面包、肉、水果、奶酪、水。吃完饭，我试图推拉房门，但门纹丝不动。我用指尖摸索着门上的漆，但那只是剥落的油漆而已，要不就是其中的信息太过复杂神秘，我无法破解。

约贾维奇并非我开枪射击的第一个人，甚至不是我杀死的第一个人，但我杀的人不多。我从来不曾向一个没有拿枪指着我的人射击。我等待着颤抖袭来。我的心怦怦直跳，但并非出于内疚，而是因为我的所在之地。

我独自呆了许久。我在屋里团团打转，观察那枚隐藏的球形摄像头。我又攀上窗口，凝视外面的屋顶。等到门再次打开时，楼下已经光线昏暗。进来的还是上次的那三人。

"约贾维奇，"那老者又用贝歇尔语说道，"从某种角度讲，他确实有越界。当你向他开枪时，你使得他越界了。越界的受害者一定有越界。他跟乌库姆联系频繁。因此我们了解他的情况。他接到指示，但并非来自完美公民党。现在的问题是，"他说，"你越界了，所以你归我们管。"

"接下来怎么办？"

"一切都由我们说了算。只要你越界，就归我们管。"

他们可以轻而易举地让我消失。至于那意味着什么，我只听说过传闻。被"巡界者"抓走的人，从此便杳无音讯——据说是在服刑？这些人若不是行踪极为隐秘，便是再也没有被释放。

"你不理解我们行为的正当性，并不等于那不合理，博鲁。考虑一下吧，假如你愿意，可以把这当作你的审判。"

"说出你的行为和动机，然后我们再决定怎么办。越界事件必须妥善解决。我们可以进行调查，找没有越界的人谈谈，但前提是能够证明与此事相关。明白吗？惩罚的方式可轻可重。我们有你的档案。你是个警察。"

他什么意思？我们算是同行吗？我沉默不语。

"你为什么这么干？跟我们说说。告诉我们有关悠兰达·罗德里格兹和玛哈莉亚·基尔瑞的事。"

我长久地沉默着,但也没有任何计划。"你们知道?你们知道些什么?"

"博鲁。"

"外面有什么?"我指向门口。他们把门留了一条缝。

"你知道自己身处何地,"他说,"外面有什么你迟早会看到。至于是基于什么样的条件,取决于你此刻说的话和做的事。告诉我们,你怎么会来到这里。还有那傻瓜才信的阴谋论,时隔多年竟又再次复活。博鲁,跟我们讲讲奥辛尼。"

走廊上昏暗的光线自门口投射进来,照亮了一小块楔形区域,在那微弱的光亮里,审讯者始终只是个黑影。解释事情的经过花了很长时间。我没有隐瞒,因为他们一定已经了解一切。

"你为什么越界?"那人说道。

"一开始我没打算越界。我只想看看枪手要去哪里。"

"那就是越界。他在贝歇尔。"

"对,但你知道,这种事经常发生。当他露出微笑,他的表情,我只是……我想到了玛哈莉亚和悠兰达……"我走近门口。

"他怎么知道你们要去那儿?"

"我不知道,"我说,"他是民族主义分子,也是个疯子,但显然有他的门路。"

"奥辛尼在此充当了何种角色?"

我们互相注视。"我已经把知道的一切都告诉你了。"我说。我双手捂脸,从指缝里向外张望。门口的一男一女似乎心不在焉的样子。我猛然朝他们冲过去,自以为出其不意。其中一人——我不知是哪个——一把将我揪住,扔回屋里,我顺着墙壁滑落下来。我挨了揍,一定是那女的,因为我的头被提起来,正好看见那男的一动不动倚在门口。老者仍坐在桌边

等待。

那女人骑跨在我背上,锁住我的脖子。"博鲁,你在'界域'里。这间屋子就是你的审讯室,"老者说道,"最终的判决也将在这里。你已超出法律的管辖范围;这里由我们说了算。我再说一遍。告诉我们,这些事,这些人,还有谋杀案,跟奥辛尼的传说有什么联系。"

等了一阵之后,他对那女人说:"你在干什么?"

"他没噎住气。"她说。

我在她的压制下勉强笑出声来。

"你们担心的并不是我,"最后,我缓过气来,"天哪。你们在调查奥辛尼。"

"没有所谓的奥辛尼。"那人说。

"每个人都这么对我说。然而还是不断有状况发生,不断有人失踪和死亡,而且说来说去都提到一个名字,奥辛尼。"那女人将我放开。我坐在地上,无奈地摇摇头。

"知道她为什么不来找你们吗?"我说,"悠兰达?她认为你们就是奥辛尼。你要是问,**怎么可能有两座城市之间的地方?**她会说,你相信有'巡界者'吗?他们在哪儿?但她搞错了,对不对?你们不是奥辛尼。"

"奥辛尼并不存在。"

"那你为什么要提起?我这些天来躲避的又是谁?我刚刚**目睹**搭档被子弹击中,开枪的就是奥辛尼,至少看上去非常像。你们知道我越界了:除此之外还有什么好担心的?为什么不直接惩罚我?"

"正如我所说——"

"什么,仁慈?正义?拜托。"

"假如贝歇尔和乌库姆之间有**另一股**势力,那你们算什么?你们在追踪它。因为它突然回来了。你们不知道奥辛尼在哪儿,也搞不清发生了什么事。你们……"真是活见鬼。"你们很害怕。"

## 城与城

———

那两名较为年轻的男女搬来一台老式电影放映机,电线一直拖到走廊里。在他们的摆弄下,放映机嗡嗡作响,投影到墙壁上。画面中是审讯的景象。我坐在地上往后挪动,以便看得更清楚些。

受审者是鲍登。一阵静电噼啪声过后,他开始讲伊利塔语,我看到审讯者是国民卫队。

"……我不知道怎么回事。没错,没错,我躲起来是因为有人要对付我。有人试图杀死我。听说博鲁和达特准备离开,我不知道是否该信任他们,但我想他们没准可以带我出去。"

"……有一把枪?"审讯者的声音模糊不清。

"那是因为有人要杀我。是的,我有一把枪。你一定知道,东乌库姆的街头到处都能搞到枪。要知道,我在这儿住了许多年。"

审讯者又说了句什么。

"不。"

"为什么?"这一句能听清。

"*因为没有所谓的奥辛尼。*"鲍登说。

又是一段含糊不清的话语。"哦,我才不在乎你们怎么想,也不在乎玛哈莉亚怎么想,还有悠兰达说了什么,达特又暗示什么,这些我都不在乎。我也不知道是谁打来的电话。*但那地方并不存在。*"

随着一声闷响,画面切换成了艾卡姆。他只是不停地抽泣。他在哭泣中对一连串问题置之不理。

画面再次变换,达特取代了艾卡姆。他没穿制服,胳膊吊着绷带。

"见鬼,我不知道,"他嚷道,"你他妈为什么要问我?去找博鲁,这种破事,他似乎比我更明白一点。奥辛尼?不,我绝对不信,因为我不是小毛孩，但问题在于，尽管所谓的奥辛尼显然是瞎扯淡，但有些事情仍然很蹊跷，有人获得了不该得到的信息，还有人被不知名的势力打爆了头。真该死，那都是些孩子。所以我才答应帮博鲁，管他合不合法，见鬼去吧，你们要是想收走我的警徽，就尽管拿。另外，随你便——不信有奥辛尼的话也没关系，我他妈一点都不信。但你们都小心点，以免被那不存在的城市迎面一枪打崩了脸。提亚多在哪儿？你们都干了些什么？"

影像仍显示在墙上。黑白的画面中是达特硕大而狰狞的脸，审问者借着那微弱的光线望向我。

"你瞧，"那老者一边说，一边朝墙壁摆了摆头，"你听到鲍登的话了。事情就是这样。你对奥辛尼有多了解？"

"巡界者"完全无迹可寻。这地方平淡无奇，毫无特殊之处。"巡界者"没有大使馆，没有军队，没有可见的领土。"界域"内也没有货币。假如你越界，它就会将你包围。虚无的"界域"里充斥着气势汹汹的执法者。

一条条指向奥辛尼的线索意味着系统性的违禁和秘密的地下统治，此处除了"巡界者"不该有任何其他势力，但却出现了另一座寄生城市。假如"巡界者"并非奥辛尼，而千百年来又无法将其制服，那岂不是对自身的一种嘲讽？因此，当审讯者想要问我奥辛尼是否存在时，他的措辞是："我们是否面临一场战争？"

我壮着胆子讨价还价，向他们指出合作的可能性。"我可以帮你们……"我反复说道，中间故意停顿，仿佛省略了一个假如。我想要逮住杀害玛哈莉亚·基尔瑞和悠兰达·罗德里格兹的凶手，这一点他们看得出，但我的谈判动机并不那么高尚。我知道，此刻仍有回旋余地，我仍有一丝机会可以离开"界域"，这一念头迷住了我的心窍。

"你们上次就差点把我抓起来。"我说。当我在地理上接近自己的寓所时，他们一直在监视。"我们算是合作伙伴吗？"我说。

"你是一名越界者。但你要是帮助我们，处境就会有所改善。""你真的认为是奥辛尼杀了他们?"另一名男子说。倘若奥辛尼果真有一丝存在的可能性,而且仍无法被寻获,他们是否就会放过我?奥辛尼的成员也许正行走于街头,而贝歇尔和乌库姆的居民都以为他们是另一座城中的人,因此予以无视。就像隐匿在图书馆里的书籍。

"怎么啦?"那女人问道,她看到了我脸上的表情。

"我知道的不多,已经全都告诉你们了。真正了解情况的是玛哈莉亚,然而她死了。但她留下一些线索。她告诉一个朋友,她对悠兰达说,在翻看自己的笔记时,她意识到了真相。我们还没凭此发现过任何情况。但我知道她研究的方式。我知道地点。"

## 第二十四章

第二天早晨，当我和年长的"巡界者"一起离开那栋建筑时——或可称其为据点——发现自己不知身处哪一座城市。

大半个晚上，我都在看乌库姆和贝歇尔的审讯录像。一名贝歇尔边境警卫，一名乌库姆居民，还有两座城中的若干旁观者，他们全都一无所知。"人们开始尖叫……"受审的还有司机，当时子弹就从他们头顶上掠过。

"柯维。"我说道，她的脸出现在墙上。

"他在哪儿？"失真的录音效果使得她的声音听起来非常遥远。她抑制着怒气。"见鬼，探长究竟卷入了什么麻烦？对，他要我帮忙接人过境。"贝歇尔的审问者最多只能让她反复证实这一点。他们以职位相威胁。对此，她跟达特一样不屑，但措辞较为谨慎。她什么都不知道。

"巡界者"给我看了几段盘问碧莎雅和莎莉丝卡的短暂镜头。碧莎雅在哭泣。"这没什么说服力，"我说，"只是很残酷而已。"

最有趣的录像要数约贾维奇的同伙，亦即贝歇尔的极端民族主义者。我认出几个曾跟约贾维奇在一起的人。他们阴沉着脸，瞪着审问的警察。

有些人不愿开口，除非他们的律师在场。审讯过程有时很粗暴，有个警察俯身越过桌子，揍了其中一人的脸。

"真见鬼，"那人流着血喊道，"我们是同一阵营的，混蛋。你是贝歇尔人，又不是他妈的乌库姆人，也不是该死的'巡界者'……"

民族主义者或倨傲，或淡漠，或怨忿，但更多的往往是服从与合作，然而他们都表示对约贾维奇的行为毫不知情。"见鬼，我从没听说过这个外国女人；他从没提起过。她是学生？"其中一人说道，"我们所做的都是为了贝歇尔，你明白吗？不需要问原因。但是……"那人纠结地摆弄着双手，试图替自己辩解，同时又尽量避免反诘。

"我们是战士。就跟你一样。为贝歇尔战斗。因此，当你得知有麻烦需要解决，当你得到指示，要给某些人一个警告，比如说赤色分子、合并派、叛徒、乌库姆人，或者'巡界者'的走狗正在集会，你就得去摆平这件事，没问题。但你明白原因。你不用多问，大多数时候你知道这是势在必行。然而我不清楚为什么这个叫罗德里格兹的女孩……我不信是他干的，假如真是他，我也不……"他似乎很气愤，"我不知道为什么。"

"他们当然有深层的线人，"审问我的"巡界者"说道，"但这件事太难解释，你可以看出，约贾维奇也许不是完美公民党。或者说不是单纯的完美公民党，而是代表了某个更隐秘的组织。"

"某个更隐秘的地方吧，"我说，"我以为你们监控一切。"

"没有人越界，"他将一份文件放到我跟前，"这里是贝歇尔警方搜查约贾维奇公寓的结果。没有任何迹象表明他与类似奥辛尼的组织有联系。我们明天一早就出发。"

"这些你是怎么搞到的？"他和同伴站起身时，我说道。临走前，他看了我一眼，脸上毫无表情，但目光令人心惊。

短短的一晚过后，他又回来了，这次就一个人。我已作好准备。

我挥了挥那叠文件。"假设我的同事都很称职，这里什么都没有。他时不时有钱进账，但数量不多——任何来源都有可能。他几年前通过了入

境考试——这没什么太特别的,虽说他的政治立场……"我耸耸肩,"从他订阅的杂志,拥有的藏书,往来的同伴,还有他的参军记录,犯罪记录,以及日常活动场所来看,这是个普通的暴力型民族主义者。"

"'巡界者'一直在监视他。我们监视所有异议分子。没迹象表明他有不同寻常的联络人。"

"你是说奥辛尼吧。"

"没有迹象。"

最后,他领着我走出屋子。走廊里同样油漆斑驳,破旧的地毯已辨不出颜色。我们经过一连串房门。我听见其他人的脚步声,当我们转入一个楼梯井时,遇到一名女子,她向我的同伴略略致意。接着又有一名男子经过我们身边,最后,我们来到一处廊厅,里面已有好几个人。他们的服饰在贝歇尔和乌库姆均属合法。

两种语言的对话我都能听到,另外还有第三种,是两者的混合,貌似非常古老。我还听见打字声。我承认,我从未考虑过要突然狂奔或攻击我的同伴,以求逃离。我受到严密的监视。

我们经过一间办公室,墙上的软木板钉满了纸条,书架上陈列着文件夹。有个女人从打印机里撕下一页纸。一部电话在响。

"快点,"那人说道,"你说知道真相在哪儿。"

我们穿过通往室外的双开大门,随着光线将我吞噬,我意识到,自己不知处在哪座城中。

面对这片交错区域,我心中一阵恐慌,但随后便意识到,我们一定是在乌库姆:那是目的地所在。我跟随监护者走在街道上。

我深呼吸一口气。这是个喧闹嘈杂的早晨,天色阴霾但没下雨。凛冽的空气令我倒吸一口冷气。这条街上主要是行人,偶尔有汽车缓缓驶过,发出隆隆的声响,身穿大衣的乌库姆人来来往往,到处是小贩的吆喝声,推销衣服、书籍和食品,这番乱哄哄的景象反倒让我心情舒畅。其余的一切我通通无视了。头顶上方,乌库姆的充气房在风中颠簸,绷紧的缆绳砰砰作响。

"我没必要告诉你不准跑,"那人说,"也没必要告诉你不准叫。你知道我能阻止你,也知道监视着你的人不止我一个。你处在'界域'内。叫我艾什尔。"

"你知道我的名字。"

"跟我在一起时,你就叫泰厄。"

泰厄与艾什尔都不是典型的贝歇尔或乌库姆名字,但又都有点像。艾什尔带着我穿过一座院子,四周的墙上既有雕像和钟铃,也有股票信息屏。我不知道这是哪里。

"你饿了吧。"艾什尔说。

"不着急。"他带领我拐入一条小街,此处同样是交错区域,有一家超市,旁边开了一些售卖软件和小电器的乌库姆商店。他扶住我的胳膊往前走,我犹豫不决,抵抗着他的拖拽,因为视野内除了几家面包店和卖面团子的摊位,看不见其他食物,但它们在贝歇尔。

我试图无视它们。虽然店铺中散发出的香味被我刻意忽略,但那果真是我们的目的地。"走吧。"他一边说,一边拉着我穿过城市之间的隔膜;我的脚从乌库姆提起,然后落到早餐所在之处,贝歇尔。

我们身后有个乌库姆女人,留着深紫色的庞克发型,正在拉手机解锁的生意。她诧异地瞥了一眼,然后变得惊恐万分;接着,当艾什尔在贝歇尔购买食物时,我发现她迅速地无视我们了。

艾什尔用贝歇尔马克付账。他将纸盘子交到我手上,带我穿回马路,进入乌库姆的超市。他用第纳尔买下一盒橙汁,然后递给我。

我拿着食物和饮料。他继续带领我在交错区域的街道中行走。

我的视野恍惚不定,仿佛是希区柯克式镜头,依靠景深变化和摄影车的移动来营造效果。街道的长度似乎增加了,焦点也不断变换。先前被我无视的所有景物都突然涌到眼前。

声音和气味也随之而来:贝歇尔的吆喝声;塔楼上的钟声;老旧的电

车发出金属撞击声;烟囱的气味;陈腐的气味;香料的气味;乌库姆人用伊利塔语高声吆喝;国民卫队的直升机突突飞过;德国制的汽车隆隆轰鸣。家乡城市的灰褐色石墙不再被乌库姆的彩灯和塑料显示屏所掩盖。

"你在哪儿?"艾什尔说。他压低嗓音,只有我能听见。

"贝歇尔还是乌库姆?"

"……都不是。我在'界域'。"

"对,你跟我在一起,"我们穿梭于两地晨间的人群中,"你在'界域'。没人知道是否应该无视你。别缩手缩脚。你并非游离于两地之外;而是同时处在两座城中。"

他轻拍我的胸脯。"呼吸。"

他带我去乘乌库姆地铁,我一动不动地坐着,仿佛贝歇尔的残余仍像蛛网似的黏在身上,会吓到同路的乘客。出了地铁,我们登上一辆贝歇尔电车,我感觉很不错,就像回到了家乡,虽然那只是错觉。我们在两座城中步行。贝歇尔的熟悉感被另一种更宏大的陌生感所代替。在乌库姆大学图书馆的钢铁玻璃幕墙跟前,我们停下脚步。

"我要是逃跑,你会怎么办?"我说。他沉默不语。

艾什尔掏出一个不起眼的皮夹,向门卫出示"巡界者"的徽章。那人愣愣地看了一会儿,然后一下子跳起来。

"老天。"他说道。从他的伊利塔语判断,应该是土耳其移民,但他在这里已经呆了很久,知道眼前看到的代表着什么。"我,你,我能……?"艾什尔指了指椅子,示意他坐回去,然后继续往前走。

这里比贝歇尔同等地位的图书馆要新。"那本书没有分类标签。"艾什尔说。

"这正是关键所在。"我说。我们查看地图与图例。关于贝歇尔和乌库姆的历史书籍被小心翼翼地分开排放,但互相靠得很近,都在第四层。阅读隔间内的学生抬头看着艾什尔经过。他有一种家长和教师不具备的威严。

## 城与城

我们眼前的许多书籍并非译本,而是英语和法语原著。《史前时期的秘密》《海边的文化:贝歇尔与乌库姆的海洋特征》。我们搜寻了一阵子——这里书架非常之多。最后,我找到了目标,它在主过道后面第三排的一个架子里,从上面数下来第二格。我故作权威状,从一名困惑的小本科生身边挤过去。这是一本毫无特征的书。书脊底部没有贴分类标签。

"在这里。"它跟我曾经拥有的那本属于同一版本。封面图案有着迷幻的透视效果,一名长发男子在街上行走,两种不同风格(且缺乏真实感)的建筑交错排列,阴影中隐藏着窥视的眼睛。我当着艾什尔的面将它打开。《双城之间》。这本书有明显的磨损痕迹。

"假如这一切都是真的,"我低声说,"那我们一定受到了监视。你和我,此时此刻。"我指着封面上的眼睛。

我翻动书页。大多数纸页中都注有细小的手写字体:红色,黑色和蓝色的墨水纷纷闪过。玛哈莉亚的字迹异常纤细,她的注解仿佛缠绕的发丝。多年来,在研究这项神秘理论的过程中,她留下了大量评注。我回头瞥了一眼,艾什尔也作出同样反应。后面没有人。

"不对",我们看到她在笔记中写道。"完全不是这么回事","真的吗?""*CF*·哈里斯等人","太疯狂了!!简直是疯子!!!"等等。艾什尔从我手中拿过书。

"她比任何人都了解奥辛尼,"我说,"这就是她存放真相的地方。"

## 第二十五章

"他们一直想知道你的下落,"艾什尔说,"柯维和达特。"

"你怎么告诉他们的?"

他看了我一眼:我们根本不跟他们交谈。当晚,他带给我玛哈莉亚那本《双城之间》的彩色复印件,包括其中的每一页以及内外封面,并装订成册。这就是她的笔记本。只需集中精力仔细分辨,我就能从涂写得乱七八糟的纸页中找出她的逻辑,揣摩她的每一次阅读经验。

那天晚上,我和艾什尔在两座城中行走。乌库姆的拜占庭式建筑巍峨高耸,墙上的浮雕里有戴头巾的妇女,也有军士。周围的贝歇尔建筑则是低矮的中世纪砖房,带有中欧风格。贝歇尔的蒸食和黑面包的气味与乌库姆食品浓郁的香料味互相混杂。街头既有七彩流光,也有灰黑的衣装。嘈杂的人声断断续续,起伏不定,时而沙哑浑浊,时而高亢激昂。一开始,我只是同时身处贝歇尔与乌库姆,然后仿佛进入了第三地,这不再是原来的两座城市,而是"界域"。

两座城中的人们似乎都很紧张。我们在交错的城区中行走,但没有回到我醒来时所在的办公室——后来我明白了,它在乌库姆的儒塞拜,或者说贝歇尔的图沙斯大道——而是去了不远处另一个较小的据点，那是一栋略显时髦的公寓，入口处有门卫室。顶楼的诸多房间显然横跨了两三栋楼，由此而构成的迷宫里，"巡界者"们来往穿梭。卧室、厨房、办公室、老式电脑、电话、上锁的橱柜，所有一切均毫无特征。无论男女，都打扮得朴素简洁。

随着两座城市的发展与汇合，出现了一些不属于任何一方的中间地带和两边无法达成一致的"分歧之地"。这就是"巡界者"栖身之处。

"假如有小偷入室行窃怎么办？这种事无法避免吧？"

"时有发生。"

"那……"

"那他们就得留在'界域'，由我们来处理。"

这里的男男女女始终很忙碌，此起彼伏的交谈声中，除了有贝歇尔语和伊利塔语，也有那第三种语言。艾什尔带我走进一间平淡无奇的卧室，窗户上镶着栏杆，屋内一定也有摄像头，只是不知藏于何处。套房里自带一间厕所。他没有离开。另有两三名"巡界者"走了进来。

"你瞧，"我说，"你们的存在恰恰给出了证据，说明这一切都有可能是真的。"对大多数贝歇尔与乌库姆居民来说，奥辛尼处在两地之间的说法非常荒谬，然而这种间隙地带不仅有可能存在，甚至是不可避免的。"巡界者"凭什么拒绝相信罅隙之中亦能产生旺盛的生命力呢？如今他们所担心的，其实已经变成了"我们从没见过他们"。

"不可能。"艾什尔说。

"去问你的上司。去问权威人物。我不知道。""巡界者"中也有高低等级之分吗？"你知道我们受到了监视。至少他们——玛哈莉亚，悠兰达，鲍登——曾经受到某种不明势力的监视。"

"枪手跟谁都没有关系。"另一个人用伊利塔语说道。

"对，"我耸耸肩，用贝歇尔语说，"所以他只不过碰巧是个非常幸运的右翼分子。随你怎么说。也许你认为这是潜逐者策划的？"我说。对于

传说中躲在缝隙地带拾荒的难民，他们没有予以否认。"他们利用完玛哈莉亚之后，就把她杀了。而他们杀悠兰达的原因，正是为了让你们没有理由追踪。就好像在贝歇尔和乌库姆，甚至整个世界，他们最怕的就是'巡界者'。"

"但是"——有个女人指着我说——"看看你干的好事。"

"越界？"我给了他们一个机会参与这场目标不明的战争。"没错。玛哈莉亚知道什么？她发现了他们的某种计划。于是他们杀了她。"乌库姆和贝歇尔的夜灯交相辉映，透过窗户照在我身上。越来越多的"巡界者"聚拢过来，他们的脸就像猫头鹰。我抛出的论调令他们深感不安。

他们锁了我一晚上。我开始读玛哈莉亚的笔记。我能看出那些注解是在不同时期写下的，不过并非按照书页的顺序——密密麻麻的评注互相重叠，观点不断演变。我的工作就像考古。

最底层的注解中列出不少参考资料，包括其他作者和她自己的论文，那时候，她的字迹较为工整谨慎，注释也比较长。她的个人语言和非标准缩略语很难确切理解。我一页页翻阅，试图揣摩她早期的想法。基本上，我只能感觉到她的愤怒。

夜晚的街道中似乎有一种紧绷的气氛。我很想跟贝歇尔或乌库姆的熟人聊聊，但却只能在此观望。

即使"巡界者"有首领，也隐藏得很深，第二天早晨来找我的依然是艾什尔，而我仍在一遍遍重读笔记。他带我穿过走廊，来到一间办公室。我想到逃跑——似乎没人注意我。但他们能阻止我。就算没人阻拦，作为一名困在两地之间的难民，我又能去哪里呢？

屋里大约有十二名"巡界者"，或坐，或立，或斜倚在桌旁，正用两三种不同的语言窃窃低语。一场讨论正在进行中。为什么叫我来？

"……戈沙利安说没有，他刚刚打过电话……"

"苏瑟尔街呢？难道不是有传闻……？"

"对，但每个人都很安分。"

这是一次危机会议。人们朝着电话喃喃低语,匆匆核对各种清单。艾什尔对我说:"形势有变。"又有更多人进来参与讨论。

"现在怎么办?"向我提问的是个年轻女子,裹着代表已婚的贝歇尔传统头巾。在这里,我既是罪犯,又是顾问。我记得昨晚见过她。房间里逐渐安静下来,所有人都注视着我。"把玛哈莉亚失踪时的情况再给我们讲一遍。"她说。

"你们打算围堵奥辛尼?"我说。我没什么建议给她,但隐隐感觉线索触手可及。

他们又你一言我一语地讨论起来,语速急促,夹杂着难以理解的缩略语和俚语,但我能看出,他们在互相争论。我试图搞清辩论的主题——也许是某种策略或方针。每隔一段时间,屋里的人们便喃喃低语,仿佛在作最后的陈词,片刻之后,有人举起手,有人静止不动,然后大家环顾四周,计点举手与不举手的人数。

"我们必须弄清问题所在,"艾什尔说,"关于玛哈莉亚知道些什么,你打算怎么查?"他的同伴们越来越恼火,纷纷抢着发言。我想起雅利斯和悠兰达曾经说过,玛哈莉亚到最后很生气。我猛然坐直了身子。

"怎么啦?"艾什尔说。

"我们得去挖掘点。"我说道。他瞪着我。

"让泰厄作好准备,"艾什尔说,"我跟他一起去。"屋内四分之三的人短暂地举起手来。

"我已经发表过对他的看法。"戴头巾的女人说道,她没有举手。

"我明白,"艾什尔说,"但是……"他用手指了指,示意她环视整个房间。她在表决中失败了。

我跟艾什尔一起离开。到了街上,我发现气氛不对。

"你感觉到没有?"我说。他竟然点了点头。"我需要……我能给达特打电话吗?"我说。

"不行。他仍在放假。另外,假如你看到他……"

"怎么?"

"你身处'界域'。还是别去招惹他为好,让他舒心一点。你会见到认识的人。不要给他们添麻烦。他们必须明白你在哪儿。"

"鲍登……"

"他在国民卫队的监视之下。为了他的安全。无论贝歇尔还是乌库姆,都没人能找出他和约贾维奇有什么联系。企图杀他的人——"

"你依然认为不是奥辛尼?奥辛尼并不存在?"

"——可能会再次下手。完美公民党的首领们已被警方控制。但假如小约或其他成员属于某个秘密分支,他们似乎并不知情。他们很恼火。你看到录像了。"

"我们在哪儿?去挖掘点怎么走?"

他又带我在两座城中穿梭,沿途依然以那种令人震撼的方式越界换乘公共交通。我琢磨着他身上哪里藏有武器。波尔叶安门口的警卫认得我,但他的微笑转瞬即逝。他或许已听说我失踪了。

"我们不能去找那些学者,也不能找学生问话,"艾什尔说,"你得明白,我们来这里,是为了调查你越界的背景。"我在调查自身的罪行。

"要是能跟南希谈谈,会容易一点。"

"不能找学者,也不能找学生。开始吧。你知道我是谁吗?"最后一句他是对警卫讲的。

我们去找布伊兹,他背靠着办公室的墙壁站立,愣愣地望着我们。对艾什尔,他的恐惧强烈而直接,对我,困惑更甚于害怕:上次讲的话我还能再提吗?我能看出他心里的想法,他是谁?艾什尔将我们带到房间一角,躲在阴影中。

"我没有越界。"布伊兹重复低语道。

"调不调查是你说了算吗?"艾什尔说。

"你的工作是防止偷窃。"我说。布伊兹点点头。我算什么身份?我俩都不知道。"有什么情况吗?"

"老天……拜托。唯一能把文物偷出来的方法就是悄悄塞进衣袋里,这样它就不会被列入目录,不过这些小家伙每天离开挖掘现场时都要搜身,因此那不可能办到。没人能够卖掉这里的东西。正如我所说,这些小鬼常在挖掘点附近闲逛,他们站立不动也可以越界。你能怎么样?又没办法证实。但这并不意味着他们是窃贼。"

"她告诉悠兰达,她有可能当了窃贼而不自知,"我对艾什尔说,"那是在她临失踪前。你们有丢什么东西吗?"我问布伊兹。

"什么都没丢!"

他带我们去文物仓库,急切地想要提供帮助。途中遇到两名略有些面善的学生,他们见到我们,便突然停下脚步——或许是因为艾什尔的步态(而我也在模仿他的姿态)——向后退。自泥土中重生的物品经过清理之后,都储存在柜子里。此处的橱柜中装满了史前遗物,包括瓶子、机械、斧刃、羊皮纸等等,数不胜数,既令人称奇,又令人费解。

"每晚的负责人需确保大家都把寻获的物品放进橱柜,然后锁上柜门,留下钥匙。他们离开现场时,必须经过我们搜身。他们明白这是规矩,因此从不抱怨。"

我看着布伊兹打开橱柜。我望向抽屉中的收藏品,每一件都单独躺在一个泡沫塑料隔间里。靠近顶端的抽屉仍是空的。下面那些则已经填满。某些易碎物品包裹在无绒布里,因此无法看见。我拉开一层层抽屉,查看排列整齐的出土文物。艾什尔站在我身边,低头观察抽屉,仿佛那是一盏茶杯,而里面的文物是茶叶,可以用来占卜。

"每晚由谁保管钥匙?"艾什尔说。

"我,我,不一定。"布伊兹对我们的恐惧已渐渐消退,但我相信他不会撒谎。"谁都有可能。这不重要。他们轮流保管。谁干活干得晚就给谁。本来有个时间表,但他们从不遵守……"

"把钥匙交还给保安之后,他们就走了?"

"对。"

"直接离开?"

"对。通常是这样。也许会去一下办公室,也许在空地里走一走,但通常不会逗留太久。"

"空地?"

"那儿有个公园。很……不错,"他无助地耸耸肩,"但没有出去的路,往里走若干米之后,就是交错区域,他们得回来从这儿走。不搜身就不能离开。"

"玛哈莉亚最后一次给橱柜上锁是什么时候?"

"很多次。我不知道……"

"最后一次。"

"……就是她失踪的那晚。"他最后说道。

"给我一份清单,哪一天由谁负责上锁。"

"不可能!虽然排了时间表,但我说过,有一半的日子,他们都互相帮忙……"

我拉开最底下的抽屉。里面既有粗糙原始的雕像,也有精巧的史前时代男性生殖器模型和古老的玻璃吸管,在这些物件之间,还有若干裹在布里的易碎品。我轻轻用手触碰。

"这都是旧的,"布伊兹看着我说,"很久以前就挖出来了。"

"哦。"我一边说,一边查看标签。它们是早期出土的文物。我听见有人进屋,便转过身来。是南希教授。她突然停下脚步,瞠目结舌地望着我和艾什尔。她在乌库姆已居住多年,能够分辨各种细枝末节。她明白眼前是怎么回事。"教授。"我说。她点点头。她和布伊兹对视一眼,然后略一领首,退了出去。

"在玛哈莉亚保管钥匙的日子里,锁好柜子之后,她还会去散步,对吗?"我说。布伊兹疑惑地耸耸肩。"即使没轮到她,有时她也会提出留下来锁橱柜。不止一次。"所有的小文物都躺在衬垫之上。我没有彻底翻查,而是在抽屉后面摸索,动作大概算不上特别小心。

布伊兹不安地挪动着,但他不敢质疑我。摸到倒数第三层时,后面有一个包裹让我感觉很可疑。这些都是一年多前挖出的物品。"你得戴上手套。"布伊兹说。

我将它打开,里面是一团报纸,包着一块木头,仍带有斑驳的油漆和螺丝的印痕。既非古物,也非雕刻品:门板上的一块边料而已,绝对是垃圾。

布伊兹瞪大了眼睛。我举起那块木头。"这是哪个年代的?"我说。

"不要。"艾什尔对我说。他跟着我走出屋子。布伊兹也尾随而至。

"我是玛哈莉亚,"我说,"刚刚锁好柜子。虽然轮到别人,但我自愿提出帮忙。现在,我要去走一走。"

我带着他俩走出室外。学生们从规划齐整的坑洞底下惊讶地抬头望着我们。然后是一片布满古老碎石的荒地。再往前,凭学校的证件,可以通过公园大门,但由于我们身份特殊,因此也畅通无阻。这个紧邻考古挖掘点的公园并不太大,只有些灌木丛和零零星星的树木,其间穿插着若干小径。我们能看到几个乌库姆人,但都在远处。从挖掘点到公园之间,乌库姆的空间支离破碎,夹杂着贝歇尔的地盘。

空地外围有更多身影:贝歇尔人坐在石头上或交错区域的池塘边。公园内,贝歇尔只占很小一部分,除了少许外圈植被,以及小路和灌木丛间的零碎地带,就只有一窄条全整区域,将乌库姆的土地一分为二。地图上标得很清楚,行人该往何处走。正是在这片交错区域中,学生们可以站立着把手伸向异邦,亵渎两地的分治权。

"'巡界者'监视着类似这样的边缘地带,"艾什尔对我说,"我们有摄像头。假如有谁从别处进入,却出现在贝歇尔,我们会看到。"

布伊兹走在后面。艾什尔压低嗓音,不让他听见。布伊兹尽量避免直视我们。我来回踱步。

"奥辛尼⋯⋯"我说。如果你身处乌库姆,除了回波尔叶安挖掘点,没有其他方法离开。"'分歧之地'?胡扯。那不是她交货的方式。她是这么干的。你看过《大逃亡》吗？"我走到交错区域边缘，乌库姆的最后几米地界。当然，我如今处在"界域"，可以随意进入贝歇尔，但我在乌库姆的尽头停下脚步。我走到乌库姆与贝歇尔的交汇处，此处有一小片贝歇尔全整区域。我让艾什尔留心看着我，然后假装把那块木头放进口袋，但实际上却塞到了腰带内侧的裤腿里。"她口袋里有洞。"

我在交错区域走了几步，让那块木头顺着裤腿滑落（幸好它没有碎裂的尖刺）。当它落地时，我立定脚步。我站在原地，仿佛注视着天际，同时悄悄移动双脚，将木块踩入泥地里，并用植物残骸与尘土覆盖。等到我头也不回地离开时，那块木头已难以分辨，不知情的人根本看不出来。

"她走后，某个在贝歇尔的人——至少看起来像在贝歇尔，因此你们不会留意——便走过来，"我说，"一边站着看天，一边用脚后跟蹭两下，踢出些东西来，然后在石头上小坐片刻，从地上捡起一件物品，塞进口袋。

"玛哈莉亚从不拿新挖出的物品，因为它们刚刚被放进去，太容易引起注意。但当她锁柜子的时候，可以打开以前的抽屉，那用不了多少时间。"

"她都拿些什么？"

"也许随手挑选，也许遵照指示。波尔叶安每晚都搜他们的身，怎么会怀疑有人偷窃呢？她身上从没任何东西。都藏在这片交错区域里。"

"然后就有人来取。经由贝歇尔。"

我转过身，缓缓扫视四周。

"你有被监视的感觉吗？"艾什尔说。

"你呢？"

一阵长久的沉默。"我不知道。"

"奥辛尼。"我再次转回身。"我已经烦透了。"我站起来。"真的。"又一个转身。"太烦人了。"

"你有什么想法？"艾什尔说。

树丛中的狗吠声让我们抬起头来。那条狗在贝歇尔。我已准备将其忽略，但当然了，这没有必要。

那是一条友善的黑色拉布拉多犬，嗅着草地一路小跑过来。艾什尔伸手招呼它。狗的主人微笑着走出来，然后震惊而困惑地移开视线，并将那条狗招回身边。它向他走去，又回头看看我们。狗主人试图无视我们，但又忍不住看过来，心中多半还在琢磨，我们为何要在如此复杂的城区里冒险逗弄一条狗。艾什尔望向他的眼睛，于是那人将视线移开。他一定能看出我们在哪里，因此也知道我们的身份。

根据目录记载，被那块碎木头替换掉的，是一段内部镶嵌着齿轮装置的空心铜柱，已有数百年的历史。另外还有三件包在布里的早期出土文物也丢失了，分别被置换成纸团，石块，或人偶的腿。它们原本应该是：一只装有原始发条结构的龙虾螯钳标本，一件锈迹斑斑、类似微型六分仪的机械装置，以及一把钉子与螺丝。

我们搜索边缘地带的地面。这里有凹坑，有陈旧的脚印，有初冬的花朵残骸，但就是没有浅埋于地表的物品，没有史前时代的无价之宝。它们早已被取走。没人能把它们卖出去。

"这样的话，应该属于越界，"我说，"奥辛尼的人无论来自何方，或去往哪里，都不可能在乌库姆捡起那些东西，因此只能是贝歇尔。没错，对他们来说或许从未离开奥辛尼。但对大多数人来说，物品在乌库姆放下，却在贝歇尔被取走，所以是越界。"

回程途中，艾什尔打了个电话，等我们到达"巡界者"的驻地，他们仍在争论，并不时松散地快速投票表决，至于讨论的话题，我却完全无法理解。在不知所谓的争辩中，不断有"巡界者"走进房间。有人不停地打电话，有人抢着发言。尽管这群"巡界者"依然面无表情，但屋里充斥着焦虑的气氛。

两座城中均有消息传来，再加上几个手持电话听筒的人喃喃低语，汇

报来自其他"巡界者"的情报。"大家提高警惕,"艾什尔不断重复道,"麻烦开始了。"

他们担心再发生枪击爆头和越界劫杀。轻微越界越来越多。"巡界者"尽量赶往各处,但仍有许多遗漏。有人说,乌库姆的墙壁上出现了疑似贝歇尔风格的涂鸦。

"本来情况没那么糟,自从,呃……"艾什尔说。他低声向我解释,而讨论仍在继续。"那是莱娜。她坚持己见。""萨蒙认为,哪怕只是提及奥辛尼,也属于屈服让步。""拜昂不这么想。"

"得作好准备,"有人说道,"我们无意中发现了一些情况。"

"是玛哈莉亚,是她发现的。不是我们。"艾什尔说。

"好吧,是她发现的。谁知道这事什么时候会爆发。我们虽然知道战争迫在眉睫,但眼前一片漆,不知该往哪儿瞄准。"

"我无能为力。"我低声对艾什尔说。

他送我回房。我发现他将我锁在屋里,于是大声抗议。"你得记住自己为什么在这儿。"他隔着门说道。

我坐在床上,尝试从新的角度解读玛哈莉亚的笔记。我并没有试图通过追踪同一支笔或同一时期的研究内容来重构思维脉络,而是一次看完一页里的所有注释,把多年来的各种观点放到一起。我就像考古学家,从她的页边旁注里搜寻各种线索。此刻,我抛开时间顺序,读着每页纸上前后矛盾的主张。

封底内侧,混杂在各种愤怒的猜测之间,有几个大字,覆盖了早先较小的字体:**但是 CF·舍曼**。她由此引出一条线,指向邻页内的相关论据:**罗森的反驳**。这些名字有点眼熟,在我先前的调查中似乎见过。我又往回翻了几页。她用同一支笔和同样潦草的字迹紧挨着某个早期结论写道:**否——罗森,维吉尼奇**。

各种论断与批注互相重叠,书本中出现许多以惊叹号结尾的句子。**不**,然后又是一条连线,并非指向原本的印刷字体,而是早先热情洋溢的注解。她在跟自己辩论。**为什么要有考验？他们是谁？**

"嘿。"我喊道。我不知道摄像头的方位。"嘿，艾什尔。把艾什尔找来。"我不停地呼喝，直到他出现为止。"我需要上网。"

他带我来到机房，指派给我一台电脑，其外表就像古老的486，使用的操作系统我也从没见过，似乎是自行开发的仿视窗系统，但处理器和网络速度都很快。房间里除了我们俩，还有其他人。我敲打着键盘，艾什尔站在我背后。当然，他既是为了看我的研究，也是为了确保我不会发出电子邮件。

"去哪里都可以。"艾什尔告诉我。他说得没错。有密码保护的收费网站只需按一下"回车"键即可进入。

"这是什么样的网络连接？"不出所料，我没能得到回答。我搜索**舍曼，罗森，维吉尼奇**。在我最近访问过的论坛里，这三名作者受到过激烈的抨击。"你瞧。"

我找到他们主要著作的名称，然后查询亚马逊网站上的书单，大致了解他们的观点。这花了一点时间。我在座位里往后一靠。

"你瞧。你瞧。舍曼，罗森，维吉尼奇，在有关分裂城市的论坛版块里，他们绝对是众矢之的，"我说，"为什么呢？因为他们的书里说鲍登完全是胡说八道，说他的整个理论都是胡扯。"

"他自己也这么说。"

"这不是重点，艾什尔。你瞧。"我一页页翻动《双城之间》，指出玛哈莉亚早期和后期写给自己的注释。"关键在于，到最后，**她**在引用他们的话。那是她最后的笔记。"我继续翻给他看。

"她改变了看法。"他最后说道。我们长久地对视。

"先是寄生城市，然后发现无意中当了窃贼，"我说，"真该死。她之所以被杀，并非因为她了解那神秘莫测的第三座城，并非因为她是极少数知情者，也并非因为她意识到奥辛尼在欺骗利用她。这不是她所指的谎言。玛哈莉亚被杀是因为她**不再相信奥辛尼的存在**。"

## 第二十六章

尽管我恳求他们，甚至趋于愤怒，艾什尔及其同伴依然不准我给柯维和达特打电话。

"见鬼，为什么不行？"我说，"他们有调查的能力。那好吧，真该死，不管你们怎么弄，快去查一查，约贾维奇和他的同伙仍是最好的切入点。我们知道他跟这件事有关。找出玛哈莉亚给橱柜上锁的所有确切日期，有可能的话，再看看约贾维奇那些个晚上去了哪儿。我们得搞清楚他有没有去取货。贝歇尔警方一直监视着完美公民党；他们也许知道。假如那些首领真有那么不满，没准也会说出来。再查查塞耶德当时在哪里——因为有人搞到了联合大厅内部的资料。"

"我们不可能查到玛哈莉亚保管钥匙的所有日期。布伊兹的话你也听到了：有一半不是按计划来的。"

"让我给柯维和达特打电话，他们知道如何筛选。"

"别忘了，"艾什尔严厉地说，"你身处'界域'，无权提出任何要求。我们所做的一切都是为了调查你的越界行为。明白吗？"

他们不肯给我房间里配电脑。我看着太阳升起，窗外的天空渐渐泛白。我这才意识到已经有多晚。最后,我睡了过去,醒来时,艾什尔已回到屋里。他在喝东西——这是我第一次看见他进食。我揉了揉眼睛。此刻天已大亮,几乎算是白昼。艾什尔似乎没有一丝倦意。他将一叠文件扔到我膝盖上,然后指了指床边的咖啡和药丸。

"没那么难,"他说,"他们放回钥匙时需要签字,所以全部的日期我们都有。这里是原始的时间表,还有实际的签名本。但数量太多了。这么多个晚上,我们无法细查约贾维奇的去向,更不用说塞耶德和其他民族主义分子了。这份记录跨越了两年多时间。"

"等一等。"我将两份清单并排放置,"不用管事先安排好的——别忘了,她是遵从某个神秘联系人的指示而行动。有时候她没轮到保管钥匙,但还是留了下来,这才是我们需要关注的。没人爱干这个活——你得留到很晚——因此,当她突然跑过来对当值的人说,'交给我吧,'这种时候就是她收到消息,要去交货的日子。因此,让我们看一看,在**这些日期里**,大家都在干什么。这样的日子肯定不会太多。"

艾什尔点点头——数了数我所说的那一类日期。"有四五次。一共丢了三件东西。"

"所以有两次什么也没发生,或许是正常的交换,她没收到任何指示。不过还是要核查一下。"艾什尔再次点头,"在那些时段,民族主义者应该会有所行动。"

"他们是怎样组织策划的?为了什么?"

"我不知道。"

"在这儿等着。"

"要是让我跟你一起去,会容易一点。你现在怎么这么谨慎?"

"等着。"

我继续等待。虽然不知道摄像头的方位,但我轮流注视四周的墙壁,好让它拍到我。

"不对,"艾什尔的声音从看不到的喇叭里传出来,"至少有两天,约

贾维奇处于警方监视之下。他没去公园附近。"

"塞耶德呢?"我对着空荡荡的屋子说。

"没有。四个晚上他都没问题。也可能是其他民族主义要员,但我们查遍了贝歇尔,没什么值得注意的情况。"

"该死。你说塞耶德'没问题'是什么意思?"

"我们知道他在哪儿,他根本没接近过公园。那些个晚上,以及随后的几天里,他都在开会。"

"跟谁开会?"

"他是商会成员。那些天他们有贸易活动。"一阵沉默。我始终没有开口,于是他说:"怎么了?有什么问题?"

"我们想错了。"我用手指在空中作捕捉夹钳状,"约贾维奇是枪手,没错,我们也知道玛哈莉亚惹恼了民族主义者,但这是不是有点太巧了,每次玛哈莉亚主动提出保管锁匙,都正好赶上商贸活动?"又是一阵长久的沉默。记得我去见监察委员会的时候,也因为商贸活动而推迟了几天。"活动结束后有招待会,宴请宾客,对不对?"

"宾客。"

"就是那些公司。贝歇尔一直在跟它们套近乎——他们要谈合同,就会安排这类活动。艾什尔,去查一查,那些日子都有谁去?"

"在商会里……"

"看一下后续宴会的宾客名单。再看看接下来几天的新闻,是谁拿到了合同。去吧。"

我独自在房间里来回踱步。"老天,见鬼,"稍后,我对着沉寂的屋子说道,"为什么就不能让我出去呢?真该死,我是警察,这正是我擅长的。你们装神弄鬼很在行,但这种事根本就不行。"

"你是一名越界者,"艾什尔一边说,一边推门进来,"我们调查的是你。"

"好吧。你是不是在外面等着我说话,这样你进来时就能有开场白?"

"名单在这里。"我看着那张纸。

纸上罗列着公司名称和相应的日期——加拿大、法国、意大利、英国以及美国的若干小公司。有五个名字被打上了红圈。

"每逢玛哈莉亚保管钥匙,红圈里的公司都会出席当晚的会议,而其余的公司则只参与过一两次。"艾什尔说。

"雷迪泰克软件公司。伯恩利——他们是干什么的?"

"咨询业。"

"克茵科技是电子元件制造商。这旁边写的什么?"艾什尔看了看。

"其代表团的首领叫戈斯,来自母公司思恩科。他来到贝歇尔,跟掌管本地运营的克茵科技负责人会合。两人一起参加由尼塞姆、布里奇以及其他商会成员组织的宴会。"

"见鬼,"我说,"我们……他是哪一次来的?"

"那几次都来了。"

"都来了?母公司的总裁?思恩科?见鬼……"

"解释一下。"他最后说道。

"民族主义者没这个能耐。等一等,"我略一思索,"我们知道联合大厅里有内鬼,但是……塞耶德能为这些家伙做什么呢?柯维说得对——他是个小丑。另外,他的动机是什么?"我摇摇头。"艾什尔,这该怎么办?你们可以从两座城中获取信息,没错。但你们能不能——在国际上,你们的地位如何?我是指'巡界者'。"

"我们得去调查那家公司。"

我是"巡界者"的代言人,艾什尔说。只要有越界事件发生,我就能全权处理。但他让我从头至尾详细解释了一遍。他神情淡漠,不动声色,让我无从捉摸他的想法——甚至很难判断他是否听见我说话。在我诉说的过程中,他站在那里既不争辩,也不赞同。

不,他们没法出售那些物品,我说,这并非目的所在。我们都听说过有关史前时代遗物的传闻。它们的物理特性据说有点奇怪。他们想要看一

看是否属实,于是便让玛哈莉亚提供货源。为达到这一目的,他们欺骗了她,使得她误以为是在跟奥辛尼联络。但她发现了真相。

柯维曾经说过,那些公司的代表来到贝歇尔,会到处游览。司机往往带他们往各处乱逛,有全整区域或,也有交错区域,比如到某个风景优美的公园里舒展一下腿脚。

思恩科一直在做科研开发。

艾什尔瞪视着我。"这说不通,"他说道,"谁会把钱投在乱七八糟的迷信上……?"

"你有多肯定?这些传闻全都是假的?就算你说得对,CIA还花费数百万美元寻找能用视线杀死山羊的人呢,"我说,"思恩科花了多少钱安排这件事?几千美元?他们一个字都不必相信:只要有可能从传说里淘出一点点有用的东西,哪怕机会微乎其微,这笔钱就值得花。单单为满足好奇心,也是值了。"

艾什尔掏出手机,开始打电话。现在是上半夜。"我们需要一次秘密集会,"他说,"事关重大。对,一定要来。""秘密集会。就在那地方。"类似的话他重复了许多遍。

"你们无所不能。"我说。

"没错。没错……我们需要展示一下'巡界者'的威力。"

"这么说,你相信我了?艾什尔,你相信了?"

"他们是怎么办到的?外人怎样才能传话给她?"

"不知道,但我们得查清楚。也许是支付报酬给本地人——我们知道小约收到的钱来自哪里。"那都是些小数目。

"他们不可能为了她去创建一个奥辛尼,不可能。"

"若非如此,他们就不会让母公司的总裁来参加这种毫无价值的招待会,更何况每次玛哈莉亚负责锁橱柜的时候他都有来。算了吧。贝歇尔根本无药可救,他们在这儿开分公司,就已经是扔了块骨头给我们。一定存在某种联系……"

"哦，我们会查清楚的。但他们不是两座城中的居民，泰厄。他们没有那种……"一阵沉默。

"恐惧。"我说。他们不像乌库姆人和贝歇尔人，听到"巡界者"的名号便会被镇住，他们没有那种顺从的条件反射。

"他们对我们并不在意，因此，我们首先得要展示实力——人数众多才能显出气势。假如真相果真如此，那意味着一家贝歇尔的大企业即将倒闭。这会给城市带来危机。一场灾难。没人喜欢这种事。

"贝歇尔和乌库姆有时会与'巡界者'起争执，这并非不可能，泰厄，过去也曾发生过。他们曾经跟'巡界者'开战。"他等待着，让我体会其中的意味。"那对谁都没好处。因此我们需要气势。""巡界者"依赖于威慑。这我能理解。

"好吧，"我说，"快一点。"

然而在"巡界者"分散混乱的权力系统下，要劝服他们从各自所处的位置聚集过来并不容易。接电话的"巡界者"有的赞同，有的反对，有的来，有的不来，有的要先听完艾什尔的解释再作决定。这些都是根据他这头的对话判断出来的。

"你需要多少人？"我说，"你还等什么？"

"我说过，我们需要气势。"

"你察觉到外面的气氛没有？"我说，"从空气中就能感受到。"

两小时过去了。送来的食物和饮料中不知添加了什么成分，让我变得兴奋异常，我来回踱步，不时抱怨这种被监禁的状态。艾什尔接到越来越多电话。比他的留言还多——信息在疯狂地传递。走廊里传来一阵阵骚动，有人快步走过，有人大声呼喊，然后又有人大声应答。

"怎么回事？"

艾什尔正在听电话，并没有留意外面的声音。"没有。"他说道。从他的语气中什么也听不出来。他又重复了几遍，然后挂断电话，望着我。他那紧绷的脸上第一次流露出逃避的神情。他不知该如何开口。

"出了什么事?"外面的喊声越来越响,此刻,连街上也传来噪音。

"发生了撞击。"

"汽车撞击?"

"巴士。两辆巴士。"

"它们越界了?"

他点点头。"在贝歇尔交叉相撞。芬兰广场。"这是一个交错区域的大广场。"然后在滑行中撞上了乌库姆的墙。"我沉默不语。任何导致越界的事故,必然都需要"巡界者"来处理。一旦出事,"巡界者"的代言人便会迅速涌入,封锁现场,打理杂务,扣留越界者,指引无辜民众离开,然后将权力尽快交还给两地的警察。普通的交通越界不可能导致外面这许多噪音,因此一定还有其他状况。

"这两辆巴士正载着难民前往营地。车里未经训练的人都跑了出来;他们在两座城中到处乱逛,频繁越界却不自知。"

我能想象旁观者和路人的惊恐,更不用说两座城中无辜的司机了,他们得拼命躲开相撞的巴士,如有必要,须在贝歇尔和乌库姆两地之间穿梭,极力控制车辆回到原本所属的城市。他们还要面对一大批惊恐的外来伤员。这些人从损毁的巴士里跌跌撞撞地走出来,语言不通,求助无门,手里抱着哭泣的幼儿,伤口的鲜血洒落在两座城中。他们并非故意违规,却不知如何避免。他们在两地之间徘徊,不顾路人的国籍便上前询问,对两国居民间的细微差别——发型,姿态,服装的式样与颜色——完全不予理会。

"我们已经下了封锁令,"艾什尔说,"全面禁行。清空两地的街道。'巡界者'已大规模出动,前往各地,直到这件事得以了解。"

"什么?"

巡界者戒严令。我有生以来还从未遇到过。那意味着不准出入两座城市,也不准在两地之间来往,所有越界法令必须严格遵守。边界关闭期间,两座城市的警察需随时听从"巡界者"的指令,协助清扫行动。我听到高音喇叭正用两种语言宣读禁令，刻板的语音盖过了愈来愈响的警笛声。**离开街道**。

"就因为巴士撞车……？"

"这是**故意**的，"艾什尔说，"是合并派预设的埋伏。麻烦开始了。他们的人遍布各地。到处都有越界报告。"他逐渐恢复镇静。

"哪座城里的合并派……？"我的语声渐渐低落，因为我已猜到答案。

"两边都有。这是他们的联合行动。我们甚至无法断定，制造巴士事故的是否是贝歇尔合并派。"当然，毫无疑问，他们肯定是共谋。但那群微不足道的激进派空想家有这个能力？居然造成如此大规模的破坏？"两座城中到处都有他们的人。他们发起暴动，企图让我们合并。"

艾什尔犹豫不决。他在屋内逗留，给了我说话的机会。他翻查着口袋里的物品，神态变得如同士兵一般机警。所有"巡界者"都接到召唤。他必须要去。警笛与呼喊声仍在继续。

"艾什尔，看在上帝的分上，听我说。听我说。你以为这是巧合？不可能。艾什尔，别打开门。你想想，我们刚查到这些情况，我们好不容易找到一点线索，然后就突然发生了该死的暴动？这是有人策划的，艾什尔。为了把你和所有'巡界者'引向别处。"

"你们怎么知道哪个公司在什么时间来到这里？尤其是玛哈莉亚交货的那些个晚上。"

他一动不动。"我们是'巡界者'，"他最后说道，"我们无所不能……"

"见鬼，艾什尔。我可不是让你随便吓唬的越界者，我需要知道答案。你们是怎么查的？"

终于，他开口道："线人。密探。"他抬头瞥了一眼窗户，外面的危机越来越喧嚣。他站在门口，等着我说下去。

"贝歇尔与乌库姆的办公室里有你们的内线，能提供必要的信息，对不对？也就是说有人在数据库中搜寻，查看贝歇尔商会的成员在什么时间

去了什么地点。

"这引起了注意，艾什尔。你们派人去查，调出各种文档，这一举动被人发现了。还有什么更好的证据说明我们抓到了线索？你也见过合并派。他们一无是处。无论贝歇尔还是乌库姆的合并派都一样，只不过是一小群头脑简单的混混。在背后发号施令的人不仅仅是煽动者，更是组织者。有人策划的这一切，因为他们意识到已经被我们盯上了。"

"等一等，"我说，"封锁……不仅仅是联合大厅，对不对？通往各地的所有边界都要关闭，禁止航班出入，对不对？"

"贝歇尔航空和伊利塔航空都已停飞。机场也不接受入境航班。"

"那私人飞机呢？"

"……命令是一致的，但他们不像国有航空公司那样受我们控制，因此有点——"

"这就对了。你们来不及封锁。有人要出逃。我们得去思恩科公司的大楼。"

"那儿——"

"那儿才是关键所在。这……"我指向窗户。外面传来玻璃碎裂声，呼喊声，打斗声，各种车辆惊恐地穿梭呼啸。"这是个圈套。"

# 第二十七章

街道中仍存在最后的抵抗，这次小小的革命尚未产生自我意识便已中途夭折，只剩下抽搐的神经。然而即使是濒死的挣扎依然很危险，因此，我们的行动犹如士兵。什么样的宵禁都无法抑制这种恐慌。

两座城中的民众在我们面前的街道里奔跑。贝歇尔语和伊利塔语的公告不断回响，警示着"巡界者"的戒严令。窗户纷纷碎裂。我发现有些奔跑的身影举止轻率，并不显得特别惊恐。他们太瘦小，太散漫，显然不是合并派：这都是些十来岁的孩子，正在实施有生以来最激进的越界行为，他们将小石子扔过边界，砸碎另一座城中的玻璃。一辆乌库姆消防车尖啸着穿过马路中间，驶向被火光照亮的夜空。片刻之后，贝歇尔的救火车也来了：尽管着火的建筑互相毗邻，它们仍尽量保持距离，分头与各自城中的火势搏斗。

那些小家伙最好赶紧撤离街头，因为到处都有"巡界者"。他们仍保持着隐秘的作风，今晚出行的人大多并没有注意到他们。我在奔跑中看到其他"巡界者"，他们的姿态跟恐慌的贝歇尔和乌库姆居民似乎区别不大，但更为坚决，更为凶悍，就像我和艾什尔。他们注意到我，但由于最

近的经历，我也能认出他们。

我们遇到一伙合并派。尽管这几天我居住于两地之间，但看到两座城中的合并派走在一起，仍然感觉相当震惊。他们的服装随心所欲，既有来自贝歇尔的，也有来自乌库姆的，但总体来说都是那种跨越国界的庞克摇滚服饰，明眼人一看便知。此刻，他们聚集成群，身后留下一连串民间草根式的越界证据。他们在墙上喷漆，贝歇尔语和伊利塔语文字巧妙地互相混合，尽管字体稍显花哨，但清晰可辨：联合！统一！

艾什尔掏出一件武器，那是他临出发前就准备好的。我先前没有仔细留意过他的武器。

"我们没时间……"我开口道，但从叛乱者附近的阴影里不知不觉冒出一群身影。"巡界者"。"你们怎么能行动如此诡秘？"我说。代理人的数量处于劣势，但他们毫无惧意地冲入人群，凭借凶猛的擒拿抱摔，转眼便使得其中三人动弹不得。另一些人奋起抵抗，但"巡界者"举起武器。我什么都没听见，两名合并派成员就倒了下去。

"老天。"我说道，但我们继续前进。

艾什尔不知依据何种标准选择了一辆停泊的小汽车，他用钥匙熟练地一拧，打开车门。"进去，"他回头瞥了一眼，"遏制行动最好不要让人看见；他们会被移走。情况紧急。现在两座城都由'巡界者'接管。"

"老天……"

"这是万不得已的办法。为了保护两座城市，保护'界域'。"

"那些难民怎么办？"

"可以有其他处理方式。"他启动引擎。

街上车辆不多。街头的骚乱似乎总在离我们不远处。到处都有小股的"巡界者"在行动。有那么几次，"巡界者"从混乱中现身，似乎要阻拦我们；但每次艾什尔或凝视对方，或甩出徽章，或以指尖敲打密码，其代言人的身份便获得认可，于是我们继续前进。

我恳求其他"巡界者"加入。"他们不会的，"他说，"他们不相信。

我本该与他们在一起。"

"什么意思?"

"每个人都忙着应付暴乱。我没时间劝他们。"

经他这么一说,我才突然发现,"巡界者"的数量有多稀少。其战线拉得太开。他们那种简单的民主和分散的自主权意味着只要我能说服艾什尔,他就会对这项任务给予足够重视,但眼前的危机使得我们只能单独行动。

艾什尔带着我穿越一条条车道和危机四伏的边界,并躲开零星的骚乱。街上到处都有国民卫队和贝歇尔警察。"巡界者"往往神秘诡异地自黑暗中现身,向当地警方分派任务——收押合并派、搬移尸体、守护物品等等——然后再度消失。有两次,我看到他们护送着惊慌失措的北非人。这些难民被当成了制造动乱的工具。

"这不可能,这,我们……"艾什尔说到一半停顿下来,轻按耳塞,收听传入的消息。

这件事结束之后,将会出现一批塞满合并派成员的营地。从眼前的形势来看,我们肯定能获胜。尽管合并派仍企图煽动人群,但民众对他们的行为深恶痛绝。今晚过后,倘若他们还有留存的势力,记得关于这次的联合行动,今后或许还会浮出水面。跨越边界,向邻国的同伴致意,将两条街并作一条,涂鸦标语,砸碎窗户,缔造自己的国家,哪怕只是短暂的片刻,这种感觉显然令人兴奋陶醉。事到如今,他们一定已经明白,普通民众并不愿追随他们,但他们并未撤回各自的城中。如何还能回头?荣誉、绝望和愚勇催促着他们继续向前。

"不可能,"艾什尔说,"思恩科的总裁,一个*外来者*,不可能编出这样一套……我们……"他聆听了片刻,表情严肃。"我们有代理人殉职。"这是一场血腥的战争,其中一方一心想要让两座城合并,而另一方则是负责隔离两地的力量。

恩格尔大厅与苏尔契拜宫是同一栋建筑,有人企图在其外墙上涂鸦

"合并"两字,但只写了一半,湿淋淋地挂在那里,不知所云。贝歇尔所谓的商业区与乌库姆的商业区相去甚远。思恩科的总部位于科利宁河畔。贝歇尔力图复兴逐渐凋零的码头区,此处是少数成功案例之一。我们越过黝黑的水面。

随着一阵突突的声响,我们抬头观望,禁飞的天空中空空荡荡,仅有一架直升机,在自身强烈灯光的映照下,正逐渐离我们远去。

"是他们,"我说,"我们来迟了。"但直升机由西向东飞往河岸。这不是撤离,而是来接人的。"快点。"

即便是如此混乱的夜晚,艾什尔的驾驶技术依然令我叹服。他驱车穿过黑漆漆的桥面,逆向闯入一条贝歇尔的单行道,惊散一群急于逃离黑夜的行人。经过一座交错区域的广场之后,我们来到乌库姆的全整街道。我斜倚着身子,看着直升机向河边的屋顶降落。它位于我们前方半英里远处。

"它正在下降,"我说,"快。"

这是一栋由仓库改建的大楼,两边都是乌库姆的建筑和充气屋。广场中空无一人,虽然已是深夜,但思恩科公司的大楼里灯火通明,入口处还有警卫。我们一进去,他们便气势汹汹地走上前来。晶莹的灯光照亮了室内的大理石装饰,思恩科公司的不锈钢标志仿佛是悬在墙上的艺术品,杂志和貌似杂志的企业报告摆放在沙发旁的桌子上。

"滚出去。"其中一人说道。这是个贝歇尔退伍军人。他手扶枪套,带着手下朝我们走来。片刻间,他愣住了:他注意到艾什尔的步态。

"站住,"艾什尔一边说,一边威吓地怒目而视,"今晚整个贝歇尔都由'巡界者'接管。"他无需出示徽章,那伙人便向后退开。"打开电梯门,把通往直升机坪的钥匙给我。不要放其他人进来。"

假如保安是外国人,来自思恩科所在的国度,或者是从欧洲及北美分部抽调来的,他们或许不会遵从命令。但这里是贝歇尔,保安全是贝歇尔人,因此都服从艾什尔的指示。在电梯里,他拔出武器。那是一把硕大的手枪,型号很陌生。枪管上套着个夸张的消音器。他利用保安给的钥匙一路往上,越过公司的办公楼层。

门一打开,强劲的冷风扑面而来,四周尽是高耸的屋顶和天线。从这里可以看到拴系着缆索的乌库姆充气屋和两座城中尖塔般的神庙与教堂,而几条街之外,则是乌库姆商务楼的玻璃镜面。在前方的黑暗与疾风中,在一重重安全栏杆内,便是直升机坪。黑乎乎的直升机正等待着,马达缓缓转动,几乎没有声响。直升机跟前围聚着一群人。

除了低沉的引擎声,以及周围此起彼伏的警笛,我们几乎听不到别的。合并派的骚乱正逐渐被压制下去。直升机旁的人都没听见我们接近。我们继续躲在暗处。艾什尔带着我向飞机走去,那群家伙依然没有看见我们。他们一共四个人。其中两个身材魁梧,留着光头,像是极端民族主义分子:执行秘密任务的完美公民党成员。他们身边有一名穿正装的陌生男子。而另一人正在全神贯注地讲话,由于此人所处位置的关系,我看不清他。

我什么都没听见,但其中一人看到了我们。他们忙乱地转过身来。直升机座舱里的飞行员将手中的警用强光灯对准我们。就在灯光笼罩我们之前,那群人动了起来,我看到最后那个人直直地走向我。

米克尔·布里奇。他属于反对党社会民主党,也是商会的成员。

强光灯让我睁不开眼,艾什尔一把将我拉到粗硕的通风铁管后面。一时间,只剩下一片沉默。我等待着枪声,但没人开枪。

"布里奇,"我对艾什尔说,"**布里奇**。我就知道塞耶德没这个本事。"

布里奇是联系人,也是组织者。他知道玛哈莉亚的兴趣所在。当她第一次来到贝歇尔时,还是个本科生,但她的异端理论激怒了所有人,布里奇当时也在场。布里奇是策划者。他了解她的研究内容,知道她喜欢伪历史,也知道如何给她一点甜头以满足她的偏执,他就是幕后的操手。作为商会的成员,他有能力办到。他指示她盗取物品,诈称是为了所谓的奥辛尼。

"被盗的都是机械装置,"我说,"思恩科在研究那些文物。这是一项科学实验。"

正是布里奇的线人——所有贝歇尔政客都有线人——告诉他,思恩科已受到调查,我们在追寻真相。也许他以为我们已经了解得很深入,倘若他意识到我们所知的一切是多么有限,一定十分惊讶。合并派都是些可怜的笨蛋,他们当中混有政府密探,以布里奇的地位,完全有能力下令挑起事端,牵扯住"巡界者",以便让他和同党逃离。

"他们有武器吗?"艾什尔探出去看了一眼,然后点点头。

"米克尔·布里奇?"我喊道。"布里奇?完美公民党怎么会和你这种自由主义墙头草扯上关系?就是你让小约那样优秀的战士丧命的吧?另外,看哪个学生离你的秘密太近,就把她干掉?"

"别胡扯,博鲁,"他似乎并不生气,"我们都是爱国人士。他们了解我的履历。"夜晚的噪音中又多出一种声响。直升机的引擎开始加速。

艾什尔看了看我,然后踏步向前,现出身形。

"米克尔·布里奇。"他用那骇人的嗓音说道。他稳稳地举着枪,径直朝直升机走去,仿佛被枪牵引着前进似的。"你需要向'巡界者'解释一下。跟我来吧。"我跟在他身后。他瞥了一眼布里奇身边那个人。

"伊恩·克罗福特,克茵科技的地区总裁。"布里奇对艾什尔说。他抱起双臂。"他是我们的客人。有什么话就跟我说吧。然后他妈的滚远点。"完美公民党成员也举起手枪。布里奇向直升机走去。

"站住,"艾什尔说,"你们给我退下,"他朝着完美公民党成员喝道,"我是'巡界者'。"

"那又怎样?"布里奇说,"这地方我已经经营了许多年。我把合并派治得规规矩矩的,我给贝歇尔招来生意,又从乌库姆鼻子底下运出那些破玩意,而你在干什么?你们这群窝囊废'巡界者'?你们只会包庇乌库姆。"

听到这番话,艾什尔一时间竟也瞠目结舌。

"他在演戏，"我低语道，"给那两个完美公民党看。"

"合并派有一件事讲得对，"布里奇说，"这儿只有一座城，要不是你们这些该死的'巡界者'让民众变得既迷信又懦弱，早就只剩下一座城了。而这座城就叫贝歇尔。你现在要爱国者们遵从你的命令？我警告过他们，我警告过我的战友，尽管这儿压根没你们什么事，但你们还是会冒出来。"

"你把那辆面包车的录像泄漏出去，"我说，"就是为了不让'巡界者'插手，把这件棘手的案子推给国民卫队。"

"'巡界者'与贝歇尔优先考虑的问题并不一致，"布里奇说，"让'巡界者'见鬼去吧。"他小心翼翼地说："我们只认可一个政权，那就是贝歇尔。你们只不过是一群两头不着边的小丑。"

他示意克罗福特先上直升机。两名完美公民党成员怒目而视。他们还没打算开枪，不想引发与"巡界者"的战争——看得出，他们相当沉醉于自己的表现，毕竟他们已展示出强硬的立场，拒不遵从"巡界者"的命令——但他们也不愿放下枪。假如他开枪，对方会回击，而且他们有两个人。基于对布里奇的高度服从，他们并不在乎雇主要去哪里，原因何在，他们只知道，他吩咐他们掩护撤离。他们的民族主义情绪被煽动起来，变得勇猛好斗。

"我不是'巡界者'。"我说。

布里奇转身看着我。完美公民党成员也瞪着我。我能感觉到艾什尔的犹疑。他依然举着武器。

"我不是'巡界者'，"我深吸了一口气，"我是探长提亚多·博鲁。属于贝歇尔重案组。在这里，我并不代表'巡界者'，布里奇。我代表贝歇尔警方，执行贝歇尔法律。因为你犯了法。

"走私不归我管；你爱偷什么都无所谓。我也不是政客——不在乎你怎么冒犯乌库姆。我来找你，是因为你杀了人。

"玛哈莉亚不是乌库姆人，也不是贝歇尔的敌人，就算她貌似有嫌疑,也是因为受了你的鼓惑,你把她提供的物品卖给外国人作研发。为了贝歇尔,算了吧:你就是个私通外国的黑市贩子。"

那两名完美公民党似乎很不安。

"但她意识到自己被骗了。这谈不上是替远古时代伸张正义,也没有秘密真相可言。你让她成为窃贼。你派约贾维奇去除掉她。这是一件乌库姆的罪案,即使我们能找到你和他之间的联系,也无可奈何。但事情还没完。当你听说悠兰达躲了起来,就以为玛哈莉亚已经向她透露消息。你不能冒险让她把话传出去。

"你很聪明,让小约从关卡另一侧开枪射击,以免'巡界者'找你麻烦。但这样一来,他的子弹和你给他的命令都属于贝歇尔。因此,你是我的犯人。

"米克尔·布里奇议员,根据贝歇尔联邦政府与法院赋予我的权力,我以谋杀悠兰达·罗德里格兹的罪名逮捕你。跟我走一趟吧。"

在众人的震惊中,沉默不断地延续。我缓步向前,越过艾什尔,朝米克尔·布里奇走去。

但这种局面不可能永远维持下去。完美公民党多半对我们并无敬意,他们认为本地警察就跟贝歇尔的芸芸众生一样软弱无能。但这些罪状相当险恶,又是基于贝歇尔的名义,以他们的政治立场似乎不该干涉。即便有人向他们解释过杀人的理由,也与我的陈述不符。那两人疑惑地面面相觑。

艾什尔开始行动。我舒出一口气。"真他妈混蛋。"布里奇说。他从口袋里掏出自己的小手枪指着我。我跟跟跄跄地向后退,不自觉地发出一声叫喊。我听见枪响,但跟预料中的有所不同,不是爆破声,而是仿佛强劲湍急的气流。我只记得当时自己很吃惊,死到临头竟会留意这种细节。

突然间,布里奇如同稻草人一般向后倾倒,双臂疯狂挥舞,胸口喷涌出鲜艳的色彩。中弹的人不是我,而是他。他将小手枪甩了出去,仿佛像是故意而为。我听到的响声出自艾什尔那把带消音器的手枪。布里奇倒了下去，胸前沾满鲜血。

接着，我听到正常的枪声。连着两响，然后是第三声。艾什尔倒在地上。完美公民党成员向他开了枪。

"住手，住手，"我嘶喊道，"见鬼，不要开枪！"匆忙间，我侧步移回他身边。艾什尔躺倒在水泥地上，流血不止。他发出痛苦的低吼。

"混蛋，你们俩被捕了。"我喊道。两名完美公民党成员对视了一眼，看看我，又看看布里奇静止的尸体。这次护送任务突然变得充满暴力，完全让人摸不着头脑。可以看出，他俩已经意识到这回惹下了多大麻烦。其中一人低声向同伴咕哝了一句，然后他们往后撤离，朝着电梯井奔去。

"站住，不许动。"我喊道，但他们不予理会。我跪倒在气喘吁吁的艾什尔身边。克罗福特依然一动不动地站在直升机旁。"都他妈的不许动。"我说，但完美公民党成员拉开屋顶上的门，逃了下去，消失在贝歇尔的领域内。

"我没事，我没事。"艾什尔喘着气说。我摸索着他的伤口。他的衣服底下有某种防弹装甲，挡住了致命的子弹，但他的肩窝也中了枪，正在剧痛中流血。"你，"他艰难地朝着思恩科公司的那个人喊道，"站住。在贝歇尔，你或许受到庇护，但我可以说你不在贝歇尔。你在'界域'内。"

克罗福特斜倚着身子朝座舱里的飞行员说了句什么，飞行员点点头，开始加速马达。

"你说完没有？"克罗福特说。

"快出来。这架飞机已经禁飞。"艾什尔的枪虽然掉了，但他依然忍痛咬牙发出命令。

"我不是贝歇尔人，也不是乌库姆人。"克罗福特说。他显然听得懂我们的话，但仍使用英语。"我对你们既不感兴趣，也不害怕。我要走了。'巡界者'。"他摇摇头。"真是一场怪人秀。除了这两座古怪而无足轻重的城市，难道还会有人怕你们不成？他们或许有必要惧怕，必须不问缘由地向你们提供资金，遵从你们的指示，但其他人不需要。"他坐到飞行员身边，绑好安全带。"倒不是说你们有这个能力，但我强烈建议你和你的同僚不要试图阻拦这架飞机。'禁飞'。假如惹恼了我的政府，你觉得会怎样？想一想吧，就算是贝歇尔或乌库姆跟一个真正的国家开战，就已经够可笑的了，更何况是你们'巡界者'。"

他关上门。一时间，我和艾什尔都没有试图站起来。他躺在地上，我跪在他身后，直升机的噪音越来越响，臃肿的机身终于颤颤巍巍地向上浮起，仿佛悬挂在弹簧上似的，刮起的气流胡乱撕扯着我们的衣衫和布里奇的尸体。直升机飞向两座城市的低矮塔楼之间，依然是贝歇尔和乌库姆上空唯一的物体。

我目送着它飞走。这是对"界域"的入侵。等同于派遣伞兵空降至两座城之间，突袭那些有争议的建筑和其中的秘密据点。

"代理人负伤。"艾什尔朝着无线对讲机说道。他给出我们的位置。"请求协助。"

"马上就来。"对讲机中传出话音。

他靠墙而坐。东方的天空略微开始放光。楼下依然有源自暴力的噪声，但已逐渐趋弱。警笛声变得更加频繁，有贝歇尔的，也有乌库姆的。在一些地方，"巡界者"已经可以撤离，警察和国民卫队再次接管了各自的街道。封锁还将持续一天，要清剿残余的合并派成员，恢复正常秩序，并将迷失的难民送回营地，但最混乱的时刻已经过去。我看着曙光渐渐照亮云层，然后搜查布里奇的尸体，但他身上什么都没有。

艾什尔说了句什么。他的声音很弱，我只能叫他重复一遍。

"我仍然无法相信他有这本事。"他说。

"谁？"

"布里奇。或者他们中的一员。"

我靠在烟囱上，凝视着他。我望着太阳冉冉升起。

"对，"最后，我说道，"她太聪明了。虽然年轻，但……"

"……是的。她最后猜了出来，但我不信布里奇一开始能骗得过她。"

# 城与城

"还有犯罪的手段，"我缓缓地说，"假如是他派人杀的，我们不可能找到尸体。"在某些方面，布里奇显得不够老练，而另一些方面，却又似乎超越了他的能力，这说不通。我静坐在逐渐增强的天光里，等待援助。"她是专家，"我说，"精通历史。布里奇很聪明，但那不一样。"

"你想到什么了，泰厄？"屋顶上的一扇门后面传来声响。门"砰"的一下被撞开，里面冲出一个人，我大致能看出那是一名"巡界者"。她一边向我们走来，一边朝着无线对讲机说话。

"他们怎么会知道悠兰达要去哪里？"

"听到了你的计划，"他说，"偷听你朋友柯维的电话……"他提出解释。

"他们为什么开枪打鲍登？"我说。艾什尔看着我。"在联合大厅。我们以为是奥辛尼要杀他，因为他不经意间获知了真相。但那不是奥辛尼，而是……"我看了看死去的布里奇。"他的命令。但他为什么要杀鲍登？"

艾什尔点点头，缓缓地说道，"他们以为玛哈莉亚向悠兰达透露了情况，但……"

"艾什尔？"那名女子一边呼喊，一边向我们走来。艾什尔点点头。他甚至站起身来，但又沉重地跌坐回去。

"艾什尔。"我说。

"好吧，好吧，"他说，"我只是……"他闭上眼睛。那女人加快脚步。他突然睁开眼看着我。"鲍登一直对你说，奥辛尼不存在。"

"是的。"

"来吧，"那女人说，"我带你离开这儿。"

"你打算怎么办？"我说。

"快点，艾什尔，"她说，"你很虚弱……"

"没错，"他打断她的话，"但是……"他咳嗽起来。我和他互相对视。

"我们必须带他离开，"我说，"必须让'巡界者'……"但他们在黑夜将尽时仍忙于应付骚乱，我们也没时间说服任何人。

"稍等一下。"他对那女人说。他从口袋里掏出自己的徽章,连同一串钥匙一起交给我。"我授权给你。"他说。她扬起一根眉毛,但没有争辩。"我的枪大概掉在了那儿。其他'巡界者'仍然……"

"把你的手机给我。号码是多少?好了,走吧。把他带走。艾什尔,这件事就交给我了。"

## 第二十八章

救援艾什尔的"巡界者"没有要求我协助。她催促我离开。

我找到了他的武器，沉甸甸的，套在枪管上的消音器仿佛黏湿的有机生命体。我看了半天才找到保险栓，但没敢松开搭扣检查。我将它塞进口袋，走下楼梯。

我一边往下走，一边翻看电话的通讯录：似乎都是一串串毫无意义的字母。我选中一个号码拨出去。凭直觉，我没有加国家代码前缀，结果我猜对了——线路能够接通。当我走到门厅时，铃声响了起来。警卫犹疑地看着我，但我亮出"巡界者"徽章，他们便退了下去。

"什么……你是谁？"

"达特，是我。"

"老天，**博鲁**？怎么……你在哪儿？你跑哪儿去了？这是怎么回事？"

"达特，闭上嘴，听我说。我知道现在还没到早晨，但我需要你醒一醒，我需要你帮忙。听我说。"

"老天，博鲁，你以为我睡着了？我们都以为你被'巡界者'带走了……你在哪儿？你知道这是怎么回事吗？"

"我的确被'巡界者'带走了。听着。你还没回去工作,对吧?"

"该死,还没有,我仍然被——"

"我需要你帮忙。鲍登在哪儿?你们把他抓起来问话了,对吗?"

"鲍登?对,但我们没有扣留他。怎么了?"

"他在哪儿?"

"老天,博鲁。"我能听出他坐了起来,渐渐恢复镇定。"在他公寓里。别慌;有人监视他。"

"叫他们进去,把他控制住,等我过来。赶紧行动,拜托了。快让他们进去。谢了。逮到他之后给我电话。"

"等一下,等一下。你的号码是多少?我的电话上没有显示。"

我告诉他号码。在广场上,我望向逐渐放亮的天空和围绕两座城市盘旋的飞鸟。我来回走动,这个钟点户外人还不多,但也不止我一个。我偷偷观察身边的行人,他们都试图返回自己的城市——贝歇尔,乌库姆,贝歇尔,等等——而四周的大规模越界已趋于平静。

"博鲁,他不见了。"

"什么意思?"

"你知道吧,他的寓所附近有一组人?在他遭到枪击之后,为了保护他的安全。结果,今晚形势吃紧,所有人都一片忙乱,他们被调往别处。我不清楚细节——有一段时间,那儿一个人都不在。我叫他们回去——情况已略为稳定,国民卫队和你们的人正试图恢复边界秩序——但街上依然很乱。反正我让他们回去敲他的门。他不在家。"

"狗杂种。"

"提德,这他妈究竟怎么回事?"

"我这就过去。你能不能……我不知道用伊利塔语怎么说。**对他进行全面通缉**。"我用电影里学来的英语解释道。

"好,我们称之为'画影图形'。交给我吧。但是见鬼,提德,你看见今晚都乱成什么样了。你觉得还会有人找得到他吗?"

"我们得试试。他企图逃跑。"

"嗯，没问题，那他肯定没戏了，所有边界都已封锁，不管他出现在哪里，都会被拦截。就算他已经到了贝歇尔，你们的人也不至于那么没用，会让他逃出去。"

"好，但是，挂影图形？"

"'画影图形'，不是'挂'。好的。但我们肯定找不到他。"

两座城市的街道中，紧急救助车辆越来越多，纷纷赶往各处危机地点，而普通民用车显然都格外小心，来往交汇时，严格遵从各自城中的律法，而为数不多的行人亦是如此。他们一定有正当的出行理由。但仍有人在监视，看他们是否努力分辨必须被无视的景物。交错区域逐渐恢复秩序。

黎明前的空气充满寒意。我用艾什尔的万能钥匙撬开一辆乌库姆汽车，但我缺少他的沉着自信。这时，达特打来电话。他的声音很反常，似乎处于错愕之中——没有其他原因可以解释。

"我猜错了。我们找到了他。"

"什么？在哪里？"

"联合大厅。其他国民卫队都已被调派到街上，除了边境警卫。他们通过照片认出了他。他们告诉我，他已经在那儿呆了好几个小时，一定是骚乱开始时就已经到达。他先前在大厅里面，跟其他被封锁令困住的人在一起。但是听我说。"

"他在干什么？"

"就只是等着。"

"你们把他扣住了吗？"

"提德，听我说。他们没法抓他。有个麻烦。"

"怎么回事？"

"他们……他们觉得他不在乌库姆。"

"他过境了？那我们得跟贝歇尔的边境巡逻队联系——"

"不，听着。他们无法确定他在哪儿。"

"……什么？什么？他究竟在干什么？"

"他只是……他就站在那儿，站在入口外面很显眼的地方，接着，当他看到他们逐渐接近，就开始走起来……但他的姿态……他身上的衣服……他们无法确定他在乌库姆还是贝歇尔。"

"只要查一下他在边界关闭前有没有过境就行了。"

"提德，见鬼，这里一片混乱。没人看管文件和电脑什么的，所以我们不知道他是否有过境。"

"你得叫他们——"

"提德，听我说。我就只能从他们嘴里打听到这些。真该死，他们都吓破了胆，担心看到他并且说出这件事就已经构成了越界。但你明白吗？他们没有错，这的确有可能是越界。尤其是今晚。到处都是'巡界者'，再加上该死的宵禁，提德。所有人都竭力避免越界。除非鲍登的行动表明他确凿无疑是在乌库姆，不然的话你不可能再听到新消息。"

"他现在在哪里？"

"我怎么知道？他们不敢冒险盯他。只是说他开始走动。但没人说得清他在哪儿，只知道他还在走。"

"没人阻拦他？"

"他们连是否可以看他都拿不准。但他也没有越界。他们只是……无法确定，"他略一停顿，"提德？"

"老天，当然了。他就在等着有人注意到他。"

我飞速朝联合大厅驶去，但还有好几里地才能到。我低声咒骂。

"什么？提德，你说什么？"

"这正是他希望的。你自己说过，达特：不管他在哪座城，都会被当地的边界警卫拦下。那现在他在哪座城？"

一阵沉默。"混蛋。"达特说。鲍登处于模棱两可的状态，没人愿意阻拦他，也没人能够阻拦。

# 城与城

"你在哪儿?离联合大厅有多远?"

"我十分钟就可以赶到,但——"

但他也不肯拦截鲍登。达特虽然非常恼火,但也不愿去盯一个可能与他不在同一座城中的人,他不想冒越界的风险。我想告诉他不必担心,我想恳求他,但我能说他错了吗?我不知道是否有人监视他。我能断言他是安全的吗?

"假如他确定无疑是在乌库姆,国民卫队会不会遵从你的命令逮捕他?"

"当然,不过既然他们不敢看,就没法跟踪他。"

"那你去。达特,拜托了。听我说。只是散个步而已,没人能阻止你,对不对?去联合大厅随便走一走,万一你身边有谁不小心露出马脚,显示他在乌库姆,你就可以逮捕他,对不对?"不需要承认任何事,哪怕对自己也无需承认。只要在鲍登的状态不明朗时,没有跟他接触,就足以否认一切指控。"求你了,达特。"

"好吧。但是听着,我去散步的时候,要是与我处于同一地理位置的某人*不确定*是在乌库姆,那我也无法逮捕他。"

"等一等。你说得对。"我不能要求他冒越界的风险。而且鲍登有可能已经到了贝歇尔,那样的话,达特无能为力。"好。去散你的步吧。到了联合大厅之后让我知道。现在我得再打一个电话。"

我挂断线,又拨了个号码,同样没加国际区号,尽管它属于另一个国家。虽然时间还早,但电话几乎立刻就被接了起来,而应答者的语气也非常警醒。

"柯维。"我说。

"长官?天哪,*长官*,你在哪儿?出了什么事?你还好吧?这是怎么回事?"

"柯维。我会跟你解释一切,但现在不行;现在我需要你立即行动起来,动作要快,别问问题,照我说的去做就好。我需要你去联合大厅。"

我看看手表，又瞥了一眼天空，清晨似乎迟迟不愿到来。达特和柯维各自在两座城中向边界进发。先给我电话的是达特。

"我到了，博鲁。"

"你能看见他吗？你找到他了？他在哪儿？"一阵沉默，"好吧，达特，听我说。"对于无法确定是否在乌库姆的人，他不愿盯看，但假如没有联系的必要，他也不会打电话来。"你在哪儿？"

"我在伊利亚街和苏哈希街的转角上。"

"老天，但愿我会用这部电话的会议功能。我已经琢磨出怎样设置来电等待，别挂断。"我接通柯维。"柯维？听着。"我不得不在路边停下，将仪表盘底下的乌库姆地图与脑中的贝歇尔作比较。老城区大多是交错区域。"柯维，我需要你去别拉街和……和华沙街。你见过鲍登的照片吧？"

"是的……"

"我明白，我明白，"我开动汽车，"假如不确定他是否在贝歇尔，你就不碰他。就像我说的，我只需要你去散散步，如果某人出现在贝歇尔，就逮捕他。然后把你的位置告诉我。行吗？小心点。"

"小心什么，长官？"

她问得有道理。鲍登不太可能攻击达特或柯维：他要是这么干，就等于宣布自己是在贝歇尔或乌库姆。若是同时攻击两人，则构成了越界。令人难以置信的是，他至今仍未越界。他行走的姿态左右逢源，可以说同时处在两座城中。薛定谔的行人。

"你在哪儿，达特？"

"泰佩街的中段。"泰佩街跟贝歇尔的米兰迪街处于同一物理位置。我告诉柯维该去哪里。"我一会儿就到。"我已经过了河，街上的车辆开始多起来。

"达特，他在哪儿？我是说，你在哪儿？"他告诉我方位。鲍登必须沿着交错区域的街道行走。假如他踏入全整区域，就等于进入了那座城市，当地的警察即可将他拿下。市中心的古老街道弯曲狭窄，开车并不节省时间,于是我抛下汽车,在老城区中奔跑,一路上,既有贝歇尔的鹅卵石街道和屋檐,也有精致的乌库姆马赛克拼图与拱顶。"闪开!"我向少数挡道的行人喝道。我一手亮出"巡界者"徽章,一手握着电话。

"我在米兰迪街的尽头,长官。"柯维的语调变了。她不会承认看见鲍登——她既要将他无视,又不能完全忽略,因此处于两种状态之间——但她不再是简单地遵从我的指示。她离鲍登很近。鲍登没准能看见她。

我再次查看艾什尔的枪,但依然搞不明白如何使用。我将它放回口袋,然后朝着贝歇尔的柯维,乌库姆的达特,以及不知在哪里的鲍登进发。

我首先看到达特。他身穿全套制服,胳膊吊着绷带,电话贴在耳边。我从他身旁经过,轻拍他的肩膀。他吓了一跳,等到看清是我,他发出一声惊呼。他缓缓合上手机,极其短暂地用眼神指示了一下方向。他瞪着我,但不知是何用意。

其实他不必以眼神示意。尽管交错区域的街道里仍有少数大胆的行人,但鲍登一眼就能被识别出来。他那古怪的步态令人难以置信,无法确切用语言描述,而对熟悉贝歇尔和乌库姆肢体语言的人来说,这种刻意独树一帜的姿态并不属于任何一方。我看到他的背影。他并非毫无目的地瞎逛,而是迈着有违常理的中立步伐朝远离市中心的方向走去。他最终将到达边境山地,进入大陆的其他地区。

他的面前有几个好奇的本地人,他们显然犹豫不决,不知该不该看。我依次指着这些人,然后作了个驱赶的手势,于是他们都走开了。也许有人从窗口观望,但这缺少确凿证据。在贝歇尔黑黝黝的建筑物之间,在乌库姆蜿蜒繁复的檐槽下,我逐渐接近鲍登。

柯维在距离他数米远处看着我。她收起电话,拔出武器,但仍不愿直视鲍登,以防万一他不在贝歇尔。或许"巡界者"正从暗处监视着我们。鲍登没有越界:他们动不了他。

我一边走,一边伸出手,速度并未放慢,但柯维抓住我的手,我们互

相对视了片刻。我回过头，看到她和达特在各自的城中望着我，两人相隔不过数米。清晨终于到了。

"鲍登。"

他转过头来，绷着脸，神情紧张。他举起一件东西，我看不清是什么。

"博鲁探长。幸会……你来这儿……？"他试图展露笑容，但效果不佳。

"这是哪里？"我说。他耸耸肩。"你可真厉害，"我说。他再次耸肩，动作既不像贝歇尔人，也不像乌库姆人。他至少还需要走一天，但贝歇尔和乌库姆都是小国。他有能力走出去。多么专业的城区居民，多么完美的观察者，他能分辨出两个文明中千千万万的细微差异，并让自己的行为不沾染任何一方的特征。他用手中的物品瞄着我。

"你要是向我射击，'巡界者'就会来抓你。"

"假设他们在监视的话，"他说，"我猜这里只有你一个。今晚过后，有无数的边界需要修补。即使他们在监视，这也是个有争议的问题。这算什么罪名？你在哪儿？"

"你试图割掉她的脸。"玛哈莉亚下巴底下有一道参差不齐的割痕。"你……不对，是她的，那匕首是她的。但你割不下来。因此只能弄乱她的妆。"他眨了眨眼，沉默不语。"仿佛这样就能伪装她似的。那是什么？"他略微给我看了一眼手中用来瞄准的物品。那是个覆有铜绿的金属物件，年代久远，表面坑坑洼洼，十分丑陋。它嗒嗒作响，外圈镶有新配的金属箍环。

"它坏掉了。当我。"他并非犹豫不决，只是打住了话头。

"……老天，你就是拿这东西砸她的。当你发现她已察觉到谎言。"盛怒之下，随手抓起一件东西就砸了过去。此刻，无论他承认什么都没关系。只要继续保持模糊不清的状态，哪一方的法律能奈何得了他呢？据我观察，他握着那东西的手柄，而指向自己的一端是一根锋利而凶险的尖刺。"你抓起它就向她猛刺,她倒了下去。"我比了个扎戳的姿势。"那是场激烈的争执,"我说,"对不对?对不对?"

"难道你不知道如何用它射击?这都是真的吗?"我说,"所谓'奇怪的物理特性'?这就是思恩科公司追逐的物品之一?他们派公司的高级员工前来造访,在公园里用脚后跟把东西踢出来?装作是普通游客?"

"我认为这不是枪,"他说,"但……嗯,想看看它的效果吗?"他晃了晃那东西。

"你没想过自己把它卖掉?"看他的神情,似乎受了冒犯。"你怎么知道它的作用?"

"我是考古学家兼历史学家,"他说,"而且水平超乎想象。好了,我要走了。"

"走出城去?"他略一点头。"哪座城?"他又晃了晃武器,别。

"要知道,我不是故意的,"他说,"她……"这一回,他说不下去了。他咽了口唾沫。

"她一定很愤怒。发现你一直在骗她。"

"我讲的都是实话。我跟你说过,探长。我告诉过你许多次。没有所谓的'奥辛尼'。"

"你有没有赞扬她?称她是唯一可以告知真相的人?"

"博鲁,你意识到没有,我可以立刻杀死你,甚至没人说得清我们在哪儿。你要是身处两座城之一,他们或许会来抓我,但你不在任何一座城中。你我都清楚,这样行不通,除非所有人都不遵守规则,包括'巡界者'也不遵守自己的规则,不过他们要是循规蹈矩,这就成了可行的方案,关键是,假如你被某个不知处于哪座城中的人杀死,而他们又无法确定你在哪儿,你的尸体就会永远躺在原地,逐渐腐烂。人们只能从你身上跨过去。因为没人愿意越界。贝歇尔和乌库姆都不敢冒险清理。尸臭将会渗入两座城中,直到你成为一摊污渍。我走了,博鲁。我要是向你射击,你觉得贝歇尔会来帮你吗?乌库姆呢?"即使柯维和达特试图忽略他讲的话,也一定能听见。鲍登只看着我一人,他没有动。

"我的,呃,'巡界者'搭档说得对,"我说道,"就算布里奇能想到这个主意,也不具备专业知识和耐心编造出这一切,以欺骗玛哈莉亚。她很聪明。对于相关的历史档案与秘密,以及奥辛尼的传闻,策划者若只是略知皮毛是不够的,他必须有全面透彻的了解。你讲的是实话:没有所谓的奥辛尼。你重复过许多遍。这就是关键,对不对?

"这不是布里奇的主意,对吗?尤其是那次会议过后,她已成了众人的眼中钉。当然也不可能是思恩科——他们要是雇人盗运,会更加干净利落,像这种小打小闹,他们只是顺水推舟,利用现成的机会而已。你显然需要布里奇的人脉与权力来完成此事。从乌库姆窃取物品,给贝歇尔招揽生意,这种事他不会拒绝——**更何况**还能让自己发一笔横财。但这是你的主意,而且根本不是为了钱。

"因为你怀念奥辛尼。通过这一手段,你可以制造出两种可能性并存的假象。对,你搞错了,没有奥辛尼,但你能让它看起来就像真的一样。"

只有考古学家了解哪些是上等的出土文物——或者如可怜的悠兰达所说,只有埋下它们的人知道。假想的奥辛尼向所谓的代理人发出紧急指示,不允许延误,也不留思考和犹豫的余地——必须立即将盗取的物品交出。

"你告诉玛哈莉亚,只有对她,你才会吐露实情。你怎么跟她讲的?否定自己的书只不过是为了操弄政治?或者是因为懦弱?这很有迷惑性。我敢打赌,你就是这么说的。"我向他靠近。他的表情变了。"'我很惭愧,玛哈莉亚,压力实在太大。你比我勇敢,坚持下去;找出真相,你已经非常接近了……'那荒谬的理论毁了你的整个职业生涯,失去的时间不可能再找回来。所以你退而求其次,要把它装扮成像真的一样,仿佛它一直都存在似的。有钱固然是好——别告诉我他们没给报酬——布里奇和思恩科都各有各的算盘,民族主义者只要煽动一下,再给点小钱,就愿意为任何人出力。但你的目标是**奥辛尼**,对不对?

"然而玛哈莉亚看穿了骗局,鲍登博士。"

这一回,他不仅可以从零星的资料和以讹传讹的文档中寻求证据,而且还能植入伪造的档案和文字依据,甚至编造出来自那虚无之地的信件——包括给他自己的,一方面可以用来向她展示,另一方面,将来还能给我们看,而且他随时可以将这一切批得一文不值——如此一来,这些伪历史将变得多么逼真。然而她还是发现了真相。

"那一定让你很不舒坦。"我说。

他眼神迷离。"事情变得……所以。"她表示不再继续交货——因此所有的秘密酬金也将停止。这不是他恼火的原因。

"她是不是以为你也被蒙在鼓里?还是意识到你就是背后的主使?"这样一个看似无关紧要的细节竟然如此关键,实在令人相当惊讶。"我猜她不知道。以她的性格,不会讽刺挖苦你。我猜她想要保护你。她同意与你见面,以便保护你。她打算告诉你,你们俩都被骗了,都处在危险之中。"

他企图为废止的研究项目翻案,结果却失败了,盛怒之下,向她发起攻击。玛哈莉亚并不想与他争名夺利,只不过不经意间识破了他,意识到他编造的故事是假的。他力图制造无懈可击的假象,但轻而易举就被她彻底击败。从前他真的相信有奥辛尼,这一回则是刻意营造的升级版,但证据再次被摧毁。玛哈莉亚之所以会死,是因为她证明了一个事实:鲍登很愚蠢,居然相信自己杜撰的故事。

"这是什么东西?是她……?"但那不可能是她偷出来的,否则不会在他手里。

"这东西我已经拥有好多年了,"他说,"它是我亲手找到的。那是在我刚开始参加挖掘的时候。保安不像现在那么严。"

"你在哪里和她见面?传说中的'分歧之地'?你告诉她,某栋古老的空楼是奥辛尼施展魔法的地方,然后约她在那里碰面?"这不重要。谋杀地点就只是个空旷无人的场所而已。

"……假如我说我真的记不清当时的情景了,你相信吗?"他谨慎

地说。

"相信。"

"只不过这无休无止的,这种……"这种推理。他编造的世界正是因此而崩溃。也许他把这件物品当作证据给她看。但她说,*不是奥辛尼!我们得动动脑子!是谁想得到它?*这激起了他的怒气。

"你把它搞坏了。"

"但并非无法修复。它很牢固。这些文物都很牢固。"即使被用来当作凶器。

"通过关卡把她运过去是个好主意。"

"我给布里奇打电话,要求派司机过来,他不是很高兴,但他能理解。国民卫队和警察都不是问题。我们不能引起'巡界者'的注意。"

"但你的地图不是最新的。上次我在你桌上看到过。不知是你还是小约弄来那堆垃圾——是来自杀人现场吗?——但一点用都没派上。"

"滑板广场什么时候建起来的?"听他的语气,仿佛真的感觉很好笑似的。"那条路本该直接通往海湾。"然后那些废铁将会把她拖入海底。

"约贾维奇难道不认识路吗?那是他的城市。而且他还当过兵。"

"他从来不需要去波各斯特。那次学术会议之后,我也没去过。我给他的地图是好几年前买的,我上次去时还是正确的。"

"但城区改造真可恶,对不对?他的面包车里载着货物,却被坡道和半埋在地下的管子挡住去路,而天色已渐渐放光。这件事出岔子之后,你和布里奇就……闹翻了。"

"还不至于。我们有过争执,但我们都认为这件事已被人淡忘。真正让他困扰的,是你来到乌库姆之后,"他说,"他意识到这下有麻烦了。"

"所以……从某种意义上说,我该向你道歉……"他略微耸耸肩。即便是这样一个动作,也很难断定属于哪座城市。他不停地吞咽口水,但从这种神经质的举动里,仍看不出他身处何地。

"随你便,"他说,"从那以后,他便让完美公民党展开猎杀行动。甚至想通过那枚炸弹嫁祸于库姆优先党。我猜他以为我也相信。"鲍登显得很厌恶。"他一定听说过以前也有类似的事件。"

"说真的，那些史前文字的字条是你写的吧，威胁你自己，以解除我们的怀疑。还有假造的入室窃案。这些都能计到你的奥辛尼账上。"看到他的眼神，我忍住了一句"扯淡"没说出口。"悠兰达是怎么回事？"

"关于她，我……真的很遗憾。布里奇一定以为我和她……以为我和玛哈莉亚告诉过她什么。"

"但你没有。玛哈莉亚也没有——她一直保护着悠兰达。其实只有悠兰达自始至终都相信奥辛尼。她是你最狂热的追随者。她和艾卡姆。"他瞪着我，脸色冷峻。他知道，他们俩都不是最聪明的人。一时间，我沉默不语。

"老天，你一直在撒谎，鲍登，"我说，"即使是现在，天哪。你以为我不知道，就是你告诉布里奇，悠兰达要去边境？"我一边说，一边可以听见他颤抖的呼吸声。"你让他们去边境，以防她真的知道些什么。但正如我所说，她一无所知。你们无缘无故就杀了她。但你来干什么？明知道他们也要杀你。"漫长的沉默中，我们互相对视。

"……你需要确保万无一失，对不对？"我说，"而他们同样需要确凿的结果。"

他们派出约贾维奇，实施不同寻常的边境暗杀，这不单单是为了悠兰达。他们甚至不确定她是否真知道什么。然而鲍登就不同了：他们知道他了解所有内情。

**他们以为我也相信**，他刚才说。"你告诉他们她会去，还说你也会去，因为库姆优先党要杀你。他们真的以为你相信吗？……不过他们有办法核实，对不对？"我自问自答，"只要看你是否现身就行了。你必须得去，不然他们就会意识到被耍了。约贾维奇要是看不到你，他就会知道，你另有图谋。一定要让他同时看到两个目标。"这就解释了鲍登在联合大厅里古怪的步伐与姿态。"因此，你必须现身，但又得让其他人挡在你和

他之间……"我停顿下来。"是不是有三个目标?"我说。毕竟是我引起的麻烦。我摇摇头。

"你知道他们要杀你,但为了除掉她,还是值得冒险。这是一种伪装。"假如奥辛尼试图杀死他,还有谁会怀疑他是同谋?

他的脸色渐渐地越发难看。"布里奇在哪儿?"

"死了。"

"很好。很好……"

我朝他走去。他用那文物指着我,就好像青铜时代的魔杖。

"你担心什么?"我说,"你打算怎么办?你在这两座城中住了多久?现在该如何是好?"

"都结束了。奥辛尼已经彻底崩溃。"我又跨前一步,他依然瞄准着我,双眼圆睁,嘴里喘着气。"你有一个选择。你去过贝歇尔。也在乌库姆居住过。还剩下一个地方。得了吧,想要隐姓埋名呆在伊斯坦布尔?或者塞瓦斯托波尔①?然后迁往巴黎?你以为这样就够了吗?

"奥辛尼是扯淡。你想不想看看两地之间究竟有什么?"

片刻的沉默。他装模作样地犹豫了一会儿。

卑鄙而可怜的家伙。他接受了我的提议,但比他犯下的罪行更恶劣的,唯有那半遮半掩的渴望。他愿意跟我走,但并非出于勇气。他将那类似武器的物品交给我。那东西沉甸甸的,咔嗒作响,内部嵌满机械零件,其金属外壳破裂之后,正是这些零件割破了玛哈莉亚的头皮。

他垂头丧气,喃喃低语:既像道歉,又像恳求,但也可能是解脱。我没仔细听,因此记不得了。我并非逮捕他——此刻我已不是警察,而"巡界者"没有逮捕一说——但我将他扣住,然后长出一口气,因为一切都结束了。

鲍登依然没有表明身处何地。我说:"你在哪座城里?"达特和柯维就在近旁,随时准备出手,只要他一开口,与他同处一地的那个便会踏上

---

① 黑海边的乌克兰城市。

前来。

"两座城都有可能。"他说。

于是我揪住他的后颈，将他带走。鉴于我所获得的授权，我身边四周即是"巡界者"的领地，我将他从两座城中拖拽出来，转而进入"界域"。柯维和达特目睹着我将他带离他们各自的职权领地。我通过边界，向他俩颔首致谢。他们不能对视，但都朝我点了点头。

我带着步履蹒跚的鲍登行走，同时也意识到，尽管我被赋予权力，但调查的仍是自己的越界行为，而他则是一项证据。

# 尾声

## 界 域

# 第二十九章

我后来再也没见过那机械装置。它落入了"巡界者"的管理机构手中。我到最后也没搞清楚,它是否如思恩科所期望的那样,具有特殊效用。

"暴乱之夜"过后,乌库姆被紧张的气氛所笼罩。剩余的合并派即便没有遭到清剿拘捕,也都已偃旗息鼓,销声匿迹。尽管如此,国民卫队继续以强硬的手段管理治安。民间自由派人士发起抗议。乌库姆政府宣布展开新的"警戒邻人"运动,其中的"邻人"既是指隔壁的住户(他们在干什么?),也代表相邻的城邦(看到没,边界有多重要?)

那一晚过后,贝歇尔沉浸于一种夸张的缄默之中。提及此事就好像很不吉利似的。各种报章都只予以轻描淡写。政客们也言辞闪烁,往往以"不久前的危机"之类的说法搪塞过去。但整座城市沉闷而压抑。城中的合并派也跟乌库姆一样遭到清洗,残余的成员则谨慎地躲藏起来。

两地的清剿行动都十分利落。"巡界者"的封锁令延续了三十六小时,往后便没有再被提及。当天晚上,乌库姆有二十二人死亡,贝歇尔则有十三人,但不包括最初在事故中遇难的难民,也不包括失踪者。如今,

两地的街道中出现了更多追踪报道的外国记者，或敏锐，或木讷。他们往往企图采访"巡界者"的代理人——"当然，这是匿名的。"

"'巡界者'中有没有出现过叛逃者？"我说。

"当然有，"艾什尔说，"但他们的行为构成了越界，成为潜逐者，因此归我们处置。"他走路小心翼翼，外衣和隐藏的防弹衣底下还缠着绷带。

暴乱过后那一天，鲍登半推半就地让我给拽回了办公室，接着，我又被锁进原先那间屋子里。不过再往后，门便不上锁了。给"巡界者"提供治疗的医院不知藏在何处，但艾什尔出院后，跟我一起呆了三天。我们每天互相做伴，在两座城之间的"界域"走动。我向他学习如何交替地在两地行走，或同时置身于两座城内，不过不像鲍登那样招摇——尽管同样显得模棱两可，却更为隐蔽。

"他是怎么做到的？像那样走路？"

"他一直在研究这两座城，"艾什尔说，"也许只有外来者才能真正看清双方市民的特征，从而游走于两地之间。"

"他在哪儿？"我问过艾什尔许多遍。每次他都以不同的方式搪塞过去。这一回，他依然是说："我们有相应的机制。他会被妥善处理。"

天空阴沉灰暗，下着小雨。我竖起衣领。我们在河的西岸，此处有一段交错区域的铁轨，同时为双方的火车所用，时刻表则由两国协商而定。

"但关键是，他完全没有越界。"我之前不曾向艾什尔提起过这一令人担忧的问题。他一边转头看着我，一边揉搓伤处。"谁授权我们将他……我们能扣押他吗？"

艾什尔带着我在波尔叶安挖掘点的外围行走。我听见南北两个方向分别有贝歇尔和乌库姆的列车驶过。我们不能进入波尔叶安，以免被人看见，甚至连靠近都不行，但艾什尔陆续走过与案件相关的几处地点，只是他没有明说。

"我的意思是，"我说，"我知道'巡界者'无需向任何人负责，但这……你们得要递交报告吧。所有的案子。给监察委员会。"闻听此言，他扬起一根眉毛。"我知道,我知道,因为布里奇,他们的信用受到损害,但他们可以辩解说这只是个别成员的问题,而不是委员会本身。两座城与'巡界者'之间的平衡势态依旧没有改变,对不对?你不觉得他们说得有点道理吗?因此,你们得证明扣押鲍登的合理性。"

"没人在意鲍登,"他最后说道,"乌库姆、贝歇尔、加拿大、奥辛尼,全都不在乎他。但是没错,我们得向他们递交报告。也许他抛弃玛哈莉亚的尸体之后,越界回到了乌库姆。"

"弃尸的人不是他,是小约——"我说。

"也许就是他干的,"艾什尔继续道,"等着瞧吧。我们可以将他推入贝歇尔,然后再拽回乌库姆。我们说他越界,他就是越界。"我看了他一眼。

玛哈莉亚被送走了。她的遗体终于返回到家乡。这是她父母为她举行葬礼那天艾什尔告诉我的。

思恩科并未撤离贝歇尔。布里奇的行径在一片混沌中逐渐被揭露,此时撤出贝歇尔风险太高,容易引起注意。公司的科研机构遭到曝光,但与本案的联系模糊不清。很可惜,依然没人知道布里奇的线人是谁,而鉴于先前的漏洞,更多安全机制被实施。有传闻说,克茵科技将被出售。

我和艾什尔轮换着搭乘电车、地铁、巴士和计程车,有时也采取步行。他带着我在贝歇尔和乌库姆之间来回出入,仿佛穿针引线。

"我的越界要怎么处理?"我最终问道。我俩都已等待了好多天。我没有问"我几时能回家?"我们搭乘缆车来到山顶,在贝歇尔,此处就叫作缆索公园。

"假如他有最新的贝歇尔地图,你们永远都找不到她,"艾什尔说,"奥辛尼。"他摇了摇头。

"你看到'界域'里有儿童吗?"他说,"要是有孩子出生怎么办?"

"肯定会有的。"我插话道,但他盖过我的语声。"——他们要怎样在这里生活?"我没有看他,而是望着两座城市上空千奇百怪的云团,同时

想像着幼童被送走的情景。"你知道我是怎样成为'巡界者'的吧。"他突然说。

"我几时能回家？"我徒劳地说。对此，他甚至露出笑容。

"你的表现非常优秀。你也看到了我们是怎样运作的。这两座城市非常特别，"他说，"让它们保持分离的不单单是我们，而是贝歇尔与乌库姆的所有人。每一天，每一刻。我们只不过是最后的防线：城中的每个人才是主力。这一切之所以有效，是因为你们毫不动摇。因此，视觉和感官的忽略至关重要。没人能断言这样行不通。既然没人说不行，那就是行。但你一旦越界，即使并非你的过错，即使只是短暂的片刻……你都无法再回头了。"

"事故。交通意外、火灾、无意中的越界……"

"没错，当然了，越界之后，假如你的反应是极力跑回来，那或许还有机会。但即便如此，你依然有麻烦。若是时间稍长一点，你就回不来了。你将永远失去无视异地景物的能力。对于大多数越界者，呃，反正你很快就会见识到我们的惩罚方式。但极少数情况下，还有另一种可能性。

"你了解英国海军吗？"艾什尔说，"几个世纪之前？"我看了看他。"我加入的方式与其他'巡界者'一样。我们没一个是出生在'界域'的。我们都曾居住在两座城市之一。我们都曾经越界。"

我俩沉默了许久。"我想给一些人打电话，"我说。

他说得对。我可以想象自己身处贝歇尔，对交错区域的乌库姆部分置之不理，只活在一半的空间里，虽然我曾在乌库姆呆过一段时间，但仍可对其人群、建筑、车辆等一概予以无视。我也许能尽力维持表象，然而一旦出现状况，"巡界者"一定会知道。

"这是件大案子，"他说，"有史以来最大的。你不可能再有这样的大案。"

"我是一名侦探，"我说，"老天。我可以选择吗？"

"当然，"他说，"你已经来到'界域'。只要有人越界，就会被我们

'巡界者'盯上。"他没有看我,而是望着交错重叠的城市。

"有志愿者吗?"

"志愿要求加入是一个清晰的早期讯号,说明此人不适合。"他说。

我跟绑架者一同前往我的旧居。

"我能道个别吗?我想跟一些人——"

"不行。"他说。我们继续前行。

"我是一名侦探,"我再次说道,"而不是……反正我的行事方法跟你们不同。"

"这正是我们需要的。所以我们才这么乐于见到你越界。时代不同了。"

也就是说,我不必担心,往后的工作与过去不会有太大差异。虽然一部分人依然以传统的方式担当"巡界者"的角色,依靠威胁恐吓,将自身塑造成黑夜中的梦魇,但我将凭借多年的经验开展调查——利用各种线人关系,以及从网上汲取的信息和分布于两座城中的电话窃听装置,当然,有时也需要倚仗那千百年来的恐惧,倚仗那种超越法律、凌驾常人之上的威慑,尽管我们只不过是此种神秘力量的代理人。真有意思,看来每个机构都需要新雇员。

"我想见沙莉丝卡。你应该知道她是谁。还有碧莎雅。我也想跟柯维和达特聊聊。至少是道个别。"

他沉默了片刻。"你不能跟他们交谈。这是我们的规矩。假如无法坚持这一点,我们就什么都不是。但你能看他们。前提是你得躲在暗处。"

我们达成折中方案。我给从前的情人们写了信。手工书写,人力递送,但送信的人并非我自己。我告诉沙莉丝卡和碧莎雅,我很想念她们,但除此之外什么都没透露。这并非仅仅是出于善意。

我也去找了两位同僚,尽管没有交谈,但他们能看见我。先是在乌库姆的达特,然后是贝歇尔的柯维,他们都看得出,我并非完全跟他们处于同一座城市,或者说不仅仅跟他们处于同一座城中。他们没有跟我讲话。

他们不愿冒险。

我看着达特从办公室出来。一见到我,他突然停下脚步。我站在一栋乌库姆办公楼外面的招贴栏旁,低垂着脑袋,因此,他能知道我是谁,但看不出我的表情。我朝他举起手。他犹豫半晌,然后张开五指,似要挥手,却又僵持不动。我退回阴影之中。他赶紧走开了。

柯维在贝歇尔的"乌库姆城"内一家咖啡店里。见到她,我不禁露出微笑。我看着她喝那种含乳脂的乌库姆茶,而这家店正是我介绍给她的。我站在阴暗的小巷中观察,但没过多久便意识到,她已察觉到我的存在,并直视着我。她举杯致意,向我道别。虽然她看不见,但我默默地比着嘴形:"谢谢,再见。"

我要学的还有很多,而且别无选择,否则就只能出逃,但变节的"巡界者"成员将遭到极其严厉的追捕。因此,我不打算逃跑,以免遭到新组织的报复,我迫不得已作出选择,继续在两座城之间讨生活。我的任务变了:不再是执行法令,而是要保护那层维系法律的表皮。说白了,就是要维护两座城市各自的律法。

有关奥辛尼与考古学家的案子就此结束,这也是重案组提亚多·博鲁探长的最后一案。提亚多·博鲁探长不复存在。我化名泰厄,加入"巡界者",成为其代理人,现仍处于实习阶段,跟随导师在贝歇尔与乌库姆之间活动。我们这里人人都是哲学家,经常展开各种辩论,其中一个命题就是,我们的驻地究竟属于哪里。对此,我并不拘泥于某个特定的答案。我住在夹缝之间,没错,但也可以说,我同时住在两座城中。